不健康魔法使い、初恋の公爵閣下においしく食べられてしまう予定

日車メレ

Mele Higuruma Presents

fairy kiss

不健康魔法使い、初恋の公爵閣下に
おいしく食べられてしまう予定

第一章　不健康魔法使い、失職寸前です

『一級魔法使いの資格を得て、やっとジュリオお兄様と同じ宮廷で働けるようになります。任命式の日、庭園でお目にかかれますか？　お兄様に紺色のローブを見せたいです』


一級魔法使いの第一歩を踏み出す日。

ステラ・ティローネは任命式の開始時刻よりかなり早めに宮廷にたどり着き、大庭園の中を歩いていた。

春の初め、大庭園にはビオラの花がたくさん咲いていた。小さいけれど色鮮やかで、みずみずしくて、これからの暖かくなる季節に対する期待が表れている——まるで、今のステラの気持ちをそのまま代弁してくれているかのようだった。

（ようやくお目にかかれるのね！　……半年ぶりになるのかな？）

一時期一緒に暮らしていて、今でも兄のように慕っているジュリオ・アベラルドに会うのは本当に久しぶりだった。

ステラは試験、ジュリオは職務でそれぞれ忙しく、気づけばこの半年は時々手紙をやり取りする程度になっていた。

「いくらなんでも早すぎたかしら？」

彼に会えると思うと、いてもたってもいられなくて、早く着いてしまった。なにせ、ステラにとって彼は初恋の人であり、結婚の約束もしている相手なのだ。半年も離れていたので、嬉《うれ》しい気持ちが抑えきれない。

ジュリオは第一騎士団の団長を務めるこの国で最高位の騎士だ。

王家に生まれ、少々複雑な事情から臣籍となってはいるものの、公爵位を持ち、異母兄である国王に忠義を尽くすすばらしい人だ。

一方のステラは元々魔法使いの名門として名高い伯爵家の生まれだが、当主の父を失ってから、いろいろあって平民として暮らしている。

本来なら、手紙を出すことすら失礼にあたるほど身分の差があるというのに、父を失って以降も、ジュリオは変わらずステラを気遣ってくれていた。

（一級魔法使いになって仕事を始めたら、一人前だもの。……そうしたら……）

そうしたら今よりももっと大人として扱ってもらえるはずだ。紺色のローブを着たステラを見たときの彼の反応を想像すると、足取りが軽くなる。

彼から指定された場所は噴水の前だ。

蔓薔薇《つるばら》の絡まるアーチを抜けた先、視界が開け目的の場所が見えてきた。

白い騎士の制服に身を包んだ青年の姿がすぐに目に飛び込んでくる。

「ジュリオお兄……」

ステラは名前を呼ぼうとして、途中でやめた。ジュリオは確かにそこにいたが、一人ではなかったからだ。

（誰……？　綺麗《きれい》な人）

金髪に澄んだ青い瞳を持つ美しい騎士ジュリオは、豪華なドレスに身を包んだ令嬢を見つめてほほえんでいた。二人とも頬をほんのりと赤く染め、随分と親しそうだった。

ジュリオと令嬢を見ていると、急に心臓の音がうるさくなる。

「……フフフ、ジュリオ様ったら。お世辞が上手ですこと」

「世辞だなどと、心外ですよ。……侯爵令嬢」

あの世界には入っていけない気がして、ステラは後ずさりをする。

けれど、地面に落ちていた木の枝を踏んだ音で、ジュリオが視線を向けた。

「あぁ、ステラじゃないか。早かったね」

彼の親しげな表情は、これまでと少しも変わらない。

それなのに先ほどまであった期待や高揚感が急速に失われていく。

なにかうまく言葉で説明できないモヤモヤが心の中を支配している。

「……初めての出仕なので、はりきってしまいました。お久しぶりです」

これまでのステラなら、ジュリオに駆け寄って思いっきり抱きつくくらいのことをしていたはずだ。けれど、彼が急に別人のように思えて動けなかった。

「ジュリオ様、彼女はどちら様かしら？　見かけない方ですけれど。随分お若い一級魔法使いさんですこと」

令嬢はジュリオの腕にそっと摑《つか》まりながらステラの様子を覗《のぞ》き込む。

彼女はおそらく十代後半で、年齢はステラとそういくつも変わらないはずだ。

けれど近くにいるだけで、花の香りがするし、胸は大きいし、唇もぷるんとしているし――同性のステラまでドキドキしてしまうような魅力的な人だった。

一方のステラは、ありきたりな薄茶色の髪におうとつの少ない身体《からだ》のちんちくりんだ。

唯一気に入っているグリーンの瞳はメガネのレンズが反射して見えにくいだろうし、先ほどまで誇らしく思っていた一級魔法使いの証《あかし》である紺色のローブすら野暮ったく思えてくる。

そんなステラの内心にジュリオが気づくことはない。彼は普段と変わらない、優しいまなざしを向けてくれる。

「私がお世話になった方のご息女ですよ。今日から宮廷勤めをする新人の魔法使いで、史上最年少で一級の資格を得た優秀な子です」

「まぁ！　えらいわ。……頑張ってね」

「もったいないお言葉です」

身長が低いせいで、実年齢よりもさらに年下だと思われていそうだったが、ステラは指摘せずに、ペコリと会釈をした。相手は侯爵令嬢だから、失礼があってはいけないと思ったのだ。

「残念ですけれど、わたくしはそろそろ行きませんと。……それではジュリオ様、失礼いたします。来月の舞踏会ではダンスをご一緒させてくださいね？」

優雅に立ち去ろうとする令嬢を、ジュリオがスッと自然な動作で引き留めて、手を握った。

「……侯爵令嬢、その日を楽しみにしております」

そう言ってから彼は、ゆっくりと彼女の手を口元に運び、グローブ越しに軽く口づけをした。

その瞬間、時が止まったように感じられた。

（あれは、ただの挨拶なの……？　でも私はあんなふうにしてもらったことがない……）

ジュリオは令嬢が立ち去る姿を名残惜しそうに眺め、彼女が木々の向こうに消えてからようやくステラに向き直った。

「ステラ、おめでとう。もう立派な魔法使いの仲間入りだね」

声をかけられて、ステラはハッとなる。

彼の態度は本当にこれまでとまったく変わらない。いつものように、ステラの頭をポンポンと撫《な》でてくれた。

彼にそうされると、心がほかほかになるはずだった。けれど、今のステラは少しも嬉しく感じなかった。

（私は頭を撫でられて……。でも、あの女性は……）

その違いが、ステラを混乱させていた。

「……は、はい。……あの、……先ほどの方はお兄様のご友人ですか？」

おそらく、ステラが気になったのはジュリオの行動だけではない。一番違ったのはまなざしだ。令嬢に向ける視線は情熱をはらんでいて、ステラには見せたことのない表情だった気がしたのだ。

「友人？　……残念ながら私には異性の友人はいないよ」

ジュリオは、含みのある言い方をしたあと、令嬢が立ち去った方向をもう一度見つめた。

あの令嬢の行き先を気にしているのだろうか。今、彼と一緒にいるのはステラで、会話をしているのもステラであるというのに、無視されている気分だった。

「ジュリオお兄様。昔……、お兄様がアナスタージの屋敷を去るときの、……約束……約束を覚えていますか？」

ステラが十五歳のとき、二人は大切な約束をしたはずだった。


『君が結婚できる歳になったときに気持ちが変わっていなかったら……』


最初に結婚したいと言い出したのはステラだが、この言葉ははっきりと彼の口から発せられたものだ。あの約束は今でも有効なのだろうか。答えを聞くのが怖かった。それでも、たずねずにはいられない。

「約束？　……あぁ！　あの頃のステラは可愛《かわい》かったな。『お兄様のお嫁さんになる』って。そんなに不安そうにしなくても君が将来結婚相手を連れてきたときに、妹はやらん……なんて言わないから安心してくれ」

冗談めかした態度が、一瞬でステラの心を深く傷つけた。ステラにとっての大切な約束は、ジュリオにとっては約束ですらなかったのだ。

「そ、そうですね。……よ、よかった。わ……私も、もう大人……ですから」

唇を震わせながら、ステラはどうにか笑ってみせた。

ジュリオがあの約束を、子供が言った取るに足らない戯言《たわごと》にしたいのなら、ステラもそうするしかない。

もうとっくに無効になっていると認めなければ、自分がとてつもなく惨めになってしまいそうだった。

「それにしても、よく頑張ったな。これで君は父君の願いに一歩近づけたんだろう。……君が一人前になってくれたのは嬉しいけれど、自立してしまうのは、少し寂しくもある」

成長し、一人前になった先にあるのは、これまで以上に親しい関係だと、ステラは疑いもしなかった。けれど彼は「自立」だと言った。悪い意味の言葉ではないというのに、やはり胸が苦しい。

「ア、……アベラルド公爵閣下のおかげです」

「閣下」という敬称をつけてジュリオの名を呼ぶのは初めてだった。

明確な理由は自分でもわからないが、そうしなければならない気がしたのだ。

「そう。魔法省所属の一級魔法使いと私たち騎士は共闘関係にある。……この王都の治安維持に関わる者同士、これからもよろしく頼む」

彼は呼称の変化に気づきもしない様子だった。

優しい言葉に見せかけて、突き放されている気がした。

喉が渇いて、うまく声が出せなかった。

「……は、はい、私……頑張りますね」

そこから先はなにを話したのか、よく覚えていない。

おそらく、当たり障りのない会話をして笑顔で別れたのだろう。

一級魔法使いの本部――魔法省まで一人で向かう途中、急に目の奥が痛くなった気がして、ステラは立ち止まった。

「……あ、あれ……私……」

いつの間にか涙があふれだし、ポツリ、ポツリと頬を伝う。

先ほどまでステラはなにを見させられていたのか、どんなに鈍感でも理解せざるを得ない。

(ジュリオお兄様は優しい方だから。ああやって、私が恥を掻《か》かないうちに教えてくれたんだ……)

彼は未熟なステラのことなんて、なんでもわかっているはずだ。

愚かな恋心に気づいていただろうし、あの約束をステラが本気にしていることも、重々承知に決まっていた。

これはきっと、ジュリオが兄として最後に見せてくれた妹分への気遣いだったのだろう。

一級魔法使いを目指したのは、亡き父と自分の目標を達成するためだ。それは嘘《うそ》ではないけれど、密《ひそ》かに別の思いもあった。

公の地位を手に入れたら、昔のようにジュリオと一緒にいられる。彼の隣に立つのにふさわしい人間になれる——そんなふうに期待していた。

彼はそれが思い上がりだと、やんわり教えてくれたのだ。

(今までは確かに……私はジュリオお兄様の特別だった。でも、もう違うんだ……)

ジュリオはかつて、ステラを妹として扱っていた。そして、これまでは親を亡くした同情から、保護者の代わりに気にかけてくれていた。

恋心も、これから昔のように頻繁に会えるのではないかという密かな期待も、彼にはお見通しだったに違いない。

けれど、ステラが公的な身分を手に入れ、自立した瞬間に、彼の役目は終わったのだ。

だから、立場をわきまえろ——あれはきっと、そういう牽制《けんせい》だったのだ。

これまでジュリオへの好意を隠す気すらなかったステラは、いったい彼の目にどんなふうに映っていたのだろうか。

それを想像すると、消えてしまいたいくらい恥ずかしかった。

「ばかみたい……」

ステラは服の上からペンダントに触れた。青いしずく形の石がついているそれは、かつてジュリオから贈られた魔道具だった。

「もう二度と……このペンダントは使わない」

幸いにして、任命式まではまだ時間があった。

ステラは誰にも見られない建物の陰に隠れてしばらく泣いていた。

「負けるもんか！」

ひとしきり泣いてから、ステラはメガネをずらし、ハンカチで涙を拭う。

野暮ったいメガネは、赤くなった目を隠してくれるから都合がよかった。

ステラにはまだ夢がある。

そのために一級魔法使いとなったことまでは忘れてはいなかった。だから顔を上げて歩き出す。

歴代最年少の十七歳で一級魔法使いの選抜試験に合格したステラの記念すべき出仕一日目は、初恋が終わった日となった。

◇　◇　◇

ステラ・ティローネ十九歳は、今日も魔法省の『王都主要結界維持管理部』管理棟の中の個人に割り当てられた研究室で職務に励んでいた。

王都主要結界は、有事の際に魔力でできた防御壁を王都全域に築く超大型の魔道具で、首都防衛の切り札だ。

結界そのものは常時展開しているわけではなく、普段は非常事態を検知するための、いくつかの観測用の補助魔法が常に動いている状態だ。

ステラの仕事は、補助魔法の使用で少しずつ減り続ける魔力を『ドラゴンの卵』という魔力をため込むことができる装置に補充することだった。

ステラの前にはたくさんのゲージやボタン、レバーなどがついたテーブル形の魔道具がある。

その前に座り、中央にある大きな水晶のような石に手をあてて、自分の魔力を送り込む。

石に送り込まれた魔力は、『フェンリルの髭《ひげ》』と呼ばれる特殊な線を伝い、王都を囲むように配置された『ドラゴンの卵』に届けられるのだ。

とはいえ、王都周辺はここ五十年ほど平和を保っている。

七年前に起こった内戦の際にも、反乱をくわだてた者たちが王都に迫ることはなかったため、この結界が起動するのは、年に一度の運用試験のときだけだ。

そのせいか、王都主要結界維持管理部——通称『番人』は、一級魔法使いの中で最も魔力の消耗を強《し》いられる過酷な部署であるにもかかわらず、出世の見込みがないぶっちぎりの閑職だった。

（まぁ……必要な仕事ではあるし、私は学術書が読めるのならそれで満足だからいいけど）

ステラの夢は、特級の生活魔法を生み出すことだ。

魔法には初級、中級、上級、そして特級の四つのクラスがある。特級魔法を生み出すことは、研究者としての名誉になる。

けれど現在の魔法の評価基準は、難易度や戦における有益性に偏ってしまっている部分がある。

攻撃魔法ならば破壊力。結界などの防御魔法なら耐久性。移動魔法ならその速さ。そうでなければ特殊な素質を持つ者のみが使える魔法……。

要するに、膨大な魔力と引き換えに凄《すさ》まじい効果が得られる特別な力、限られた者にしか使えない力がすばらしい魔法である――という定義なのだ。

ステラが専門にしている生活魔法は、日々の暮らしで不便なことを解決するための魔法である。

そのため使える者が多いほどよいという真逆の基準がある。

できるだけ魔力を消費しないで魔法の恩恵に与《あずか》ろうという発想の生活魔法は、なかなか評価を得られない。

そんな地味で目立たないとされている生活魔法の研究成果をまとめ、論文にし、現在の評価基準を覆すほどの有益性をもって特級魔法の認定を得る。

それがステラが一級魔法使いになった目的だ。

番人の仕事は、毎日一定の魔力を吸い取られるだけの「魔法使いなら誰にでもできる役目」であるため、魔法省内での評価には繋《つな》がらない。

それでも後悔はなかった。一級魔法使いが持つ魔法省の重要書物の閲覧権はステラにとって大変重要だからだ。

「……よし！　今日のノルマ達成」

ステラは魔道具から手を離し、軽く腕を伸ばしてから自らの肩を揉《も》んだ。

片手は魔道具、片手は本、というういつもの姿勢を一時間以上続けていると肩が凝るのだ。

軽い疲労と空腹を感じたステラは、くるりと椅子の位置を変えて、テーブルのほうへ身体を向ける。そして置いてあった紙袋からパンを取り出した。

個人の研究室が与えられているのをいいことに、行儀悪く本を読みながらの食事だ。

「栄養補給は大切に……っと」

ステラにとって、食事は優先順位が低い。油断すると研究を優先して食べ忘れてしまうこともあるほどだ。それで貧血気味になって、結局時間を無駄にしてしまった経験から、一日二食は死守するようにしていた。

（昔はこんなんじゃなかったけど……）

二年前まで、ステラは家事や料理をそれなりにしていたし、身なりにも自分なりに気を使っていたはずだった。

けれど、一人でいることが多くなるとすべてがいい加減になる。

食事はパン屋で調達したサンドイッチばかりで、お茶をいれる程度の調理しかしなくなった。

どうせ誰も気にしないから、当然化粧なんてしない。むしろ白粉《おしろい》がメガネにつくとレンズが曇って邪魔だ。

髪も洗ってあれば艶なんてなくていい。服は清潔で一応ほつれや破れがなければいい――そんな基準になってしまった。

食事をしながらも、考えるのは生活魔法についてだ。

（王都主要結界の技術を流用した、通信網。それから通信用魔道具……これが実現できたらどれだけ便利になるのかしら？）

通信用魔道具そのものは、主に公的な機関が使う道具としてすでに存在している。

また、使い魔を持つ魔法使いならば、使役している使い魔に手紙を運ばせることができるのだが、どちらも一級魔法使い相当の実力が必要だった。

魔法が使えない民は、人を遣《や》ったり、馬やロバなどを使ったりして時間をかけて手紙を運ぶしかない。

ステラの当面の目標は、全人口の一割未満ではあるものの初級程度の魔法が使える者たちが扱える通信装置の開発だ。

ゆくゆくは魔力を他者から供給してもらい、一般人にも広めたいが、そこは特権階級である魔法使いたちの反発が大きいだろう。

ステラが汎用性のある通信用魔道具を作りたいと考えたのは、ジュリオとの手紙のやり取りが過去の自分にとって、心の支えとなっていたからかもしれない。

彼との関係は二年前に終わってしまったが、昔彼に支えられた事実までは否定したくなかった。

（いけない……！　ジュリオお兄様のことなんて思い出しても仕方ないわ。今は研究一筋なんだから。……そうよ、問題は情報の圧縮……それだけを考えなきゃ）

かぶりを振り、どうにかして過去の記憶を頭から追い出した。

ステラが考える通信用魔道具は、言葉を一度なんらかの魔力的な信号に置き換え、それを再び言葉に直すという方法で、遠くにいる相手に声を届けるというものだ。

今はどんな理論で、言葉を情報として置き換えるかの思案を重ねている段階だった。

（光……？　刺激……？　現状存在するもので一番近いのは回光通信機かな？　でもそれだと声が再現できない）

人の声には感情を伝える力がある。そこを再現するのが難関で、ステラの研究はまだ先が長そうだった。

お気に入りのパンが半分の大きさになった頃、扉がノックされた。

「ステラ君、いるかい？」

ステラと同じ紺色のローブをまとった青年が研究室に入ってきた。

「……相変わらず、君の研究室は魔道具と本でごちゃごちゃだね……」

キョロキョロと部屋の中を見回しながら、青年は壁際に置いてあった椅子を見つけ、ステラの近くまで持ってきてからそこに腰を下ろした。

「これでも整理はしているんですよ。片づけても片づけても、ものがあふれるんですから不思議ですよね。それよりミケーレさん、どうしましたか？」

ミケーレ・アナスタージは現アナスタージ伯爵家の三男で魔法省の人事部に所属する二十五歳の青年だ。

茶色の髪に榛色《はしばみいろ》の瞳。少し細めの目はいつも笑っていて、気難しくプライドが高い者が多いとされる魔法使いの中では、めずらしく温和な人柄で親しみやすさがある。

「いとこ殿にちょっと頼みたいことがあるんだ」

そして彼は、ステラのいとこでもあった。

「はぁ……、そうですか」

人事部所属の彼の用件は、ほぼどこかの部署からの応援要請だと決まっていたため、ステラはついため息をついてしまった。

「そんな嫌そうな顔をしないでくれ。ウルバーノ・アナスタージの一人娘の力を借りたい者は結構多いんだよ」

ウルバーノ・アナスタージはステラの実父であり、生前五つの特級魔法を生み出した最凶の魔法使いだ。最凶、と呼ばれているのは、彼が作り出した特級魔法が殺傷能力の高い攻撃魔法だったからにほかならない。

けれどウルバーノはいつしか、自分が生み出した魔法が人を殺《あや》める手段でしかないことを悔やむようになった。

ステラが知る父は、その後悔からひたすら人の役に立つ生活魔法を研究する優しい人だった。

父の思いを知っているからこそ、ステラは研究を引き継ぎ、人を助ける魔法を作りたいのだ。

「アナスタージ……ね」

アナスタージという姓は、ミケーレの姓であり、かつてステラが名乗っていた姓でもある。

この国では女性の爵位継承が認められていない。そのため、父が持っていた爵位は叔父——つまりミケーレの父が継ぐことになった。

ステラの現在の姓であるティローネは、ステラが幼い頃に亡くなった母のものだった。

「私、魔力供給の道具じゃないんですけど。番人の職務だけでも大変なのに」

番人のメンバーはほかにも二十人くらいいるのに、最年少で現在平民のステラは仕事を押しつけられがちである。

「大変というけれど、今日のぶんはもう終わっているんだよね？　……いやぁ、さすがだ。魔力保有量で君に勝てるのは、国王陛下とアベラルド公爵閣下くらいだろうね」

「ゴホッ！」

久々にジュリオの名を聞いたステラは、油断してむせてしまった。

つい先ほども彼のことをチラリと思い出していたのに、他人からその名を予告なしに聞いただけで、胸がチクチクと痛むのだから困ったものだ。

「大丈夫？　……ところでいつもパンしか食べていないけれど、まさかそれが君の昼食ってわけじゃないよね？」

「もちろん違いますよ。朝食兼昼食です」

「おいおい」

ステラは残りのパンを急いで咀嚼《そしゃく》したあと、テーブルの上に置かれていた水筒をよいせ、と手元に引き寄せた。

この水筒にもステラの作った試作段階の生活魔法の理論が使われている。

生活魔法は使用者によって効果のムラが出ないようにするため、魔道具というかたちを取ることが多い。

この水筒は重すぎるのが難点で改良中だが、かなりの自信作だった。

口の中をすっきりさせてから、ステラは立ち上がり、少しずれていたメガネをかけ直した。

「それで、今日のお手伝いはどちらですか？」

「騎士団付き魔法使いからの要請で、戦闘訓練の結界構築用魔道具を動かしてほしい」

「えぇ？　……嫌なんですけど……」

正式な部署名は『王都治安維持部・第一騎士団共闘部隊』、通称『騎士団付き』は魔法省の花形部署である。

職務は騎士団と連携し、宮廷内及び王都の治安を守ることだ。騎士団からの要請で重要人物の護衛を共同で行ったり、魔法が絡む犯罪の捜査を行ったりするのが主な任務だ。

彼らは、魔法使いの名家出身の実力者揃《ぞろ》いで、とにかくプライドの高い者たちの集まりという印象だった。

彼らの一部には、とくにステラを目の敵のように思っている者もいるから、近づきたくなかった。

（番人の職務のあとに、大型結界を作るなんて……）

ステラたちが管理している王都主要結界は桁違いの規模だが、訓練で使われる結界構築用魔道具は、分類としては「大型」で、一人で扱うのは一級魔法使いであっても苦労する。

少なくとも、番人として毎日魔力を吸い取られている者に依頼してよい作業ではない。

依頼主もその内容も、聞いた時点で嫌がらせでしかないとわかるものだった。

「僕も逆らえなくてね」

ミケーレが肩をすくめた。

ステラは難しい立場の自分に距離を置かずにいてくれるいとこを、貴重な同僚だと認識していた。

結局、彼をあいだに挟んだ要請は断れない。

「仕方ないです……。行きましょう、ミケーレさん」

管理棟と呼ばれている王都主要結界維持管理部が入る区画を出てしばらく歩くと、人事部の掲示板があった。

そこには終わったばかりの一級魔法使い選抜試験の結果が貼られている。

「今年の最年少合格者、いくつだと思う?」

ミケーレが掲示板をチラリと眺めながらつぶやいた。

「さぁ、わかりかねます」

「魔法学院を一年飛び級した二十一歳だって。君はまだ最年少の一級魔法使いのままだ」

一般的には魔法学院の卒業見込みの者が、一級魔法使いの選抜試験を受けることになっていて、合格率は卒業生の二割ほどだ。

ステラは少し特殊で、魔法学院に通わないまま一級魔法使いとなった。

資格を得ると、同時に魔法省への入省が確約されるのだが、ごく稀《まれ》に資格を得ても別の道を選択する者もいる。

ジュリオがそうで、彼は騎士となったあとに試験を受けて、難なく合格したらしい。

ステラもジュリオも、例外的な存在と言える。かつて一緒に暮らしていた者がどちらも特異な例である理由は、二人が最凶の魔法使いウルバーノ・アナスタージから理論と実践を教わっていた影響が大きい。

「べつに最年少じゃなくてもいいです。むしろ年下が入ってきてくれたら私もちゃんと先輩になれる気がして嬉しいですよ。……なんて、やっぱり年齢に関係なく平民の私はずっと軽い扱いを受けるんでしょうけど」

父の死によって家の後ろ盾がなくなったため、ステラの立場は弱く、それゆえ閑職に甘んじている。仮にあと数年経《た》って年下の後輩が魔法省に配属されたとしても、きっと彼らは平民の魔法使いを先輩とは認めてくれないだろう。

だから自分が最年少であってもなくても、やっぱりどうでもよかった。

「だったら君が貴族になればいいじゃないか。昔の君は伯爵家のお嬢様だったんだから。血筋を重視する魔法使いの家系の者は君を欲しがるはずだ。……そう、例えば結婚とか」

「まさか！　……恋人もいませんし……結婚なんて面倒くさそうです」

「だから縁談を片っ端から断っているのかい？」

ステラは少し困惑しながらも、素直に頷《うなず》いた。異性でいとこの彼に自分の結婚観を語るのはなんだか妙な気分だった。

「一級魔法使いでよかったです。公的な身分がなければ、お断りできなかったでしょうから」

確かにステラには多くの縁談がもたらされる。

魔法使いとしての素養は、親から受け継がれるからだ。けれど、ステラに近づいてくる者は、結婚相手としてステラを欲しているくせに、なぜか好意的ではなくステラを見下している。

哀れな平民に施しを与える――そんな態度なのだ。

きっとステラを優秀な子を授かるための道具としか考えていないのだろう。

（そんな男はこっちから願い下げよ！　本当に）

幸いにして一級魔法使いには、結婚の自由が保証されている。

これはかつて、強い魔力を持つ女性を権力で無理やり従わせ、子を産ませるということが問題となった結果、定まった権利だった。

もちろん、結婚は自由だといくら言われても、優秀な後継者が欲しいと望む者は多く、身分の高い者からの申し出を完全に無視することはできないから、あくまで建前でしかない。

それでもステラは今のところ、その建前でなんとか意に添わない縁談をかわしていた。

「そんなこと言わずに。僕はどう？　……わりと本気なんだけど、いとこ殿」

思いがけない言葉に驚いて、ステラはミケーレに向き直った。

いつもどおり、彼は年下のいとこを気遣ってくれている。けれど、彼がステラに恋をしているとは到底思えない。

温和な人物だし、魔法省内部の人の中では一番親しい相手ではあるものの、彼がいとこにかまうのは人事部に在籍する者としての職務上の都合によるものが大きいとステラは感じていた。

（私って……地味なメガネに子供っぽい体型で……女性としての魅力に欠けるもの）

特別不細工ということはないはずだが、服装や髪型に気を使っている令嬢たちの中にいると悪目立ちする地味さだ。

そんなステラを二十五歳の青年が好きになるはずはない。

けれど悪気はなく、冗談でもないのだろう。なんとなく同情されているような気がした。

「叔父様ににらまれそう。私はずっと生活魔法の研究だけできればそれでいいんです。結婚なんて絶対にしたくないです」

そもそもステラは父を亡くしてすぐ、叔父に引き取られたのだ。

けれど生活魔法の研究を真っ向から否定し、邪魔までしてきた叔父とは相容れず、絶縁して家を出た。

ミケーレを嫌っているわけではないが、あの叔父ともう一度縁続きになるのはごめんだった。

「そう、残念」

ミケーレはおどけてみせる。

彼はステラが入ってこないでほしい境界を無理やり越えてこない人だ。そういうところには好感が持てた。

やがて、闘技場のような建物——訓練施設が見えてくる。

戦いを得意とする魔法使いたちは、日々この場所で技能の向上を目指し切磋琢磨《せっさたくま》している。

どれだけ頑丈な造りになっていても、中級以上の魔法の破壊力は凄まじく、制限なしに使うところの施設そのものが簡単に壊れてしまう。

訓練施設で必要となる結界は、演習が行われている区画に魔法を閉じ込める——つまり、施設や見学者を守るためのものだ。

ステラとミケーレが施設の中に入ると、中にいた者たちの視線が一斉に集まった。

もちろん、好意的とは言い難い視線だ。

ステラは魔法省内部で異質な存在だから、そういう態度には慣れている。とくに気にせず、結界構築用魔道具の近くまで歩く。

（よかった、ジュリオお兄様……いいえ、アベラルド公爵閣下はいらっしゃらないみたい）

騎士団付きの魔法使いの訓練ならば、騎士も参加する可能性があった。

けれど今日はどうやら合同訓練ではないらしく、騎士たちの姿は見当たらない。

ジュリオとはほとんど関わりがないのだが、同じ宮廷内で働いているため、今でも時々顔を合わせる。そのたびにステラは気にしないふりをするのに苦労してしまう。

「あら、ステラさん。遅かったわね。番人ごときがわたくしたちを待たせないでくださる？」

近づいてきたのはステラと同じ年に一級魔法使いとなったブリジッタ・テオダートだ。

彼女はその年の首席合格者であり、魔法省のトップである筆頭魔法使いテオダート侯爵の娘でもある。

年齢は二十三歳で、やはり飛び級しての試験合格者だ。

生家は侯爵家、黒い巻き髪に青い瞳を持つ美人で花形の騎士団付き魔法使い――非の打ち所がないエリートだ。

そして、ことあるごとにステラに絡んでくる厄介な人物でもある。

「そうだったんですか？　ごめんなさい、呼び出しを受けてから、できるだけ急いで来たつもりなんですけれど」

味方の少ないステラが彼女を怒らせてもなんの得にもならない。内心イラッとしたものの大人の対応と心の中で唱えて、ブリジッタの言葉を受け流す。

「鈍くさいからかしらねぇ……。そうですわ、せっかくですからわたくしと手合わせをいたしませんか？」

ブリジッタとやり合う気はないという態度が、対抗心を煽《あお》ってしまったのだろうか。

彼女にはまったく退《ひ》いてくれる気配がない。

「今日は皆様のサポートをするのが、私の仕事だとうかがっております。それより早く結界を張らせていただいてもいいでしょうか？」

「逃げるの⁉　試験の模擬戦闘でわたくしに勝利したことだけが、唯一の自慢だものね。それがまぐれだったって知られたくなくて避けているんでしょう？」

ステラは鈍感ではないから、ブリジッタがどうしてこんなにもステラに敵意を剝《む》き出しにするのかわかっているつもりだ。

ステラはその年の一級魔法使い選抜試験を次席で突破したのだが、じつは筆記試験も、模擬戦闘も、一位だったのだ。

唯一ブリジッタに負けたのは面接だけ。

そして面接官は筆頭魔法使い――つまりブリジッタの父親だった。

自分の娘にあり得ないほどの高得点をつけて、試験で最高得点だったステラにはわざと低い点数をつけた結果、首席と次席の入れ替わりが起こった。

誰が見ても身びいきをしたのが明らかだから、ブリジッタ本人にとっても屈辱だったに違いない。

ステラは、ブリジッタの輝かしい一級魔法使いとしての第一歩を穢《けが》した存在なのだ。

そしてステラが次席合格にもかかわらず閑職に追いやられたのも、テオダート侯爵家の意向が強く反映されている。

テオダート侯爵家に目をつけられることを恐れた同僚からも避けられているし、不平等がまかりとおる魔法省はステラにとって居心地の悪い職場だ。

（まったく！　二年も根に持たれても困るわ。自分の父親に抗議してほしいわよ）

けれど、一級魔法使いの地位を失いたくないステラは、やはりブリジッタとは揉めるわけにはいかないのだった。

もし、権力など気にしない立場だったら、身びいきの面接以外で勝てない者がどうしてそんなに自信満々なのかと言ってやりたかった。

「ブリジッタさん。人事部を通して打診していただけるのなら、私はいつでもお相手いたします」

「ず……、随分余裕ですわね。番人の職務で根こそぎ魔力を持っていかれているのに？」

「それほどではないはずです」

「さすが最凶魔法使いアナスタージの直系であらせられること」

せっかくの美人だというのに、話せば話すほど彼女の顔は歪《ゆが》んでいく。

そもそも、ステラは彼女たちの要請に応じてここに来たのだし、気に入らないのなら話しかける必要はない。とにかく理不尽ばかりだった。

どうしたものかと考えあぐねていると、二人のやり取りを眺めていた赤毛の魔法使いが一歩前に歩み出た。

「まあまあ、ブリジッタ様。ティローネ殿には訓練の手伝いをしていただかなければならないのですからそれくらいにしてあげましょう」

「そうでしたわ。わたくしったら……」

ステラは思わずため息をついてしまった。

勝手に喧嘩《けんか》を売ってきて、勝手なタイミングで終わらせるのだからあきれるしかなかった。

これ以上嫌みを言われないようにするためには、完璧に結界を張るしかない。

「では始めますよ。……訓練用の結界を張ればいいんですね？」

「ええ、そうよ。今回の訓練では、中級までの攻撃魔法の使用許可が出ているわ」

ブリジッタはそれだけ言って、ステラのそばから離れた。

「了解しました」

一度大きく深呼吸をしてから、ステラは結界構築用の大型魔道具に触れた。

魔道具には魔力を送り込むための石がついている。

そこに手をかざし起動の準備をするのだが——。

「な……なに？　……なにか、変……！」

すぐに異変が起こった。

魔力を送り込むだけで起動などするつもりはなかったというのに、ステラの魔力を糧にして勝手に魔法が発動した。

（これは……結界なんかじゃない……！）

そう感じたステラは、左腕につけているブレスレットに魔力を込めて、魔道具の周囲に別の結界を張った。

直後にボンッ！　となにかが爆《は》ぜる音が響き、ステラが張った円柱状の結界内部に土埃《つちぼこり》が舞う。

爆発が収まったあとには、粉々に砕けた魔道具が残った。

何人かの魔法使いが悲鳴を上げたが、ステラの魔法によって人的被害は出なかった。けれど、それでよかったなどということにはならない。

「ステラさんっ！　あなた……なにをしたの？　まさか、貴重な魔道具を壊したの⁉」

ブリジッタがものすごい剣幕で駆け寄ってくる。

「私じゃありません。魔道具のほうがおかしく――」

「言い訳なんてみっともないわ！」

ステラの言葉を遮るように、ブリジッタが大声で叫ぶ。

今ここにいるのは、騎士団付きの魔法使いとミケーレだけだ。ステラは自分が置かれた状況がかなりまずいと察して、血の気が引いていく心地だった。

「……まさか、先ほど言い返せなかった腹いせではないのか？　それでこんな危険な真似《まね》を？　君も名誉ある一級魔法使いの一員のはず……それがどうしてっ！」

赤毛の魔法使いもステラを勝手に犯人に仕立て上げ、非難を浴びせた。

ステラがブレスレット――小型の魔道具を使って皆を守ったはずなのに、事情を説明させてもらえる隙もなかった。

（なに……？　これ……私、もしかして嵌《は》められた……？）

今にも掴みかかる勢いの赤毛の魔法使いとステラのあいだに、ミケーレが割って入った。

「落ち着いてください。一方的に責めるのはよくありません。まずは状況の整理を……」

「……おまえは確か人事部の？　ティローネ殿の身内じゃないか！　……目撃者も大勢いる中での犯行を庇《かば》ってどうする？」

「それは……」

それからは散々な目に遭った。

すぐに魔法省の幹部がやってきて、ブリジッタの報告によりステラは拘束されてしまった。

そのまま証拠を隠滅する可能性があるとして、自宅謹慎を申し渡された。

もちろんステラは、必死に、けれど平静さを失わないように努めて反論した。

「……証拠隠滅の恐れが私にあるというのなら、騎士団付きの皆さんのほうにこそその可能性があると思います。あの爆発は、間違いなく装置側に問題があって発生したものです。私は騎士団付きの方からの急な依頼で装置に触れました。それまで誰の管理下にあったのか……。どうして、平等な裁可をしてくださらないのか、不思議でなりません！」

できるだけ論理的な主張をしているつもりだった。魔道具が最初から壊れていた、または細工がしてあった可能性を少しも考えないのは明らかに不自然だ。

それでも擁護してくれる者は誰もいない。

「愚かな。ステラ・ティローネ！　高価な魔道具の破壊だけではなく騎士団付き魔法使いの名誉を傷つける発言は許されん。即刻立ち去りたまえ。罪が確定したら魔道具の弁償もさせてやるから今から覚悟しておくがいい」

幹部の一人がまくし立てる。

もうこの場ではどんな主張をしても意味がないと諦めるしかなかった。

「……わかりました、従います。ですが、私はあくまで容疑者になったのかもしれませんが容疑者です。現場の保全だけは、どうか完璧に。砂粒一つ持ち去らないようにしてください」

悪あがきに証拠の保全を求めたのは、魔法省の幹部の中に誰か一人でもいいから公平な者がいてくれたらと期待してのことだ。

けれどそれも、ほとんど意味がないとわかっていた。

「フン、当然だ」

ステラが素直に頷くと、拘束が解かれた。結局、三日後に調査報告会が開かれることになったが、ステラを罰する前提なのは火を見るより明らかだった。

ヒソヒソと聞こえてくる中傷を無視して、ステラは訓練施設をあとにする。今日はこのまま帰宅するしかないのだろう。

ミケーレだけが、そんなステラを追いかけてきてくれた。

「ステラ君……その、……なんというか……すまない」

心底申し訳なさそうにしている様子から、彼もこれが陰謀だと気づいているのだと察せられた。

「いいえ、私の考えが甘かったんです。もう結果はわかっています……地位の剝奪ですよ、きっと」

一級魔法使いの地位は今のステラが持つたった一つの誇りだった。それが奪われてしまうことを想像すると絶望的な気分だ。

さらに結界構築用魔道具の弁償もしなければならない。大型の魔道具はとても高価で、個人で弁償できるような代物ではない。おそらく、一級魔法使いの生涯年収と同額程度だ。

失職することがほぼ確定している状況ではどうにもならない額だった。

(身分を剝奪、借金まで背負わせる……。上の人たちは私をどうしたいの?)

そもそも彼らがその気なら、一級魔法使い選抜試験でステラを不合格にすることもできたはずだ。

上層部は天涯孤独のステラが、魔法省の管轄からはずれたところでアナスタージの直系の力を使うことをよしとしなかったのだろう。

だから、一級魔法使いの地位を与え、利用しつつも絶対に出世させない方針だったとステラは考えていた。

魔法省のために魔力を吸い取られる閑職に甘んじていれば、研究だけはさせてもらえるはずだったのに、どうして変わってしまったのだろうか。

いくら考えても、手持ちの情報が少なすぎてわからない。

「やっぱり、うちに来ないか？　一人では限界だろう。君にちゃんとした後ろ盾があれば、こんなことにはならなかったはずだ。……魔道具の弁償の件もアナスタージ伯爵家が交渉すればきっとどうにかなるよ」

「ミケーレさんは優しいですね。その言葉だけで十分です」

優しい言葉をかけてもらっているとわかっているのに、なんの感情も湧いてこなかった。

いつの間にか、魔法省のエントランスまでたどり着いていた。

ステラはミケーレにペコリと頭を下げてから、一人で歩き出した。

涙があふれてきたのは、ステラの自宅――古びた集合住宅の二階にある扉を閉めたあとだった。

「悔しい……悔しい……よ……」

倒れ込むようにベッドに寝転がって、毛布をギュッと抱きかかえる。

ステラの人生の中で、悲しいこと、つらいことはたくさんあった。それでも、こんなにドロドロとした汚い理不尽な経験は初めてだった。

「諦めたくない。……でも、壊れた装置の細工を調べる方法なんて」

そうつぶやいてから、ステラはある可能性に気がついた。

（修復魔法なら……私が魔道具に触れる前の回路がどうなっていたのかわかるかも）

魔道具は、魔力を込めるだけで正確に魔法が使えるようになる便利な装置だ。

そして回路というのは、魔法を制御するための計算式が組み込まれている重要な部品だ。

訓練施設の魔道具は、一度魔力を装置にため込んだあと、ダイヤルで強度を指定してから起動させる仕組みだった。

魔力を注いだだけで暴発してしまったということは、回路が壊れていたか、別のものに置き換わっていたとしか考えられない。

それを確実に調べられる方法が修復魔法だ。

修復魔法は特級魔法の一つで〝時〟を操る特殊な素養が必要なため、使い手が限られている。

指折りの魔力保有者であるステラにも、適性がなくて使えない魔法だった。

（今、現役で修復魔法が使えるのは――ジュリオ・アベラルド公爵閣下、ただ一人……）

ステラは寝返って、ぼんやりと天井を仰ぎ見た。

「ジュリオ、お兄様……」

真っ白な天井を眺めていても、ジュリオに頼るべきかどうかの答えは見つからない。

そのまま泣いたり、少しのあいだウトウトしたりを繰り返していると、いつの間にか朝になっていた。

腫れぼったくなってしまった目を擦《こす》りながら身を起こしたステラは、机の引き出しから小物入れを取り出した。

そこには青い石がついたペンダントが一つ、収められている。

一緒に暮らしていた頃、ステラは彼を清廉潔白な王子様だと思っていた。

礼儀正しくて、優しくて、誠実で――。

けれど、一級魔法使いとなってから知った彼の本当の姿はまるで別人だった。

「国王陛下に忠誠を誓う最高の騎士……、でも女性を泣かせてばかりの軽い人……」

噂《うわさ》によれば、彼はご令嬢全員に優しく、甘い言葉を紡ぐ人なのだという。

頼めばとびきりの笑顔でダンスに応じてくれる。けれど、特定の恋人は作らず、毎回違う女性と親しくしている。

どうやら任命式のときに一緒にいた令嬢も、彼の周囲にたくさんいる女性のうちの一人だったらしい。

彼についての噂は、人付き合いをほとんどしないステラの耳にも届く。そのたびに、ステラは彼に幻滅し、同時に人を見る目がなかったかつての自分自身を恥ずかしく感じた。

「軟派な男……。昔はそんなふうに見えなかったのに」

庭園で会った日、ステラは彼の人となりまで変わったとは思っていなかった。けれどそうではなかった。今のジュリオはステラの知っている昔の彼とは違う。頼ったところで聞き入れてはくれないだろう。

「やっぱり無理よ。はぁ……。修復魔法以外で、私ができるなにかは……」

ステラはペンダントをぶらぶらとさせながら、青い石を指で弾《はじ》いた。

絶対に使うことはないとわかっているのに、捨てずにいるのだから随分と未練がましいと、自分で自分を笑いたくなる。

けれどそのとき、青い石が一瞬鈍く光を放った。

同時にカリカリと窓のほうから異音が響いてきた。

「ノッテ？」

窓の向こうには、青い瞳にピンとした耳、立派な体つきの犬の姿があった。

彼はペンダントの送り主——ジュリオの使い魔であり、ステラに手紙を運んでくれる可愛いペットでもあった。

ステラの部屋は二階にあり、ベランダはなく鉢植えなどを置くためのウィンドウボックスが設置されている。その狭い場所に大型犬が無理やり乗っていて、早く開けてほしいと必死にガラスをカリカリしていた。

慌てて窓を開けると、ノッテが部屋の中に飛び込んできた。尻尾はパタパタと揺れて、ステラとの再会を喜んでいる様子だ。昔と変わらず、口には手紙を咥《くわ》えている。

「……ジュ……公爵閣下からの手紙？」

「ワン！」

青い封筒がパサリと床に落ちた。

ステラはそれを拾い上げ、急いで中身を確認した。

『大切な話があるので、私の屋敷まで来てほしい』

手紙には綺麗な文字で簡潔にそう記されていた。

第二章　愛人契約のはずですが？

ジュリオ・アベラルド――彼に出会ったのはステラが十二歳の頃だった。

ジュリオの父である当時の国王が亡くなった直後、第二王子のジュリオを次の王位に就けようと、彼の外祖父が反乱を起こし、国内は荒れていた。

第一王位継承権を持つジュリオの異母兄を生んだ前王妃はすでに故人で、おまけに外戚の力が弱かった。対して後添いとなったジュリオの母の生家は、この国の西側一帯を所領とし一定の自治を認められている大公家だった。

西の大公家は身分の低い前王妃から生まれた第一王子よりも、ジュリオこそが次期国王にふさわしいと主張していたが、国王は取り合わなかった。

だからこそ国王崩御のタイミングで、大公家の反乱は起こったのだ。

当時、まだ王子と呼ばれていた十七歳のジュリオは、祖父には従わず異母兄の王位継承を望んだ。異母兄とジュリオは、母親は違えど仲のよい兄弟だったのだ。

そんな兄弟の思いなど無視し、それぞれを支持する者たちの動きは加速していく。

どれだけジュリオが無駄な戦いをやめるように説得しても祖父は応じなかったという。

祖父の手から逃れ、異母兄のもとに身を寄せても、祖父はそのまま自領に立て籠もり敵対行動を続けた。

異母兄側も一枚岩ではなく、過激派が潜在的な脅威であるジュリオを暗殺しようとくわだてた。

つまり当時のジュリオは常に、祖父の手の者に連れ攫《さら》われる可能性と、異母兄側の過激派に暗殺される可能性に怯《おび》えながら暮らすことを強いられていたのだ。

内乱の最中《さなか》、宮廷は彼にとって安全な場所ではなかった。

まだ混乱が収まらないうちに新国王となった異母兄は、戦いが終息するまでジュリオをアナスタージ伯爵家に預けることにした。

最凶の魔法使いウルバーノ・アナスタージならば、どちらの勢力からもジュリオを守りきることができると判断したからだ。

王都から遠く離れた西部では反乱軍と新国王派の正規軍とのにらみ合いが続いている。

そんな実感が持てないほど、ステラが暮らすアナスタージ家の生活はとても穏やかだった。

「ステラ。今日は新しい同居人を紹介しよう。……第二王子ジュリオ殿下だ」

ウルバーノが連れてきたのは、金髪に澄んだ青い瞳の少年だった。

「しばらく一緒に暮らすことになったジュリオだ。……よろしく頼む」

ステラは本物の王子様に出会えたことが嬉しくて、目を輝かせた。

「まぁ、一緒に暮らすのだから家族みたいなものだ。よかったな、ステラ！　おまえのお兄ちゃんだぞ」

ウルバーノがニカッと笑いながらそんな補足をした。

「家族？　……それなら、ジュリオお兄様って呼んでもいいですか？」

ステラの家族は父のウルバーノだけだった。

母はステラが幼い頃に病で亡くなってしまい、兄も姉もいない。そして父の都合で使用人も雇っていなかった。

父から魔法の理論を教わる生活は充実していたが、もっと人と触れ合いたかった。

兄がいたら楽しいだろう――そんなふうに考えていた。

「……かまわないよ、私も君のことはステラと呼ぼう」

「わーい！　ジュリオお兄様、一緒にご本を読みましょう？」

そう言って、ステラは読みかけの学術書を広げた。

「君は子供向けの本の代わりに学術書を読むのか？」

ジュリオが目を丸くする。

（ハッ！　……いけない。こういうの生意気かも……）

ステラは慌てて、近くにあった十代の子供にちょうどよさそうな物語を手に取った。

「ほら、子供向けの本も読みますよ。今はこのお話がお気に入りです」

その物語は、継母《ままはは》にいじめられて森の中に捨てられた娘が、王子様に出会い、一緒に怪物を倒しに行くというストーリーだった。

旅の途中で二人は恋に落ちて、怪物を倒したあとに結ばれる。

ステラがとくに気に入っているのは、最後に二人が宮廷舞踏会で踊り、国王夫妻や舞踏会の参加者から祝福されるシーンだ。

「この王子様、ジュリオお兄様にそっくりなんです」

「私に？」

ジュリオはペラペラとページをめくりながら不思議そうにしている。

「あ！　そうでした。この本……挿絵がないから……」

ステラは壁際の棚から、自分で描いたらくがきを持ってきた。

頭の中にあるイメージを膨らませようと、一番印象的だった舞踏会のシーンを頑張って描いたのだ。

作中には、王子様の髪の色は金髪という記述がある。

この本にすっかり嵌まっている時期に、物語から飛び出してきたかのような王子様に出会えたことが、なんだか偶然とは思えなかった。

「へぇ……。女の子はちょっと君に似ているね。舞踏会だろうか？」

ステラは少々照れながら頷いた。

娘の容姿がステラと似ていることは偶然ではなかった。娘の髪の色は物語の中に書かれていなかったので、ステラは娘を自分に見立てて、王子様とダンスをする妄想をしていたのだ。

「私、大人になったら立派な魔法使いになって、お父様と一緒に素敵な生活魔法をたくさん作りたいんですけれど、お姫様になって宮廷舞踏会でダンスも踊りたいんです！　やりたいことがたくさんあって大変なの」

「そうなんだ。君は伯爵令嬢だし、私も一応王子だから、もう少し大きくなったら宮廷舞踏会でダンスをする夢は叶《かな》うよ」

「本当に？」

ステラは目を輝かせた。

「ああ、それくらいお安いご用だ」

会ったばかりだというのに、ステラは柔らかい笑みを浮かべるジュリオのことが大好きになってしまった。

あとで思い返すと、この頃のステラはジュリオの立場を慮《おもんばか》ることができていなかったのだろう。

魔法についての知識だけなら、十二歳にしてすでに魔法学院の入試試験を受ければ合格するのではないかというくらい賢い娘ではあったのだが、遠い場所で起こっている内乱についてはいまいち実感が持てずにいた。

その原因は、極端に他者との関わりが薄かったせいだ。

ウルバーノはあまり人を信用しない性格だった。

過去、戦争で使われる特級魔法を五つも生み出したため多くの者から恨みを買っているし、屋敷には貴重な研究資料もあるため、他者との関わりを制限していたのだ。

そんな閉ざされた環境の中で、ジュリオとステラは兄妹のように暮らした。

ジュリオから刺激を受けて、ステラは他人から伝わってくるいろいろな感情を知っていった。

嬉しい、楽しい、心がほかほかする――ほとんどがいいものばかりだったが、中にはステラが持て余す感情もあった。

「お父様、どうしましょう。……本に答えが書いていない疑問だらけなの」

「なにがあったんだい？」

ステラの悩みは、ジュリオのことだ。

アナスタージ家でのジュリオはいつも笑っていた。けれど、それは年下の女の子の前で見せた強がりでしかなかったのだと一緒に暮らしている中で気づいた。

祖父と異母兄が対立し、きっと遠く離れた場所では内乱により死者が出ている。その原因が自分にあるという状況で、心から笑えるはずもなかったのだ。

ジュリオのことを想《おも》うと、胸が苦しい。こんな感情を抱くのは初めてで、ステラは本気で困り果てた。

「ジュリオお兄様がまた眠れていないみたいなの。目の下が真っ黒で、朝食は食べていないし、昼食のスープも残して。……どうしたらいいの？」

「うむ……」

父は腕を組んで考えてくれているが、答えは出てこないみたいだった。

「お兄様に、どうしたら元気になれるのか聞いてみたの！　でも『そんなことないよ、元気だよ』って……なんだか、悲しい気持ちになったわ」

未熟なステラは、具合が悪いときに素直にそれを口にしないジュリオの思考がまったく理解できなかった。

体調を崩したときや、嫌なことがあって気分が落ち込んだときは、誰かに優しくしてもらったり特別においしいデザートを用意してもらったりして、元気になるものだからだ。

自分自身がいつも父やジュリオに頼っている。だからこそ、家族がつらいときにはなにかしたいと思うのに、頼ってもらえないのは、とにかく悲しい。

「心の問題はどうにもならないからなぁ」

ウルバーノは解決策を提示してくれなかった。

「そんなぁ」

「だが、そういうときこそ生活魔法だ。ジュリオ殿下を励ます生活魔法を考えてごらん」

「わかったわ。……ありがとう、お父様」

自分で考えろという雰囲気を醸し出しつつも、父はヒントをくれた。

生活魔法は人が困っている部分を助け補う魔法だ。ステラはすぐさま紙やペンを用意し、ジュリオのためにどんな魔法を生み出せばいいのか考えた。


それから二週間。ジュリオの目の下にあるクマは悪化するばかりだったが、ステラは生活魔法を組み込んだいくつかの魔道具を作り上げた。

夜遅くになってから、ステラはジュリオの部屋を訪ねる。

「こんばんは、ジュリオお兄様」

「……こんな遅くにどうしたんだい？　もうとっくに寝ているはずの時間だ」

「お兄様に言われたくありません」

ジュリオは机の上に本をたくさん積んで、こんな時間まで勉学に勤《いそ》しんでいる。

午前中はウルバーノと一緒に剣術や魔法での戦闘訓練をして、午後はステラも加わって魔法理論を学び、それぞれが興味のあるテーマを研究するという日々を送っているのに、まだ足りないのだろうか。

「よく眠れる魔道具を考えたから試してみてください」

「……安眠の？」

ステラは完成したばかりの魔道具を一旦ベッドの脇にあるサイドテーブルに置いてから、無理やりジュリオの手を引っ張った。

彼は困惑しつつも素直に従って、ベッドに横たわる。きっとステラに心配をかけていることを後ろめたく思っていたのだろう。

ステラは研究ノートをジュリオの前にドーンと掲げた。

「まずは体温。足が冷えると眠れないいんですって。それから光！　わずかに揺らぐ優しい色が、心と身体をリラックスさせてくれます。……そうした研究で誕生した魔道具がこちらです！」

ステラは大げさな身振り手振りで作りたての魔道具を紹介していった。

一つ目はシーツの上に敷いて足を温める布状の魔道具。二つ目はほんの少しだけ光を放つ、ランタンの代わりとなる魔道具。――すべてにステラの魔力が込められている。

「これを私のために？」

「ええ。だってお兄様の嘘を聞きたくないんだもの」

ステラは必死だった。ジュリオの嘘は悪気があってのものではない。

だから彼の嘘を聞かずに済む手っ取り早い方法は、嘘を嘘でなくしてしまうことだと考えた。

不眠症が治れば、ジュリオの「大丈夫」は一歩本当に近づくはずだ。

「嘘か……。そうだね、年下の女の子に弱みを見せたくなくて……嘘をついていたのかもしれない」

素直に認めてくれるなら、ステラは許すしかない。

さっそく足下を温める魔道具を毛布の下にもぐり込ませ、ランタンの代わりの魔道具以外の明かりを全部消した。

「さあ、ジュリオお兄様。もう就寝の時間ですよ」

ぼんやりとした橙色《だいだいいろ》の光はきっとジュリオを穏やかな心地にするはずだ。

ステラは母になった気持ちで、支度を終わらせてから彼の頭を撫でてあげた。

「ステラの魔力を感じる」

「ご、ごめんなさい。過敏なほうでしたか？」

感覚が鋭い者は、他者の魔力を感じ取る。魔力というものは目に見えないのだが、人によっては色や音に近い存在として認識している。嫌いな波動の魔力を浴びるとめまいがしたり雑音に苦しんだりするのだと本で読んだことがある。

ステラのしたことが逆効果なら、今すぐこの魔道具を回収しなければならない。

「いいや、君の魔力……とても心地いいからそのままで。……今夜はよく眠れそうだ。ステラの生活魔法は本当に優しい魔法なんだね？　……おやすみ、ステラ」

もしかしたら妹分をがっかりさせないための強がりかもしれないと考えたステラだが、それは杞《き》憂《ゆう》だった。

ジュリオの言葉に小さなあくびが混じり、声もとろんとしているから、本当に眠いのだとわかる。

「おやすみなさい。いい夢を」

最後にささやくような声でそう言ってから、ステラは静かに彼の部屋をあとにした。

翌日も、翌々日も、ジュリオはステラに魔道具を起動するように頼んできた。

彼は強い魔力を持っているのだから、自分の魔力で動かせばいいのに、そうしようとしない。

「ステラの魔力のほうが心が落ち着く」

ほかにも、眠る前のジュリオは、頭を撫でてほしいだとか、少しのあいだでいいから手を握ってほしいだとか、やたらと甘えてきた。

普段、誰かに頼られることが滅多にないステラだが、ジュリオからなにかをお願いされたらはりきってしまう。

面倒だとは一度も感じなかった。

ジュリオは物知りで、格好よくて、おまけに優しい人だ。そんな人がステラには弱い部分を見せてくれる。そのことで、ステラは彼の特別な――ちゃんとした家族という存在になれた気がした。

そうやって過ごしていくうちに、だんだんとジュリオの目の下にあったクマが消えていった。規則正しい睡眠習慣の影響なのか、食事も残さなくなった。

そこから先も、ジュリオを取り巻く政治的な状況がよくなったわけではなかったが、アナスタージ家の中での彼は、以前よりも自然な笑い方をするようになった。

◇◇◇

ジュリオがアナスタージ家にやってきてから約一年。ジュリオの外祖父と王妃だった母が捕まったことにより、ひとまず内乱は終わりを迎えた。

けれど、ジュリオはそのままアナスタージ家で暮らし続けた。

祖父を支持していた者たちが散り散りになって逃走を図り、まだ新国王であるジュリオの兄やジユリオを狙っていたからだ。

毎日父やジュリオと一緒に魔法の研究をして、時々買い物をして、料理を作る。のんびり過ごすときも、遠くに出かけるときも、いつも二人一緒だった。

そんな生活は、初めて彼に会った日から、三年後に終わりを迎えた。

「ジュリオお兄様、どこかへ行っちゃうの？　騎士になるって、本当なの？」

「あぁ、来月には出ていくつもりだ」

二十歳になったジュリオには、王位継承権の放棄と引き換えに公爵位が与えられた。

そして彼は、異母兄への忠誠心を示すために騎士となった。

この三年間、かつて最凶の魔法使いと呼ばれたウルバーノに師事し、力を蓄えたジュリオにはもう庇護《ひご》が必要なくなったのだ。

自立することはよいことだ。――けれど、ステラはまったく喜べなかった。

「嫌よ。だってずっと家族でいたいもの！　……騎士になってもアナスタージ家から宮廷に通えばいいじゃない」

ステラは彼を困らせるだけだとわかっていたのに、どうしても納得できず、駄々をこねた。

ジュリオの服をギュッと掴んで放すものかとしがみつく。

そんな妹分の頭をジュリオは根気よく撫でてなぐさめてくれた。

「……そうだ！　私、お兄様のお嫁さんになる。そうしたらお兄様は本当にアナスタージ家の一員になれるでしょう？」

名案を思いついたとばかりに、ステラは顔を上げた。

自立しようとしている人間とどうにかして一緒にいられる方法がないか、未熟者なりに考えて出した結論だった。

ジュリオは驚いて、けれどすぐに笑ってくれた。

「ありがとう。……だったら、君が結婚できる歳になったときに気持ちが変わっていなかったら、そうしよう」

「本当に？　絶対⁉　絶対よ！　私、ずっと変わらない自信があるわ！」

「私だって同じだよ。ステラより大切なものなんてなにもないから。……そうだ、約束の証にいいものをあげよう」

ジュリオが上着のポケットを探って、握りしめた手を掲げた。

パッと開いた手から青い石が落ちてくる。鎖がついているから地面に落ちることはなく、青い石はステラの目前でゆらゆらと揺れていた。

「綺麗な石」

動くたびに石の中にある不純物が光を反射している。なんだか星を閉じ込めてあるようだった。

「私の使い魔に君の居場所を知らせるためのペンダントだ。これがあれば、いつでも手紙のやり取りができる」

この石を持っていればジュリオの使い魔ノッテがやってきてくれる。ジュリオの手紙を運ぶだけではなく、ステラが魔力を込めれば、ノッテを呼び出せる仕組みだった。

離ればなれになっても、それで関係が終わってしまうわけではない。

ジュリオに励まされ、ステラは笑顔で彼を送り出すことができた。

騎士の任務が忙しいようで、それからジュリオとは月に一度程度しか会えなくなったが、約束どおり、頻繁に手紙のやり取りをしているので寂しくはなかった。

◇　◇　◇

ジュリオがアナスタージ家を出てから半年が過ぎたある日、一ヶ月ぶりに彼がアナスタージ家を訪れた。

事前にノッテを通して手紙をもらっていたステラは、エントランスの扉から外に出てずっとジュリオの到着を待っていた。

「ジュリオお兄様！」

「……ステラ、ただいま」

馬車に乗ってやってきたジュリオがステップを下りると、ステラはすぐに彼に飛びついた。

「お帰りなさい」

もうアナスタージの家を出た人のはずだが、挨拶は「ただいま」だった。それが、彼がまだステラの家族である証のようだった。

ギュッと抱きついたままでいると、ふいに身体が持ち上がる。

「お兄様？」

ジュリオがステラを抱き上げて、そのまま屋敷の中へと進む。

最初に抱きついたのはステラのほうだというのに、急にソワソワとした心地になった。

「どうかしたのか？」

ステラはもうすぐ十六歳になる。小柄だが体型的には成人女性と変わらない。彼はそんなステラを軽々と抱き上げたのだ。こんなふうにされたのは初めてではないけれど、なんだかこれまでとは違っている気がした。

「え、ええっと……。前より大きくなりましたか？」

出会ったとき、彼は十七歳だった。その時点でほとんど成長が止まっている年齢だったため、べつに身長が伸びたわけでもないのに、ステラはついそんな質問をしてしまった。

「……腕周りは太くなったかもしれない。騎士になってからこれまで以上に身体を動かす機会が増えたからな」

前よりも安定感があるのに、心が落ち着かない。それは彼がステラの知らないところで少しずつ変わっていっていることへの寂しさだろうか。

「顔が赤いみたいだけど、どうかしたのか？　暑いなら離れようか？」

「いいえ、大丈夫です！　このままがいい」

「変なステラ」

クスクスと笑う彼の仕草を見ていると、またステラの症状が悪化していく。心が落ち着かない自覚があるのに、くっついていたいのはなぜか。

それから二回ほど彼に会ってから、ステラはようやく答えにたどり着いた。

(私、ジュリオお兄様のことが本当に……好き。……特別だから、こんなに胸がざわざわするんだ)

結婚したいと堂々と言ったときですら、ステラは自分の恋心に無自覚だった。

あのときは、ジュリオという大切な家族と離ればなれになるのが嫌で、深く考えていなかったのだ。知らないところでたくましくなっていくジュリオの変化を感じて、ようやく自分が彼に向けている感情が家族への親愛とは違うのだと自覚した。

もっと彼と一緒にいたい、けれど負担にはなりたくない。

彼に甘えたい、それ以上にステラが頼られたい。

離れているあいだも、気がつけば毎日ジュリオのことを考えている。それだけで幸せだった。

そんな頃、アナスタージ家は予想もしていなかった不幸に見舞われた。

ステラが十六歳になったばかりのある日、ウルバーノが魔法使いとしての任務中に死亡したのだ。

父の葬儀が終わるまで、ジュリオはステラに寄り添ってくれた。

女性であるステラには権利がないため、爵位はこれまで関係が希薄だった父の弟が継いだ。アナスタージの屋敷には叔父一家が引っ越してきて、ステラは叔父に養われる身となった。

「最凶の魔法使いの娘なら、攻撃魔法を研究しろ。……生活魔法の研究資料なんてくだらないものは紙くず同然だ！　捨ててしまえ！」

「魔法学院すら卒業していないのに一級魔法使いの選抜試験を受ける、だと？　お子様に試験を受けさせたら名門アナスタージ伯爵家の恥となるではないか」

「使い魔だかなんだか知らないが、この屋敷に妙な動物を引き入れるな！」

叔父はステラがやることなすことにかく気に入らない様子だった。

とくにノッテと繋がっているペンダントを捨てられそうになったときなどは、本気で叔父を魔法で攻撃してしまおうかと思ったほどだ。

そのときはミケーレが仲裁してくれたのだが、まもなく限界が訪れた。

反抗的だったステラは叔父から絶縁を突きつけられ、以降亡き母の姓を名乗り、一人での生活を始めることになった。

（はぁ……。ジュリオお兄様になんて言おう……？）

叔父との決別に後悔はなかったが、ジュリオにどう話すべきかは迷っていた。

最近彼から届いたばかりの手紙には、騎士の任務で重要な案件を担当していると書かれていた。

そんな時期に彼を煩わせたくないし、彼はステラの保護者ではない。ステラはもう十六歳なのだから、ただ彼に負担をかけるだけの存在ではいけないと考えた。

だからステラは、ジュリオにアナスタージ家を出た事実を打ち明けられなかった。

もちろんずっと黙っているつもりはなく、生活が落ち着いたら話そうと考えていたのだが、しばらくすると相談をしなかったことで叱られるのではないかと不安になった。

後ろめたさがあって、ステラのほうから手紙を出す回数が少なくなった。

ちょうどその頃、ジュリオは騎士団の任務で王都を離れる機会が増え、そのせいで交流が減っていった。

完全に機会を逃すかたちとなり、ステラには大きな秘密ができてしまった。

急に父を失い、ジュリオと会う機会が減ったステラは、一人ぼっちだった。寂しさを紛らわせるために一級魔法使い選抜試験合格に向けて、勉学に勤しむようになった。

夢のため、生計を立てるため、大人になったと証明するため。

合格したら隠し事を打ち明けよう。そうしたら、最近なんだか離れてしまった気がしているジュリオの近くにまた行ける。

このときのステラはまだそんな愚かな夢を見ていた。

◇◇◇

久しぶりに手紙をもらったせいで、ステラの中に過去の記憶が蘇《よみがえ》ってくる。

あの頃を思い出し、変わってしまった今の自分を考えると、とにかく胸が痛い。

二年前、ジュリオとの関係が壊れてしまってからのステラは、食事の時間を大切にしなくなった。

お姫様に憧れていたことも忘れ、可愛い服を着たいとも思わなくなった。

今のステラにとって、ジュリオと過ごしたあの日々は眩《まぶ》しすぎて封じておきたい記憶だ。

とくにジュリオへの好意を一切隠す気がなかった過去の自分が恥ずかしい。

（まさに、黒歴史……）

唯一変わらずに持ち続けているのは、生活魔法への探究心だけ。そして今、この先研究を行えるかが危ぶまれる状況になっている。

その状況を打破できる力を持っているのは、この手紙の送り主だ。

（……それにしても、どうしてジュリオお兄様は今更手紙なんてくれたのかしら？）

ステラは改めて、ノッテが運んできた手紙に視線を落とした。

『大切な話があるので、私の屋敷まで来てほしい』

このタイミングで手紙が届けられたのだから、昨日の事件に関係しているのだろうか。

（まさか、協力してくれるつもりがある……とか……？）

女性に対しては不誠実で華やかな噂には事欠かないジュリオだが、国王に忠誠を誓い国のために尽くす騎士として、職務上の評判はすこぶるよい。すべてにおいて不誠実というわけではないのかもしれない。

もう赤の他人だから頼れるはずはないと考えていたステラだが、違ったのだろうか。

一方で、彼が騎士団付き魔法使いや幹部たちの味方であり、この手紙がステラをさらなる窮地に追い込む罠《わな》である可能性はないか考えてみる。

（わからない。……二年前から、あの方の考えなんてこれっぽっちも理解できないんだから。今までずっと、昔のことなんて忘れたみたいな態度だったし……）

あちらは、ステラの苗字《みょうじ》が変わっていることくらいさすがに気づいているはずだ。平民であるにもかかわらず一級魔法使いになったステラはよくも悪くも注目を浴びる。

現アナスタージ家とステラの確執も、広く知られた話だからジュリオの耳に入っていないとは考えづらい。

それでも、二年前のあの日以降、一度としてステラを気遣う言葉をかけてくれたことはない。

（この呼び出しに応じたら、二人きりで会話をするの……？　そんなの無理よ）

宮廷内ですれ違うときは、会釈するふりをして下を向き、やり過ごしていた。

魔法省付属の図書館で鉢合わせしたことが何度かあったが、そのときも姿を見かけた瞬間、そっと距離を取った。

ステラは今でも、彼をまっすぐに見据えて冷静に話ができるか不安だった。

「ワン！　ワン！」

ノッテが軽く吠《ほ》えたのは、返事をくれという催促だ。

ステラが考える打開策に修復魔法は必須だ。その唯一の使い手を怒らせたいわけではないけれど、ジュリオと会う決断はなかなかできない。

「ごめんね、ノッテ。私からはなにもないから帰ってくれる？　……あの方に用があるときは、もちろんあなたを呼ぶわ」

ステラとしては、もう少し心を落ち着かせて考える時間が欲しかった。

だから一旦ノッテを帰らせようとしたのだが……。

「ワゥゥゥン」

彼は急に伏せの姿勢になってしまった。

「ちょ、ちょっと……まさかあの方の命令？」

ステラは外へと繋がる扉を開けて、ノッテをなんとか追い出そうと試みた。けれど、彼は重たくて、持ち上げようとしてもまったく動かない。

「クゥゥ……」

やめてくれ、と悲しそうに鼻を鳴らすから、ステラはなにもできなくなってしまう。

「もう！」

使い魔は主人にどこまでも忠実だ。もし返事を預かってくるまで帰ってくるなと命令されていたのだとしたら、部屋から引きずり出してもジュリオのもとへは戻らない。

しばらく悩んだステラは、ペンを握りしめ、手紙を書いた。


『ジュリオ・アベラルド公爵閣下。お久しぶりでございます。お屋敷への訪問のご提案をいただきましたこと、誠に光栄に存じます。大変恐れ入りますが、どういったご用件かおうかがいしてもよろしいでしょうか？　――ステラ・ティローネ』


精一杯の強がりで、ステラは他人行儀な文章を綴《つづ》った。

実際、彼が味方かどうかもわからない。

賢い使い魔は手紙を受け取ると、勢いよく二階の窓から飛び出して、主人のもとへ帰っていく。

ステラはなんだか疲れてしまって、もう一度ベッドに寝転がった。

「……本当に、今更……」

けれど起きたばかりで眠ることはできず、次第にじっとしているのに飽きてきた。

昨日から着替えをしていなかったことを思い出したステラは、とりあえず顔を洗ってから、タンスの中から引っ張り出した服に袖を通す。

すると玄関扉の向こうからカリカリという音が聞こえはじめた。

「ノッテ、もう戻ってきたの？」

まだ三十分ほどしか経っていないのに、もう返事がもらえたのだろうか。

今度は扉から使い魔を部屋の中に入れてやった。彼はしっかりとジュリオからの返事を咥えていた。

『昨日の事件について話がある。……他人行儀なやり取りが不毛だから、今からそちらに行く』

その手紙を読んだ瞬間、ステラは身体から血の気が引いていくような感覚に陥った。

「家に来る⁉　無理無理無理無理！」

「ワウゥ？」

今から彼がここに来るのなら、それはつまりこの家を見られてしまうということだ。

散乱している本、散乱している大量のパン屋の紙袋、やっぱり散乱している衣類――ベッド以外、綺麗な場所がどこにもない一室だ。

ステラの唯一のこだわりは腐るものを放置しないという部分だけだ。

「ノッテ、手伝って！　こんな汚い部屋を見られたら、私は……」

調査報告会の前に、羞恥心で死んでしまう可能性があった。

あわあわとしながら、ステラはとりあえずパン屋の紙袋を拾い集める。

ノッテもおろおろと部屋の中を動き回るが、ごみと必要なものの区別がつくわけもなく、結局なにもしてくれない。

お気に入りのパン屋の袋が抱えきれないほどいっぱいになったところで、ごみ箱に入れようとしたのだが、それより前に扉がノックされた。

「ステラ、私だ。……ん？　扉が……」

ノッテを迎え入れたとき、鍵を閉め忘れていたどころか、扉が半開きになっていたらしい。

ノックの衝撃だけでギーッ、という音を立てながら勝手に開いてしまう。

「……ひぃっ」

古びた一室の入り口に、上質なフロックコートを着た男性が目をぱちくりとさせながら立っていた。久しぶりに間近で見るジュリオは、神々しく思えるほど綺麗だった。金色の髪は少し動くだけで光を反射し、長い睫毛《まつげ》に縁取られた瞳はたとえどんな表情をしていても美しかった。

だからこそ、質素な集合住宅の一室にいると違和感がある。

「君はいったい、なにを……」

「パン屋の袋を捨てようとしているだけです！　お気になさらないでください」

けれど動揺のあまり、ステラはほとんどの袋を落としてしまう。

ジュリオは散らばった紙袋を拾い、印刷された店名をじっと見つめていた。

「……汚いのは仕方ないにしても、同じパン屋の袋が散乱しているのは看過できない。偏った食事は寿命を縮める」

ジュリオの唇がヒクヒクと震えていた。どうにか愛想笑いを浮かべようとしたができない、という様子が丸わかりだった。

挨拶もなしにそんな指摘をされたステラの中に、沸々と怒りが込み上げてきた。

「いいなんて言っていないのに勝手にやってきて開口一番皮肉ですか？　穀物、お肉、野菜、乳製品……サンドイッチは完全食品です！　味だって日替わりでいろいろあるんですよ」

するとジュリオはステラの頭のてっぺんからつま先までを観察して、こう言った。

「とても完全食品を食べて、健康で文化的な生活を送っているとは思えないが？」

「……くっ！」

身長は女性の平均よりやや下で、豊満という言葉とは縁遠い身体――これでは言い返すことができなかった。

「まぁ、部屋の件は置いておこう。汚い部屋で話し合いをするか、私の屋敷で話し合いをするか……どちらか好きなほうを選んでくれ」

この部屋を他人に見られ続けることは、裸を見られることと同じくらい恥ずかしい。

ステラは無言のまま、落ちていた上着を拾い袖を通す。そのまま、ジュリオに続いてしぶしぶ家の外に出た。

集合住宅の適当な柱に真っ白な馬が繋がれている。

鞍《くら》の細工が細かいし、たてがみと臀部《でんぶ》がツヤツヤだから、どこからどう見ても高貴な人物の愛馬だとわかる。

家賃が破格ということ以外、どこにも褒められる部分がない集合住宅の前にそんなものがいたら、目立つに決まっている。

（関係者だと思われるのがなんか嫌）

錆《さ》びついて、いつ折れてもおかしくない手すりがついた階段を、金髪の貴公子が颯爽《さっそう》と下りる。

そこだけ空気が澄んでいるように見えた。

「ステラ、手を」

差し出された手を反射的に取ろうとして、ステラは我に返った。

先ほどは汚い部屋を見られた動揺で思わずにらみつけてしまったが、やはり彼をまっすぐに見据えることはできそうもなかった。

「……私から、閣下に相談させていただきたいことがあるのは事実です。だからこそ、馬に乗せていただくなんて図々しくてできません。……辻《つじ》馬車で向かいます」

今のところ彼を頼る以外、思いつく打開策がないのだ。機会を逃すのは間違っているのだが、冷静になれる時間が少しでもいいから欲しかった。

「いや、効率が悪い」

ジュリオはステラをひょいと抱き上げて、そのまま愛馬に跨《また》がった。

「ちょっと、なにするんですか⁉」

ステラはどうにか逃れようと、彼の胸を強く押し、足をバタバタとさせ、必死の抵抗を試みた。

「暴れると危ないし、かなり目立っているがいいのか？」

目立っているのは、ジュリオの外見が庶民的な地域にそぐわないからだ。

けれど、近所の人々がこちらを見ながらヒソヒソと話をしているのは事実だから、ステラは押し黙り、白馬の元王子様に連行されるしかなかった。

馬上でのステラはひたすらうつむき、無言を貫いた。

しばらく走ってたどり着いたのは、富裕層が暮らす地域にある屋敷だった。

ジュリオの屋敷は豪華な造りだけれど、貴族の邸宅としてはかなり小さかった。

敷地の中に入ると馬丁と思われる男性が現れて、ジュリオの愛馬をどこかへ連れていく。本館の裏手に厩舎《きゅうしゃ》らしきものが見えているので、そちらへ向かうのだろう。

馬から下りたジュリオは、屋敷のエントランス前で一度立ち止まる。

「少し、額に触れるよ」

逃げ出す間も与えず、彼はステラの額をちょんと指で弾いた。魔力の気配から、小さな魔法を使ったのだとわかる。

(この屋敷、入り口に複数の魔法がかけられているんだ……)

説明されるまでもなく、かつてのアナスタージ家でも同様の魔法が使われていた。建物内部に入るためには、ジュリオの承認が必要で、ステラは今、魔法による承認を与えられたのだ。

屋敷の中に入ると、すぐにリビングルームに通される。

ソファに座っているようにと言われ、ステラは逃げたい衝動に駆られつつも大人しく従った。

居心地の悪さに耐えきれず、室内をキョロキョロと観察する。

(馬のお世話をする方のほかに使用人はいないのかしら？　……伯爵家も昔はそうだったけれど)

ジュリオ以外、人の気配がまったくない。

アナスタージ伯爵家の場合、ウルバーノが凶悪な魔法の開発者として他者から恨みを買っていたり、貴重な文献を数多く持っていたりしていたため、人を雇いたくなかったという理由がある。

生活魔法を組み込んだ魔道具があれば、大抵のことはできてしまうから不自由はないのだが、公爵であるはずのジュリオの屋敷の質素さにステラは驚いていた。

しばらくすると、ジュリオが紅茶と焼き菓子を自ら運んできて、ステラの隣に座った。

昔だったら、どちらかが座っていれば隣に来るのが当たり前だったが、今はそんな関係ではない気がした。けれど、彼に頼みがあるのは自分のほうだからあからさまな拒絶はできない。

気まずい沈黙をどう打開すればいいか考えていたら、予告なくステラのお腹《なか》が鳴った。

事件直前にパンをかじって以降、丸一日なにも食べていなかったせいだ。

(気づかれていないわよね？)

そんな期待はすぐに打ち砕かれる。テーブルの中央にあった皿が、スーッ、とステラの近くに移動してきた。

ジュリオはお腹を空《す》かせたステラへの同情なのか、目を合わせず腹の音には気づかなかったことにしたいらしい。けれどその配慮が、ステラのプライドを余計に傷つけた。

「……い、い……いただきます……」

これ以上の醜態を晒《さら》したくないステラは、ひとまずチョコレートが入ったクッキーをかじるが、ジュリオからの視線が気になって味がしなかった。

それでもどうにかクッキーとマカロンを食べて、紅茶を一杯飲み終えたところで、ようやく本題に入った。

「ペンダントを捨てずにいてくれてよかったよ」

ジュリオの笑顔に、反発したくなったのはこれが初めてだった。

ペンダントを捨てなければならないほどのなにかをステラにしたのだという自覚があるだろうに、まるでそれを忘れたかのように振る舞うからだ。

「使い魔と繋がっている石を悪用されたらまずいですから、捨てられませんでした」

捨てる方法がなかっただけだとステラは主張してみた。

「そういえば、挨拶もまだだったね？　久しぶりだ、ステラ」

これまで宮廷内ですれ違ったことは何度かあったが、一対一で会って、話をするのは約二年ぶりだった。

「……はい。公爵閣下、ご無沙汰しておりました」

ステラは座ったままわずかに彼のほうに向き直り、軽く頭を下げた。

今のところ、無実を証明する手段はジュリオしか持っていないのだ。もっと好意的な態度で接するべきだとわかっているのに、今は失礼のないようにするだけで精一杯だった。

すると盛大なため息が聞こえてきた。

「まぁ、いい。本題に入ろう。……君が訓練施設の魔道具を故意に壊したと聞いた。一応こちらもいろいろ予想はしているが、まずは君から直接事情を聞きたい」

その件での呼び出しだったことはすでにわかっていたが、警戒は解けない。彼が敵である可能性もあるのだ。

「……魔道具を故意に壊した、とおっしゃいますが……それが真実だと公爵閣下もお考えなのでしょうか？」

「真実だと思っていたら、君を屋敷に招くはずがないだろう？」

彼は苦笑いをしたが、怒ってはいないようだ。

つまり、ステラを信じてくれるということだろうか。

たったそれだけで心を許してはならないと二年前のステラが警鐘を鳴らす。けれどこの件に関してだけは彼が公平であるという前提がなければ先に進めない。

ステラもできるだけ誠実に、事実を述べるしかなかった。

「わかりました。……お話しします」

それからステラは、騎士団付き魔法使いの手伝いを依頼されて以降の出来事を語った。

急な呼び出しだったこと、番人の誰かではなくステラが指定されていたこと、魔力を込めただけで装置が爆発したこと、そして主張が一切認められなかったこと――などだ。

「なるほど。……爆発時になにかおかしな点はなかったのか？」

「ここからは私の感覚的な話になってしまいますが、魔力を込めた瞬間、結界ではないほかの魔法が勝手に起動した気がしました」

「つまり、回路が書き換えられていた可能性がある、というのが君の考えだろうか？」

「私はそうだと思っています」

「だったら、修復魔法が必要か……」

ジュリオも同じ結論に至ったようだ。

やはり頼みは修復魔法だけだ。

（真摯な態度でお願いすれば助けてくれるのかしら？　でも……）

わざわざ貴重な時間を割いてくれたのだから、さすがに嵌められたステラをあざ笑うために呼び出したとは思えなかった。

そこまで話したところで、ジュリオがカップを持ち、優雅な手つきでそれを口元に運んだ。

なにか思案している様子だったので、ステラはしばらく彼の言葉を待った。

カップを置いたところで、彼は急に真剣な顔になった。

「……一つ問題がある。この事件、魔法省は内部の問題として終わらせるつもりで、私――というか、騎士団が捜査に入るのが難しい。組織同士の関係を揺るがしかねないからね」

「捜査……？」

彼は騎士団の任務として、この事件に介入するつもりだったのだろうか。

ステラは修復魔法さえ使えれば無実の証明ができると思っていたのだが、具体的にどうやって魔法省の管理下にある壊れた魔道具に修復魔法をかけるのかまでは、まったく考えていなかった。

「私が動くために、今回の事件が誰かの陰謀だという根拠が必要だ」

証拠はすべて魔法省側にあるのだから理不尽に思えるが、彼は公人として当たり前のことを言っているのだろう。

騎士団と魔法省は共闘関係にあるのだが、だからこそ、互いの領分を侵してはならないという暗黙の了解がある。

「私の証言ではなく……誰が見ても明らかな、物証のようなものということでしょうか？」

「あぁ、そうだ。公的機関に所属しているというのはじつに厄介なもので、立ち入り調査をすれば確実に事実が明らかになるとわかっていても、まず立ち入るための正当性が必要なんだ」

「正当性？　……だったら、私なんかに打つ手はありません」

魔法省所属の一級魔法使いであるステラも公人である。だから当然、ジュリオの言葉が正しいとわかっていた。

ジュリオが話を聞いてくれて協力的だったからこそ、余計に落胆が大きい。

「私は難しいと言っただけで、できないとは言っていない。……身内を守るためであれば多少の介入は許されるはずだ。ただ、通常より面倒というだけで」

身内――その言葉を聞いた瞬間、ステラの中に不快な感覚が込み上げてきた。

「身内……では、ないです。……だってジュリオお兄……公爵閣下は……私を……」

二年前に大庭園で会った日。結婚の約束が無効だとやんわり教えてくれたことを、ステラは彼なりの優しさだと解釈した。

けれど、彼を嫌いになりたくないから無理やりそう思い込んでいただけだったのかもしれない。

本当は、それまで家族同然だった二人の関係そのものの否定だったのだ。

同じ宮廷内にいて、ジュリオが一切話しかけることがなくなったのがその証拠だった。ステラのほうも避けていたが、それははっきりと言葉で別れを告げられるのが怖かったからだ。

ステラだってあの頃よりも少しは成長している。じわじわと、時間をかけてジュリオとの関係が終わったことを自分の中で受け入れるようにしてきた。

それなのに、彼はなんの権利があって今更蒸し返すのだろうか。

「ステラ。あの日、私は――」

「聞きたくない！　身内じゃない。……それなら、助けてくれなくていいです」

先に遠ざけたのは、ジュリオのほうだ。その彼が、簡単に「身内」だなんて言葉を口にするのがどうしても許せない。

捜査という言葉が使われていたあいだ、ステラはかろうじて冷静に彼の話を聞いていたし、彼の質問に答えることができた。

けれど、身内としてジュリオに「お願い」することは、なにか違う気がした。

膝の上で震えるほど強く握りしめていたステラの手を、ジュリオがそっと取った。

きっと彼は、ステラを落ち着かせようとしてそんなことをしたのだろう。それなのに、どうしてか今の彼が、美しい令嬢にほほえみかけていたいつかの姿と重なって見えた。

「い……嫌！」

気がつけば、思いっきり彼の手を振り払っていた。

彼に修復魔法を使ってもらわなければあとがないのはステラだというのに、こんな拒絶は間違っている。すぐにまずいことをしたと自覚したがもう遅かった。

ひときわ大きなため息をついたジュリオの目が据わっていた。

「今は意地を張っている場合ではないと思うが？　君は一級魔法使いの地位を失いたいのか？」

厳しい口調で、彼はステラに選択を迫ってくる。

「……私には、失いたくないものがあります。でも……そもそも、公爵閣下はどうして私を助けてくださるのですか？」

今の地位はアナスタージという姓を失って以降のステラが、唯一自分で勝ち取った大切なものだ。

なんとしてもしがみつくべきだと魔法使いとしてのステラが訴えている。

けれど、ジュリオに対する疑念を払拭できずにいる。そもそもステラを助けても彼にはなんの得もないのだから。

「随分頑固だな。だったら、なにか対価をもらおうか。それならば君も納得するんだろう？　身内じゃない。利害の一致で割り切ろう」

「特級魔法に対する対価⁉　そんなの払えるわけが……」

ステラ自身が魔法使いだからこそ、ジュリオの魔法の価値がどれほどかは想像できる。払いたくないのではない、おそらくステラには不可能だ。

「……現在、私しか使うことができない特級魔法だ。個人的な依頼でこの力を使ったことはないが、一回の使用料に値段をつけるのならば君が壊した魔道具よりも高価だと思う。……だから違うものをもらうよ」

ステラは、特級魔法と対等ななにかを自分が持っていないか考えてみた。

思いつくのは魔法に関する知識くらいだ。けれど同じ一級魔法使いの資格を持っているジュリオにとって価値のあるものとは思えない。

「身内ではない、お金もないというのなら、君が払えるものをもらう。……もう妹ではないから、そうだ……身も心も捧《ささ》げるというのなら、助けてあげようか」

ジュリオは昔とは違う、大人びた——悪い笑みを浮かべた。

「身も、心も……？」

ステラは目を見開く。

勘違いではないのなら、身も心も捧げるというのは——。

「君はこれから、私のものになるんだ。そう約束してくれたなら、私は自分の所有物を守るために全力を出す」

（愛人契約⁉）

それ以外に考えられなかった。

ステラにとってはまったくいい提案などではない。怒りと失望——それからすぐに逃げなければという危機感で、ジリジリと距離を取る。

けれど、立ち上がる前にジュリオに腕を掴まれ、腰を引き寄せられた。

もちろんステラは全力で抵抗した。なんとしてでも彼から離れようと、腕に力を込める。

「残念、今度は逃がさない……」

痛みを感じるほど強く押さえ込まれているわけではないのに、びくともしない。

ドクン、ドクン、と心臓が爆ぜそうになり、みるみるうちに頬が熱くなる。

「わ、私みたいな地味メガネを弄んで、ジュリオお兄様は嬉しいんですか？　いつからそんなに性格が悪くなったんですか？　し、しっ……失望しました！」

動揺のあまり何度も言葉を噛《か》みながら、ステラはとにかく拒絶の意思を示した。

「性格？　残念ながら、生まれつきとても悪いよ。知らなかったのは君くらいだ。……それから、私はもう君の兄じゃない」

兄ではないという言葉に今更驚きはしなかったが、やはり悲しくはなるのだった。

（あぁ……私、本当にジュリオお兄様のことをなにもわかっていなかったんだ）

アナスタージ家で一緒に暮らしていた頃のジュリオは、妹分を大切にしてくれる品行方正な青年だった。そうではない面があったことは、宮廷で再会した日から何度も思い知らされている。

一緒に暮らしていた頃のジュリオが本音を隠していたのだと知るのは、やはりせつないものだ。

「震えているのは、怒り？　それとも、私が怖い……？」

その質問にステラは答えられなかった。

どれも当たっていて、でもそれだけではない気もしている。

「さて、ステラはどうしたい？　一級魔法使いの資格を剥奪されたうえに多額の借金を背負うのか、私のものになるか……」

ステラは、意を決してジュリオをまっすぐに見つめた。もはやにらんでいるという状態だった。彼と関わるだけで、まだズキリと胸が痛むのだ。一方的な愛人契約がステラを幸せにしてくれるはずはない。

こんなにもせつなくなるのは、ステラが心の底から彼を嫌うことができずにいる証のような気がして自分自身が怖かった。

「私……」

今だって、対等な関係に戻れないと知って、泣きたい気分だ。

この感情を抱えたまま、ステラはきっと彼が飽きるまで一緒に居続けなければならないのだろう。

また捨てられる痛みを味わうのが、対価なのかもしれない。

「これからも、一級魔法使いでいたいんじゃないのか？」

それでもステラは、自分の地位を守ることだけを考えるべきなのだ。

「……します」

「聞こえない」

「お願いします、助けてください。アベラルド公爵閣下」

しっかりと目を逸《そ》らさずに、ステラは願いを口にした。

ジュリオはそんなステラの頭を撫でて、返事を態度で示した。

「約束しよう。……だが、その呼び方はよくないな。昔は違っただろう?」

「呼び方……」

以前と同じように彼を呼ぶことに、ステラはためらいがあった。けれども今は、すべてのプライドを捨てて、なにに代えても一級魔法使いであり続けると決めたばかりだ。

彼がそう望むなら、従わなければならない。

「……ジュリオ、お、お……お兄様……」

ステラは声を震わせながら、どうにか昔と同じように彼の名を呼んだ。

「少し違うよ、不合格。兄ではないと言っただろう?」

必死の努力も虚《むな》しく彼は首を横に振り不満を露《あら》わにした。

「ほかに呼び方なんて……」

「ステラは賢いんだから、ちゃんと考えればわかるはずだ」

丁寧に敬称をつけてもだめ、以前と同じでもだめ――ジュリオの嫌がらせのような言葉遊びが腹立たしい。

ステラが答えにたどり着けずにいると、ここに来てから三度目のため息が聞こえた。

「兄はいらない。名前で呼べばいい」

「……ジュリオ様」

何度か深呼吸をしてから、ステラは小声で彼の名を呼んだ。

それでようやくジュリオは手を放してくれた。

「これは契約だ。……今日から全力で、君を守るよ。……ステラ」

そのとき見せてくれた笑みは、優しかったあの頃のまま変わっていない気がして、ステラをさらに苦しくさせた。

身も心も――けれど、彼に愛されたいなどという感情だけは絶対に持たないように、強く己を律しなければならない。

もう一度彼に傷つけられるという覚悟が必要なのだと、このときのステラは思った。

◇◇◇

調査報告会という名の吊《つ》るし上げ裁判当日、ステラは普段どおり一級魔法使いのローブを身にまとい、堂々と訓練施設に入った。

粉々に砕けた魔道具の周囲にはロープが張られ、立ち入り禁止という張り紙がされていた。

すでに周囲には騎士団付きの魔法使いや魔法省幹部たち、それに見物を決め込む関係者が集まっていた。

ジュリオは助けてくれると言ったが、具体的にどういう方法で魔法省内部の事件に介入するのかは聞かされていなかった。

緊急時以外で修復魔法を大々的に使うのならば、国王の許可がいるから待ってほしい、と言われたまま当日になってしまったのだ。

ノッテが今朝方運んできた手紙には、もし処罰を受け入れる書類にサインを求められたら、応じろと書かれていた。

書類にサインをしたら、もう取り消しなどできないのではないだろうか。

疑問だらけだったが、手紙のやり取りをする間もなく調査報告会の開始時刻となった。

まだジュリオのことを信用できずにいるステラは、このまま彼が来なかったらどうしようかと不安になりつつも、今は手紙の内容に従うしかないと腹を括る。

円状に広がるがれきを見つめながら、ステラは気持ちをどうにか落ち着かせようとした。

「あらあらステラさん。その紺色のローブ、早くお脱ぎになったほうがいいのではありませんか？」

ブリジッタは完全に勝ち誇っていた。

彼女は筆頭魔法使いの娘で将来を期待されているから、そのおこぼれに与りたいという人間がいつもひっついている。

今日も取り巻きたちはステラをチラリと見ながらヒソヒソとなにか内緒話をしていた。

どう考えてもいい話ではないと、すぐにわかる。

「身分を剝奪されたら、そういたします。ですが、私は公平な調査を信じておりますので」

自分を鼓舞する強がりかもしれないが、ステラは胸を張って言い返した。

ドッ、と笑いが巻き起こる。

こういう反応はいつものことだから、無視を決め込む。

そうこうしているうちに、施設内が騒がしくなった。

これまでのステラに対するからかいとは違う、歓喜に近いなにかだ。

皆の視線の先を目で追うと、騎士の制服をまとったジュリオが颯爽と入ってくるところだった。

（本当に来てくれた……！）

部下数名を引き連れたジュリオが、皆が集まっている場所までたどり着くと、女性たちが黄色い声を上げた。

彼が率いる第一騎士団は、主に王侯貴族の護衛などの任務をこなしている。また魔法による事件や事故を解決するのも彼らの仕事だ。

第一騎士団に所属する騎士は、一級魔法使いの資格を持っている者こそ少ないが、かなりの実力者揃いだ。

戦いに特化した魔法を使い、剣技も巧みで、戦闘力だけならば平均的な一級魔法使いよりも上だ。だからここに集まる魔法使いたちの中に、騎士たちを見下す者はほぼいない。

むしろ、貴族の令嬢たちが憧れる理想の結婚相手だった。

中でも、ジュリオの人気は群を抜いている。

母方の親戚筋が反乱を起こしたが、彼個人は国王からの信頼が厚い公爵だ。魔法の腕前だけでもこの国最強クラスで、おそらくステラも勝てないだろう。それに剣技や明晰《めいせき》な頭脳を加えると、彼と張り合える者など誰一人としていない。

しかも顔までいいし、モテるに決まっている。

そんな騎士団長が突然現れたのだから、魔法使いたちが騒ぐのは当然だった。

「なぜここに騎士団の皆様が？」

魔法省の幹部の一人がジュリオに声をかける。どうしてこの場に騎士たちが現れたか、理由がわからず困惑した様子だ。

「いつも一緒に戦っている騎士団付きの魔法使いたちが爆発に巻き込まれる危険性があったと聞いて、いてもたってもいられなくなってしまったんだ」

つまり、騎士団付きの味方というわけだ。

「……アベラルド公爵閣下」

ブリジッタがうっとりとした様子で、ジュリオに近づいた。

「大変だったようだね？」

「ええ、本当に……！　野蛮な方のせいで、大怪我《おおけが》をしてもおかしくありませんでしたの」

どうやらブリジッタもジュリオに憧れる者の一人だったようだ。ジュリオの腕に触れ、甘えるような態度だった。

（咄嗟《とっさ》に結界を張ったのも私なんですがっ！　……ジュリオお兄様もどうして拒絶しないでベタベタ触られているの⁉）

ジュリオはステラの味方のはずだが、今はブリジッタ側の人間のように振る舞う。

この場から追い出されないようにするための演技だったとしても、ステラとしては腹立たしくて仕方がない。

「それではこれよりステラ・ティローネの結界構築用魔道具破壊事件についての調査報告を行う」

そこから先は、事件発生当日のやり取りを繰り返すだけだった。

実際、魔道具を壊したのはステラの魔力なのだから、言い逃れができない。

ステラは一応、回路の書き換えについての疑惑を主張してみたが、ならばこの場で証拠を提示しろと無理難題を言われてしまい取りつく島もない状況だった。

「――以上の証拠により、ステラ・ティローネの一級魔法使いとしての身分剥奪を決定。同時に破壊した魔道具の弁償を命じる」

まさに予定調和という印象で、ステラの処分が確定してしまった。

ステラは「魔道具を修繕または弁償し、以前と同じ機能を回復させること」という誓約書への署名を求められた。

（ジュリオお兄様は署名しろと言っていたわ。でも、本当に大丈夫なの？）

今だって、日頃から関わりのある騎士団付きの魔法使いの味方という態度だ。ステラはチラリとジュリオに視線を送るが、彼は気づいてもくれない。

（だめ！　ジュリオお兄様を信じるしか、道はないんだから）

ジュリオが本当に信頼できる人かどうか今でもわからないままだが、彼を信じなければステラの人生は詰んでしまう。

だからステラは、震える手でなんとか署名を済ませた。

「少し、いいだろうか？」

直後、ようやくジュリオが動き出した。

「アベラルド公爵閣下。どうなさいましたか？　まさか魔法省内部の処罰に口を挟むおつもりか？」

「いいや、そんなつもりはない。ただ、魔道具の弁償については、私が個人的に手伝ってあげようと思っているんだ」

やたらと個人という部分を強調しながら、ジュリオが魔道具に近づいた。

「……なにをおっしゃいますか!?」

「私が修復魔法を使えば損害については補填できる。じつは、国王陛下のご裁可もすでにいただいている」

そう言って、彼は副官から筒状の紙を受け取って、それを掲げた。

国王の署名が入った修復魔法の使用許可証だ。

（なるほど！　事件に介入するのではなく、善意で魔道具を直す作戦なんだ）

魔法省に対しなにかするのではなく、ステラ個人の負債を肩代わりするのなら、誰にも口出しできなくなる。

回路が書き換えられているというステラの予想が正しい場合、修復された魔道具は細工がされた状態のままだ。

例えば、魔道具の動作確認をステラ以外の誰かにやらせたら、また爆発するだろう。

ステラが感心していると、ブリジッタが怒りを露わにして一歩前に出た。

「あり得ません！　修復魔法の一回の使用をお金に換算したら、それこそ魔道具を上回るはずですわ。第一、あの者はアベラルド公爵閣下が気にかけるような娘ではありません」

「なぜ、それを君が決めるんだろうか？」

ジュリオから先ほどまでの友好的な印象は消え失《う》せていて、鋭い視線を彼女に向けている。

彼の変貌に、ブリジッタは明らかに動揺していた。

「わたくしが決めたのではありません。その娘は平民で、貴重な魔道具を腹いせで破壊するような醜い人間ですのよ。当然のことではありませんかっ！」

声をうわずらせ、それでもブリジッタは必死に訴える。

そんな彼女を横目で見ながら、ジュリオは一歩、二歩とステラのほうへ歩み寄った。そして寄り添うように肩を引き寄せとびきりの笑みを見せた。

「私が自分の大切な人を助けるのに、なにか理由がいるのだろうか？」

魔法使いたちがざわめき立つ。

「……大切な？」

「ステラ・ティローネと公爵閣下が？」

「まさか」

否定的な言葉が飛び交うが、ジュリオにはどこ吹く風だった。

（……え？　この方は突然なにを言い出したの……!?）

まったく状況についていけないステラの頭の中は、疑問符だらけになっていく。けれど、頭の回転は速いほうだから、様々な憶測がダーッと流れ出す。

（まるで恋人みたいじゃない！　そのほうが損害を肩代わりする理由になるから？　もしかしてこの場を乗り切るための偽装？　それとも本気で……いえ、いいえ……ない、わ。あり得ない。私って女性から大人気の公爵様の恋人になって、すぐに捨てられる哀れな女になってしまうってこと？　さすがにひどいんじゃ……！）

その場で問い詰めたくなる衝動に駆られ耐えられなくなった頃、ジュリオが「なにも言うな」と目で合図を送ってきた。

修復魔法を使ってもらえないと困るステラは、黙るしかない。

「ステラは私の特別な存在だ。内戦時、私が彼女の父君に保護されていたことくらい、皆知っているだろう？　そのときに結婚の約束をしている」

（……本当にどういうつもり⁉）

結婚の約束をしたというのは間違っていないから、余計にたちが悪い。

これでは二人の関係が婚約者同士だと言っているようなものだ。

「というわけで、ステラに代わって私が今すぐ弁償させていただく。調査書によれば事件発生は三日前の午前十一時五十三分。……それなら三分ほど余裕を持たせて午前十一時五十分の状態に戻せば間違いないね」

そこでステラはハッとした。

そもそも無実が証明されたら、ジュリオの愛人になる契約をしているのだ。

これから先、誠実な男性と清い交際ののちに結婚するなんて未来を望む権利は、誘いに乗った時点で消えている。

そのうちジュリオが飽きてステラを捨てたとしても、数あるジュリオの華やかな噂話の一つにステラが加わるだけだ。

「修復魔法は物質を移動させる魔法だ。——破壊以降にもし誰かが魔道具の一部を持ち帰っていた場合、生身の人間が回避できない速度でその者がたどった道を巻き戻ることになるのだが……」

今、ステラが全力でやらなければならないのは、己の潔白を証明することだ。

とりあえず婚約の件は忘れ、ジュリオを援護すべきだった。

「大丈夫です、ジュリオ様。爆発は私が咄嗟に張った結界で円形のこの範囲から塵《ちり》一つ逃しておりませんし、公平な調査のため確実にこの場を保全すると上層部の方々が約束してくださいましたから。魔道具の欠片《かけら》はすべてこの場所にあります！」

ステラはめいっぱいの笑顔で断言した。

これで、魔法省の幹部たちに逃げ道はない。

「それなら安心だ。修復魔法で通行人に死者を出すわけにはいかないからね」

なんでもないことのようにさわやかに言ってのけるが、これはジュリオのはったりが混じっているのだろう。

ステラは文献を読んだだけだが、確かに純粋に修復魔法だけを使うと、ジュリオが述べた現象が起こる。

誰かが破片を持ち帰っていた場合、恐ろしい速度でその物質が過去に通った道を逆行してしまうのだ。そこにたまたま人が歩いていたらその者の身体を貫くし、扉が閉まっていたら鉄製でも穴を開けて進む。とんでもなく危険な魔法だった。

けれどそれは、あくまで基礎となる魔法がそうであるというだけの話だ。

ジュリオが実際に使う場合は、安全に配慮し、障害物を回避するような補助的な魔法を追加するはずだ。

もちろん一級魔法使いが集まっているのだから、補助魔法の存在を知っている者もいるだろう。

だが、補助魔法の追加を依頼したら、自分たちの管理能力のなさを認めることになるので誰も言い出せないみたいだ。

ジュリオは魔道具の前で腰に携えていた剣を抜き放つ。

鞘《さや》や柄に色のついた複数の石の飾りがついているこの剣も魔道具の一種だった。

ジュリオは石の一つに、修復魔法を使うための回路を組み込んでいるのだ。

「では、さっさと済ませてしまおうか」

「お、お待ちくださいっ！」

ジュリオが剣を正面で構えた瞬間、焦った声で制止が入る。

振り向くと、そこには事件当日ステラにちょっかいをかけてきた赤毛の魔法使いが立っていた。

汗をダラダラと流し、目が血走り、今にも倒れそうなほど顔色が悪い。

（なるほど。彼が犯人なのね……）

ジュリオのはったりを聞いて焦る人物ならば、現場からなにかを持ち去った者で間違いない。彼が名乗り出なくても、ステラの無実は証明できたはずだが、自供はありがたい。

「なぜ邪魔をするんだ？」

わざとらしく首を傾《かし》げ本当に理由がわからないという態度のジュリオは、やはり性格に問題がありそうだった。

「魔道具に、……その……あの！　……魔道具に……」

赤毛の魔法使いは、なかなか真相を語ろうとしない。

こんなに多くの見物人がいる場所で罪を告白するのは勇気がいるだろう。

「どうして君程度の人間に、私が時間を割いてやらなければならないのか？　用があるならさっさと言えばいい」

ジュリオらしくない、目下の者を威圧するような態度だ。赤毛の魔法使いがガクガクと震えだし、どうにか言葉を口にしようとする。

「は、は……はい。魔道具から、回路を、抜き取った……抜き取りました！」

見物人が動揺し、施設内がざわめき出す。

「へぇ。なぜそのような真似を？　保全義務があったはずだ」

「私が、爆発が起こるように細工をしたのです！　その証拠を消すために侵入しました」

上手な言い訳が思いつかずに諦めたのか、赤毛の魔法使いは急にハキハキと答えはじめた。

もうごまかせないから、少しでも罪が軽くなるように捜査に協力的でいようと考えたのだろうか。

あまりの態度の変化に、ステラは呆気《あっけ》に取られた。

「なるほど。どんな細工をしたのか、聞かせてくれないか？」

「は、はい。魔力を込めただけで自動的に爆発が起こるように回路を書き換えました」

それはステラの主張と一致する。

先ほどまでステラをあざ笑っていた見物人たちの表情が、だんだんと気まずそうなものに変わっていく。

「まぁ！　ティローネさんがかわいそう」

「じつは私もそうじゃないかと思っていた。こんな卑劣な人間がいるなんて……」

そんな声が聞こえてくる。

ついさっきまではステラを非難していたのに、すばらしい変わり身の早さだった。

「回路を、どこに隠したんだろうか？」

「川に投げて捨てました」

そこまで尋問を続けたところで、ジュリオが副官に目配せをする。すると騎士たちが赤毛の魔法使いを拘束した。

「アベラルド公爵閣下⁉」

幹部の一人が抗議の声を上げる。魔法省内部の問題に騎士団が口を挟むなと言いたいのだ。

「魔法省内部で発生した事故なんていう生ぬるい扱いではもう済まされない。これは、明らかな犯罪行為だ。捜査の権限はもちろん騎士団にある」

「ですがっ！」

それでも幹部は食い下がる。

どうしても騎士の捜査を拒みたい事情があるのかもしれない。

「ステラは最初から回路に細工された罠だと主張していた。まったく取り合わず、調べもしない、証拠の保全もできない。彼一人の計画ではないのは明らかだろう。あなたにやましいことがないのなら、潔白を証明するためにも受け入れるべきだと思うが？」

組織的な犯行だから、余計に騎士団の介入は避けられない。

これ以上抵抗するのなら、捜査の邪魔をしたと見なして拘束すると脅す勢いだ。

考えていた以上に大ごととなってしまったため、ステラはもう成り行きを見守るしかなかった。

ジュリオの部下たちは、上官の命令に従って、ものすごい手際で捜査を進めていく。

赤毛の魔法使いを連行し、魔法省側の調査報告書を没収、あれよあれよという間に現場検証などが行われていった。

最後にステラへの賠償請求と身分剝奪について正式な撤回を幹部たちに認めさせ、ひとまず解散の流れになった。

ジュリオは施設を去る間際にまだ留《とど》まっていた者たちを一瞥《いちべつ》した。

「魔法省の自浄能力に期待している。彼女が私の大切な人であることをせいぜい忘れないでいることだな」

幹部たちも、騎士団付きの魔法使いたちも、無言だった。

騎士団付き魔法使いにとって、ジュリオは憧れの存在だ。剣の腕前だけではなく、魔法の実力も現役最強だと言われている特別な人物だ。

そんな彼に蔑むような視線を向けられたら、さぞショックだろう。

ステラとしては、自分がどんなに論理的に言っても聞き入れられなかった主張が、ジュリオの言葉で認められ少しだけ溜飲《りゅういん》が下がる思いだ。

「本日は、失礼させていただく。ステラも冤罪《えんざい》で地位を追われそうになり疲弊しているだろうから、このまま連れ帰る。今日と明日、ゆっくり休養させるつもりだ」

そう言ってから、ジュリオはステラの肩にそっと触れ、出入り口へ向かうように促した。

まるで恋人扱いだ。背後からジュリオに憧れを抱く者たちの視線がピリピリと突き刺さる。

「え？　ちょっと、放し――」

「契約」

耳に触れるか触れないかの距離でささやかれたひと言で、ステラは抵抗できなくなってしまう。

「歩けないのなら、抱きかかえてやろうか？」

事情を知らない者からすると気遣いに聞こえるが、ステラには脅しに思えた。

もし手を振り払ったら本当に抱きかかえてこの場を去る――そんな意味だ。

だからステラは大人しく彼のエスコートで退場し、促されるまま馬車に乗り込むしかなかった。

向かいに座ればいいのに、彼が当然のようにステラの隣に座るから、妙に窮屈だった。

「あの……。助けていただいてありがとうございました、ジュリオ様」

言いたいことはたくさんあるが、まずは彼が約束を守ってくれたことに感謝を述べるのが優先だった。

「いや、じつは兄上も魔法省の腐敗を気にされていたから、今回のことは省内部に堂々と捜査に入るためのいい口実になった」

まるでステラの件がなくても、いずれ魔法省をどうにかするつもりだったと言っているみたいだった。

自分のためではなかったとほのめかすひと言に、落胆しかけて――ふと気がつく。

「……捜査だったのなら、あんな約束は必要なかったのでは？」

どうにか撤回してくれないだろうかと、淡い期待を抱く。

ジュリオはあくまで笑顔で、けれどはっきりと首を横に振った。

「私に別の目的があったとしても、結局修復魔法を使わなかったとしても……君を守るという約束は果たしただろう？　契約は有効だ。……ステラの願いは叶えた。だから次は……」

続く言葉はない。その代わり、彼はステラの髪を一房取って弄び、軽く口づけをした。

これでもう、ステラは自分のものになったと言わんばかりだ。

気恥ずかしさで顔を真っ赤にしたステラだが、急に我に返る。

（……はっ！　そういえば、……下着とか、ぜんぜんなにも考えていなかった！）

今日まで調査報告会のことで頭がいっぱいで、その先にあるはずのジュリオとの愛人契約について具体的に考える余裕がなかった。

身体を求められると当然わかっていたのだが、それに伴う準備がいろいろな意味でできていなかったと今になって気がつく。

「……ええっと、今日は帰ってもいいですか？」

髪を弄んでいた手がピタリと止まった。

「なぜ？　たった今から君は私のもの――そうだろう？」

ジュリオの表情からわかりやすい不満と非難が伝わってくる。

「具体的にいつから有効かは決めていませんでした。心の準備がいるんです。本当に、いろいろ……あるんですっ！」

ステラは必死になって反論し、とにかく今日だけは勘弁してほしいと強く訴えた。助けてもらった以上、ステラのほうから契約を違《たが》える気などないけれど、どうしても今日は無理だった。

ジュリオはしばらく考え込んで、小さくため息をついてから口を開く。

「まぁいい。一日も待てないほど狭量ではないつもりだ。……だが、逃げるなよ？」

「逃げませんよ。私、約束は守るほうです」

「私もそうだよ」

しれっとそんなことを言うジュリオに、ステラは苛立《いらだ》ってしまう。

（結婚の約束を愛人契約にすり替えるし……約束を守るなんて、嘘……）

けれど、今回の約束だけは守ってくれたのだ。

二年前に無効になった結婚の話など、蒸し返しても仕方がない。

それに、先ほどは非常事態だったから許せたが、再びジュリオのほうから昔交わした結婚の約束についてなにか言ってくるようなことがあれば、ステラはきっと羞恥心で泣いてしまうだろう。

ステラにとって癒えない傷のようなものだからこそ、彼には触れてほしくなかった。

「ところであんなふうに私を扱う必要はあったんですか？　職場復帰したら面倒なんですが……？」

完全に恋人だと誤解されるように振る舞った彼の真意はいったいなんだったのか。元々女性との噂に事欠かないジュリオだが、特別な女性は作らないという話も聞いていたため違和感があった。

「牽制にもなるし、問題ない」

「……い、今の……今の恋人が泣きませんか？」

ステラとしては、二度と恥ずかしい思い違いなどしないと主張する意味もあったのだが、なぜか咎《とが》めるような視線を送られてしまった。

「いないよ、そんな相手。いたらさすがにあんな宣言はしない。……私はね、許されるのならば特別な人にはどこまでも誠実でいたいんだ」

おそらく現在特別に思う相手がいないというのは本当なのだろう。

けれど同時に、到底誠実とは言い難い対応をされているステラが彼の特別ではないと、改めて宣言されたようでもあった。

（弄ばれた令嬢がかわいそう。……なんて、これから弄ばれる予定の私が、同情する必要はないのだけれど）

「なんだろう？　その視線。もしや私を疑っているのか？」

「いいえ、まったく。疑ってなどおりません」

ただ、特別な相手以外の女性にももう少しだけ誠実になってくれてもいいのではないか、と思っただけだった。

ジュリオが不満げに短くため息をついた。

「まぁいい。……明日朝の九時頃に馬車を手配しておくから、それに乗っておいで」

こうしてステラには半日の猶予が与えられた。

第三章　健康管理されています

一旦帰宅したステラは、魔法使いのローブを脱いでからすぐに出かける支度をした。

まだ春の初めで肌寒い日もあるが、幸いにして今日は上着なしでちょうどいい気温だった。

「ノッテ、街へ買い物に行くから付き合って」

「ワン！」

帰りがけにジュリオがノッテを置いていった。護衛兼連絡役だからできる限り離れないようにと言われたので、ステラはペットとしてノッテを連れ歩くことにした。

そのまま近くの商業地区まで行って、普段はあまり入店しない少し高めの衣料品店の前までやってきた。

賢いノッテは、動物が入店できないことをわかっていて、店の前で待機していてくれる。

「ワウゥゥン」

見張り役は任せろ——とでも言いたげにしっかりとお座りをしている。

「ありがとう！　すぐに終わらせるからね」

ステラはほんの少しドキドキしながら店の中に入った。

（どうしても……下着だけは買っておかないと！）

目的の品はドロワーズにシュミーズ、それから靴下だった。

（洗濯だけは生活魔法できちんとやっているけれど、洗い晒しの綿素材の下着じゃ恥ずかしいわ）

破れがなく、清潔ならそれでいいというのがステラの基準だが、もちろん人に見せないという前提があるからこそだ。

下着売り場には肌が透けるほどの薄い布地でできた扇情的なデザインの品物も置かれている。

（こういうのがいいのかな……？）

一瞬、それを手にしようとしてみたが、正面にあった鏡に映った自分の姿を見てやめた。

（身体が貧相すぎて……絶対似合わない。それにべつにジュリオお兄様の好みなんて考える必要ないわ！　契約で、仕方なく……）

分不相応なものを選んでもさらに恥を掻くだけだ。

ステラは裾の部分がレースになっている可愛らしいドロワーズなどをいくつか買って店を出た。

「ノッテ、お待たせ」

しっかりお座りをして待っていてくれていた使い魔に声をかけると、彼はパタパタと尻尾を振りながら立ち上がった。

衣料品店の次はお気に入りのパン屋に行く。ここでは少しだけ健康に気をつけて、肉と野菜がバランスよく入っているパンを買うのがステラのこだわりだった。

（ちゃんと野菜入りのサンドイッチを選んでいるんだから、私ってえらい！）

効率のいい生活を送っているだけで、偏った食事などしていない――心の中でジュリオに反発しながら、帰途に就く。

少し買い物が長めだった以外、ステラはごくごく平凡な半日を過ごしたつもりだった。けれど明日から自分が大きく変わってしまう気がして、ずっと心は落ち着かない。

大好きな生活魔法の研究をしていても、本を読んでいても、どうしてもジュリオのことを考えてしまう。

結局、よく眠れずに朝を迎えてしまった。

ステラは顔を洗ってから新品の下着を身につけ、そこそこ気に入っているワンピースに袖を通す。ずっとふわふわとした心地のまま回復せず、ノッテに促され、迎えの馬車に乗りジュリオの屋敷へと向かった。

「おはよう、ステラ」

「おはようございます」

出迎えてくれたジュリオは、トラウザーズとシャツ、そしてベストというラフな服装だった。シャツのボタンをいくつかはずしていて、クラバットもしていないのになぜだかだらしなく見えない。

よく知らない大人の色気のようなものが感じられて、ステラは気恥ずかしさで彼を直視することができなかった。

「……いつも顔色が悪いけれど、今日は目の下のクマまで追加されているじゃないか！　一日でなにがあったんだ?」

彼は距離を詰めて、なんのためらいもなくステラの頬に触れてきた。

無理やり正面を向かされたせいで、しっかりと目が合ってしまう。ステラの忍耐力は三数えるくらいしかもたなかった。

目を泳がせ、頬を赤くしながらなんとか一歩下がってジュリオから逃れる。

「ちょっと本に夢中になってしまって、夜更かしをしたんです！」

本当は読んでいた本の内容が頭に入らず、油断すると今日これからするはずのいろいろなことを想像して動悸《どうき》に悩まされていたのだが、彼には正直に言えなかった。

「そんな、あからさまに遠ざからなくても。……契約はどうしたんだ？　おいで」

ジュリオが手招きをする。完全に懐かない猫としてステラを扱っているのだ。

契約により、ステラは彼に従わなければならない。ステラのほうから歩み寄って従順であることを示さなければならないというのだろう。

半日の猶予が終わった今、彼の命令に背くのは卑怯《ひきょう》だった。

だからステラは警戒しつつも自分から一歩彼に近づいたのだが……。

ジュリオが突然ステラを抱き上げた。

「わっ！　ちょっと……なんで……」

「君に触れるのに、いちいち理由なんて必要ない。こういう関係に早く慣れるように」

キラキラとした笑みなのに、反抗は許さないという圧を感じる。ステラはかなり動揺して心臓がバクバクと音を立てている状態だったがどうにか平静を装う。

相手がなんとも思っていないことで騒ぎ立てるのは、とても恥ずかしいのだ。

連れていかれたのは、先日と同じリビングルームだった。テーブルの上にはすでにお茶とお菓子が用意されている。

「ところでステラ、朝食は食べてきただろうか？」

彼はステラをゆっくりとソファに下ろしながら問いかけた。

「そういうものは食べない主義です。人は一日二食で生きていける生物なんですよ」

ステラの食事は基本的に一日二回だ。きっぱりと告げると、ジュリオから盛大なため息が返ってくる。彼はそのまま当然のことのように、ステラの隣に腰を下ろした。

「……やっぱりな、そういう部分から改善が必要だ。今日は中途半端な時間だから、とりあえず菓子でも食べておきなさい」

用意されていたのはドライフルーツとビスケットだった。彼はそのうち、オレンジのドライフルーツを摘まんでステラの唇に近づけた。

（このまま食べろ……ってこと？）

されるがままは嫌なので、唇に触れる位置にあったオレンジをパッと奪い取る。

「いただきます」

そのまま口の中に放り込むと、さわやかな甘みが広がっていく。

ジュリオは不服そうにしていたが、気づかないふりをする。

もし心も捧げなければならない契約を今持ち出されたら、ステラは契約違反になっていたかもしれない。

彼はとくにステラに改善を促すことはなく、始まったのは別の話だった。

「ステラ……、少しだけ報告をさせてくれ」

「報告……？　はい、お願いします」

「端的に言えば、主犯はあの調査報告会を仕切っていた幹部、実行犯はすでに捕まった男。……それだけだ」

それだけ、と言ったジュリオが不満そうだったので、騎士団でもそれ以上は踏み込めなかったという意味だとわかる。

ステラとしては、もっと大勢からの悪意を感じていたからままならない思いだが、ひとまず捕まった二人について聞くことにした。

「動機はなんだったんでしょうか？」

「君が以前に書いた論文が気に入らない。王家のためいざというときの戦力として切磋琢磨するのが正しい魔法使いのあり方だというのに、志が低く、魔法省の士気を下げる存在――とかなんとか。まぁ……君を批判できるとしたらそこしかないからな」

大量の魔力を消費する特別な魔法こそ至高であるというのが魔法使いたちの常識だ。

それなのにステラは、生活魔法の使用者を増やすためにいかにして魔力の消費を抑えた魔道具を作るかというテーマの論文を書いたことがある。

それが気に入らないというのは、納得できる動機ではあった。

「はぁ……。私が出世欲を見せなければ、魔力の供給と引き換えに研究し放題な状況を認めるというのが、これまでの幹部たちの基本姿勢だったと思っていました」

なぜ急に考えを変えたのかはわからない。そして、おそらく今回の事件は、捕まった二人が個人として計画したものという結論になるのだろう。

けれどジュリオが不満そうにしている様子からも、本当はもっと多くの者がステラの排除をもくろんでいたと推測できる。

実行犯が捕まっても、明日からこれまでと変わらない研究漬けの日々に戻れるとはならない気がした。

一級魔法使いの地位を守れたことは喜ばしいが、ステラの周囲にはまだたくさんの悪意が存在している。敵の全貌がわからないから不安だった。

「私との関係は、きっと君の身の安全を図るうえで有効な手段となるはずだ。君は私をうまく利用して、地位を守り、好きな研究を続けるといい……」

ジュリオとの関係とは、もちろん真実ではないが結婚の約束をしている特別な関係だと匂わせた件を指すのだろう。

「ジュリオ様を利用して、私の地位を守る……？」

「あぁ、そうだ。これでも王弟だから、私の婚約者という立場はある程度権力者の理不尽をはね除ける力を持つはずだ」

昨日の調査報告会での態度にそこまでの意図があったなんて、ステラはぜんぜんわからなかった。

「でも、どうして……？　私がお願いしたのは濡《ぬ》れ衣《ぎぬ》を晴らすことだけのはずです」

「君はもう私のものなのだから、当たり前だろう」

所有物を保護するのは当然、ということだろうか。けれどそれはもはや、無実を証明し、一級魔法使いの地位を守るという当初の願いを超えている気がした。

（ここまでしてくださったのだから、私は……）

せめて、彼との契約を正しく実行しなければならない。

愛人になるということは、身体の関係を持つという意味のはず。たとえ相手から想われていなくても、初恋の相手に抱かれるというのは喜ばしいことなのだろうか。

(わからない……でも、義務だもの……。それに私に返せるものなんてないし……)

これからどうなるのかを想像すると、胸の中がソワソワとした心地に支配されていく。寝不足だし、彼が隣にいるととにかく落ち着かない。

「ステラ……？　顔が赤いが、どこか具合が悪いのか？」

ジュリオはステラの前髪を払って、額に触れた。それくらいのことならば、昔も時々してもらっていたのに、妙に意識してしまい余計に症状が悪化していった。

「ジュリオ様……あの……」

「ん？　どうかしたのか？」

ステラは、いつ訪れるかわからない衝撃にずっと警戒し続ける忍耐力など持っていない。彼が動くのを待つよりも、自分から切り出して勢いで抱かれてしまったほうがましな気がした。

座ったまま両手でスカートの布地をギュッと掴み、意を決して口を開く。

「す、す、す……するなら、早くしてください……！」

「するって？」

ジュリオが目をぱちくりとさせた。なんのことだか、まったくわかっていない様子だ。「する」なんていう曖昧な表現では伝わらないのだろうか。

「契約のことです！　身を……捧げるって……約束しました」

「随分と思い切りがいいんだな？　……そんなに私に抱かれたいのか？」

「だ、だだ……だっ、だってそういう契約ですから！　え……？　あの？　……そういう約束ですよね？」

彼があまりにも不思議そうにするものだから、ステラはだんだんと自信を失っていった。

身も心も捧げる、という言葉に解釈の余地はあるのだろうか。一生懸命考えてみるが、思いつかない。

「確かにそう言ったが……」

混乱をよそに、ジュリオはステラの頭のてっぺんから足先までじっくり観察したあとに、さわやかな笑みを浮かべた。

「……ステラ、ごめん。君のその不健康そうな身体、まったく好みじゃないんだ」

「は？」

フケンコウソウ、コノミジャナイ――ステラは今、とても傷つく言葉を言われたのだろう。

呆然《ぼうぜん》としているあいだに、ジュリオの手が伸びてきて、メガネが奪われてしまう。

彼はそのままクマになってしまったあたりに触れたり、頬を軽く引っ張ったり、爪の先や手首の太さなどを確認したり、まるで医者のような行動を取った。

「仕事をしすぎなんじゃないか？　食事より研究を優先するのは人としてどうかと思う。目の下のクマはひどいし、肌の手入れもきちんとしていないじゃないか。……肌は白くてきめ細かいし、もとはいいはずなんだからとにかく生活改善しないと」

昨日から今後の彼との関係を想像し、ずっと悩み、緊張を強いられてきた。その悩みと緊張が、一気に彼への憤りに置き換わった。

「目の下のクマはジュリオ様のせいです！　昨日ぜんぜん眠れなくて、それで……っ」

　自己管理ができていないのは重々承知だが、健康悪化の原因の一つはジュリオにあるというのに理不尽だった。

「昨日は読書に夢中だったはずでは？　そうか、私に抱かれるかもって想像して眠れなかったというわけか。……わかりやすい嘘なんてついて、可愛いな……ステラは」

　可愛いという言葉は使い方によっては褒め言葉にならないのだと、ステラは初めて知った。もちろんそんな知識を得ても嬉しくはなかった。

　ステラの中にある憤りと羞恥心が最高潮に達していた。

「あぁ、そうですか！　ならどうしろと？　掃除？　洗濯？　それとも助手ですか？　――ま、まさか人体実験⁉」

　家事なら使用人を雇えばいいし、そもそも生活魔法を多用すれば必要ない。ステラが役立てることなど数えるほどしかなかった。

　身も心も、という言葉が文字どおりの意味だとすると、人体実験の道具くらいしか思いつかなかった。もしジュリオが魔法の研究をしているのならば、確かに素養のあるステラは立派な被験体になれそうだった。

「いや、人体実験なんてしない。……とりあえず健康促進が君の仕事だ」

「健康促進……？　なんのために？　ほっといてください。結局、なにが目的なんですか？　私、勘違いで……恥ずかしい。もう帰りたい」

　身体の関係を求められるわけでもなく、家事をするでもなく、被験体でもないのなら、なんのためにここにいるのか、よくわからなくなっていた。

「大丈夫、勘違いなんかじゃないから。ステラのことは、好みに育ててからおいしく食べるつもりだ。物事には順序というものがある。身体は最後でいいよ」

好みではないなどと失礼なことを言いながら、先ほどからやたらとステラに触れてくるし、いつかは食べるつもりだという。

一緒に暮らしていた頃、ステラは今よりももっと幼かった。彼はいつも、未熟なステラに合わせて、妹分がわかるような言葉を選んで話をしてくれていたはずだ。

彼の言いたいことを理解できなかったことなどこれまでない。

なぜ、たった数年でこんなにも意地の悪い人になってしまったのだろうか。

(結局どっちなのよ。契約がなければ殴ってやりたいっ！　好みの女性とお付き合いしたほうが効率がいいんじゃないかしら？　私でなきゃだめな理由なんて、どこにも……)

ふと自分の身体を見つめながら、ステラは彼の矛盾について思考を巡らせる。

服の上からでも平均以下だとわかる胸はまだこれから育つ可能性はある。けれど身長はもう伸びないだろうし、胸を成長させようと奮闘した結果、別の場所に肉がつく可能性だってある。

親身になってジュリオが育てようとしても、本当に好みの体型になるかはかなり疑問だった。

(でも私、モテないわけじゃないのよね……？　縁談は結構――あれ？)

そこでステラは重要な事実を思い出す。ステラと付き合いたいという男性はいないのに、意外にも結婚したいと望む者は多い。

魔法使いの家系に生まれた者は、一族の繁栄のため、高い魔力を持った後継者を求める傾向が強いせいだ。魔力量は両親からの遺伝が大きく影響するから、アナスタージ家の一人娘だったステラは結婚相手としてのみ人気があるのだ。

（育ててから食べる。それはつまり、妊娠と出産に耐えうる体力が欲しいってことでは？　愛していないけれど結婚相手としてちょうどいい……ってほかの男性と同じなのでは？）

なんとなく、答えにたどり着いた気がした。

ジュリオはほかの魔法使いたちと同じく、優秀な後継者が欲しいのかもしれない。そうだとしたら、最凶の魔法使いの直系で、一級魔法使いになるための試験を最年少で軽々突破したステラを望むのは当然の発想と言える。

（まさか本当に結婚するの……？　愛人にするつもりではなく契約結婚だったの？）

貴族の結婚観では、必ずしも愛情は必要ないという。好みではないのにいずれは身体の関係を持つつもりでいること、そして先に健康的な身体が必要だということ――すべての説明がつくような気がした。

「わかりました。健康促進に努めます」

結局予想だけで確信には至らないが、ひとまず猶予がもらえたらしい。

「ものすごく不本意だと顔に書いてあるが？」

「そんなことはありません」

ステラとしては、もちろん不本意だ。けれど、契約があるためすました態度でごまかした。

「じゃあ、昼食の用意でもしようか？　ステラも手伝ってくれ」

促されるままキッチンへ行くと、壁際にはフリルたっぷりの白いエプロンがかけてあった。

どう考えても、ジュリオのものではなく、小柄な女性用だった。

(……誰のエプロン？　さすがに隠してほしいんですけど……)

ほかの女性の影がちらつく中で仲良く料理をするのは大変気まずい。ステラは彼の恋人でもなんでもないため憤る権利はないが、正直不愉快だった。

「……言っておくが、そのエプロンは君のだから。ほら、しみ一つないだろう？　どこからどう見ても新品だ。……それからこの屋敷には女性どころか人を招き入れたことがほぼない。常時承認をしているのは君のほかに、私の部下数名だけだ。使用人は別棟で暮らしていて馬と庭の世話のみを任せている」

彼は疑ってばかりのステラにうんざりしているみたいだった。

けれどステラはなにも言葉にしていない。ただ心に疑念を抱いただけでそんな態度を取られるのはなんだか納得がいかない部分があった。

そうこうしているあいだに、ジュリオがエプロンを手にして、ステラにかぶせた。ジュリオのほうも装飾のないグレーのエプロンを身につける。

手慣れた様子で野菜を調理台の上に置き、包丁を取り出した。

「昼食は野菜入りのキッシュにスープのつもりだ」

それはアナスタージ家で一緒に暮らしていた頃、よく作っていたメニューだった。

当時、第二王子のジュリオには当然料理をした経験などなかった。けれどウルバーノは、アナスタージ家で暮らすのなら屋敷の規則に従うようにと言って、ジュリオにも家事をさせた。

昔はよく、ステラがジュリオに料理を教えたものだ。

「わかりました。それにしても、ご自身でお料理をされるのですか？　公爵なのに」

「……どうしても人の気配が好きになれないんだ。アナスタージの屋敷を去ってしばらくは貴族らしい生活をしてみたが……不眠症が再発したからやめた」

「……それは……あの……」

配慮のない質問だったかもしれない。ジュリオがある部分に限って繊細な人であることは、ステラも十分知っていた。

アナスタージ家に来る前のジュリオは、西の大公家側からも異母兄に近い者たちからも狙われていて、何度か危険な目に遭っていたという。

若い頃の経験から、他人をそばに置くことを今でも嫌がっているのだと想像できて当然のはずだった。

「騎士の詰め所にある食堂でほとんど済ませるから、まともに料理をするのは一日一食だ。大した手間ではないよ」

その大した手間ではない調理すら完全に放棄したのがステラである。けれど今のは嫌みで言ったわけではない気がしたから、ステラはそのまま作業を続けた。

ステラが野菜を切って、ジュリオが焜炉《こんろ》でそれを炒《いた》め、水を足して煮込む。魔動式焜炉を使えば、一番大変な火起こしは簡単だ。

以前は当たり前のように二人でキッチンに立っていたから、手際よく協力して調理が進む。

やがて出来上がった料理は、懐かしくも優しい味だった。

「おいしい？」

「……ええ、とてもおいしいです」

素直になれないステラだが、嘘はつきたくなくてためらいがちに答えた。

二人とも料理人ではないから、おそらく味は普通なのだろう。けれど、普段の何倍もちゃんと素材の味がした。

ジュリオがアナスタージ家を去り、父が亡くなってからのステラはなにを食べても特別においしいと感じなくなってしまった。

手間をかけて作っても、買ってきても、大差ないと思うようになっていつの間にか栄養補給以上の意義を見いだせなくなってしまったのだ。

誰かとテーブルを囲んで、温かいうちに食べるというただそれだけが、どれだけ幸福なことなのか思い知らされる。

（なんだか、昔の……家族だった頃に戻ったみたい）

けれど、少しだけ胸が痛い。昔を思い出してせつなくなるのは、今の二人の関係が変わってしまい、もうもとには戻らないとわかっているからだ。

「そうだ。……午後は図書室を案内しよう。きっと君に喜んでもらえると思う」

「図書室？」

「ああ。魔法関連の専門書がたくさんある。……読みたいだろう？」

ジュリオはキラキラとした笑顔で問いかけてくる。

ステラは「読みたい！」と前のめりで答えたくなる衝動を抑え、あくまで上品に首を縦に動かして返事をした。

本くらいでほだされたりはしない、と装うためだ。

けれど、ジュリオが自信を覗かせる図書室の蔵書とはいったいどれほどなのだろうかと気になってしまい、だんだんとスプーンを運ぶ速度が増していく。食事を終えてからの片づけ作業も、いつになく真剣に手際よく終わらせた。

「そんなに楽しみなんだ？　……こっちだ、おいで」

見透かされていたことは恥ずかしいが、すました態度でやり過ごす。手招きするジュリオを追いかけ、二階へと続く階段を上がる。

「そちらが客間でここが私の部屋。……隣が図書室だ」

開いた扉の先には大型の書架がいくつも並んだ立派な図書室があった。パッと見ただけでもわかる蔵書の数は、ステラが暮らしていた頃のアナスタージ家を超えるほどだ。

「……これが個人の蔵書だなんて」

さっそく歩きながら書架を眺め、ステラはため息混じりにつぶやいた。

「なかなかのものだろう？　……例えばこの『力学的観点からの魔法理論考察』なんて、魔法省の蔵書にすらないはずだ」

ジュリオは書架の高い場所にあった本を引っ張り出してステラに渡した。

「その本……もう国内では手に入らないと思っていました」

「ほかにもステラが気に入りそうな本がいくつかあるから見ておいで」

中央にはソファとテーブルがあって、ジュリオはそこに置かれていた数冊の本を指差した。

近づいて手に取ると、どれも生活魔法の基礎研究に役立つ本ばかりだった。

「あ、あの……。少しだけ読ませていただいてもいいですか？」

「ここで読むなら自由にしてくれてかまわない。君の家に持ち帰るのは防犯上よろしくないからやめておいてくれ」

ステラは素直に頷く。外観がボロボロのわりに、ステラの家の中にはかなり高価な魔道具などがあり、今でさえ泥棒に狙われたらと思うと多少不安なのだ。

ジュリオの蔵書の中にはお金には換算できないほどの学術的価値のある本がいくつもあった。持って帰って万が一のことがあっては、魔法使いたち全体の大きな損失となってしまう。

ステラはそれから数時間、書庫に籠もった。

そもそも本を読むために訪問したわけではないとわかっていたから、最初はすぐに読むのをやめるつもりだった。

「気にしなくていい。……私も少し騎士団の書類仕事を片づけたいから、そのあいだ自由にしていて大丈夫だ」

そんなふうに言われて、だんだんと読書にのめり込み、気づいたときには夕方になっていた。

（やってしまったわ……）

集中力があるのはいいが、家主を蔑《ないがし》ろにする理由にはならない。ステラは本を書架に戻してから、慌ててジュリオの姿を探す。

一階に下りると、キッチンでシチューを作っているジュリオと目が合った。

「……ご、ごめんなさい」

いったい今日はなにをしにここに来たのだろうか。

お菓子と食事を与えられて、読書に勤しんだ。そこまでは屋敷の主人が許したのだからいいのかもしれないが、ジュリオの存在を忘れ、夕食の支度を丸投げするのはいただけない。

「いや、できてから呼ぼうと思っていたんだ。気にする必要はない」

完全にお世話をされている状況だ。そのままジュリオ作のシチューまでごちそうになっているあいだに、すっかり日が暮れた。

「ステラ。これからは仕事が終わったら基本的にこの屋敷に寄るように」

リビングルームのソファに座り食後の紅茶を一杯飲み終えたところで、ジュリオはそんなことを言い出した。

「え……毎日ですか？」

これから毎日ジュリオに会うのかと思うと、ステラは身構えたくなった。同時に、ここに住めという命令ではなかったことに安堵《あんど》もしていた。

とりあえず彼は、ステラを家に帰してくれる気があるらしい。

「一人にしたらパンしか食べないんだろう？　騎士団の任務もあるから、遅くなる日は手紙を出すよ。それから、これも渡しておく」

困惑しているステラをよそに、ジュリオが紙袋を押しつけてくる。それなりに重そうなものが袋の中でカチャカチャと音を立てる。なにか、瓶のようなものが複数入っているようだった。

「なんですか、これ……？」

「最高級の洗髪剤、美容液、それから手荒れに効果的なクリーム。……いいね？　君が誰のものかよく考えて行動するように」

自分でも手入れを適当にしてしまっている自覚のあるステラは、余計なお世話だと感じつつも拒否できなかった。

ステラはもう自分自身のものではなく、ジュリオのもの。だから、ジュリオの望むままに見た目に気を使わなければならない。艶のない髪や荒れた指先は彼の好みからはずれているから、改善する義務があるのだろう。

「……はい、わかりました」

そういう契約だと言い聞かせ、ステラは紙袋を受け取る。

「だいぶ不満そうだが？」

「いいえ、不満などありません」

不満というか、根底にあるのはジュリオに対する不安だ。

身も心も捧げるという契約をしても、心はすぐに変わることなどできないのだから、少しくらい態度に出ても仕方ないとステラは思う。

「まぁいい。とりあえず君の出入りは自由だから、私の帰宅より前にたどり着いたら適当にくつろいでいるといいよ」

そう言われても、鍵もないのにどうやって入ればいいのか――少し考えてからステラは答えに行き着いた。

「鍵は、額の……」

思わず額に手をあてる。おそらくこの屋敷の扉にあるのは物理的な鍵ではなく、魔動式の鍵だ。

ステラは最初にこの屋敷を訪れたとき、住人として登録されたのだ。

「そう、君はいつでも自由に入れる。ちなみに……本、読み放題だ」

嬉しい提案だったが、それだけで警戒心を解いたらあとで痛い目を見そうだった。

「わかりました。……では、今日はもう帰っていいですよね？」

持ち帰る前提の洗髪剤などを渡されたのだからそういう意味だと考えたステラは、ソファから立ち上がる。

ジュリオはじっとステラを見つめるだけで、なかなか答えをくれなかった。

視線が合うと逃げたくなる。だからステラは返事がないことを了承と見なし、一歩扉のほうへと踏み出す。

「待って。……そんなに帰りたい？」

帰りたいというか、逃げたいというのがステラの本音だった。

「……そ、そんなことは……」

けれど、本音を言ったら契約違反だからはぐらかす。

ジュリオはステラの内心を見透かしているのだろうか？　急に不機嫌になってしまった。

「そう。そんなことはない……帰りたくないってことだな？　だったら……このまま帰すのはやめておく」

腕が強く引かれて、気づいたときには彼の膝に座らされている状態だった。

「ちょ、ちょっと……！　ジュリオ様⁉」

唐突な行動に驚いて、ステラはビクリと身を震わせた。今日何度目かの動悸が始まるが、これまでとは比べものにならないほど激しいものだった。

渡されたばかりの袋は奪われ、ソファの端に適当に置かれた。

自由になった両手で、ステラは必死に抗《あらが》う。けれど、ジュリオとの力の差は圧倒的で、逃れることはできそうもなかった。

「まだ食べないとは言ったが……契約を忘れられても困る。ずっと警戒していて、野良猫みたいじゃないか」

契約を持ち出されると、それ以上抵抗できなくなってしまう。

これはステラが一切心を開いていないことへの罰なのかもしれない。

今の彼は、笑っているのに、少し恐ろしい。悪い人なのだと悟らせるような表情は、昔のジュリオなら絶対にしなかったはずだ。

彼の本質が変わってしまったのか、それともこれまで妹分のステラには見せなかっただけなのか、どちらだろうか。

結局のところ、ステラが今のジュリオを理解していないという事実は変わらない。

「だって、そのうち……」

どうせまた離ればなれになる――そう思うから、昔のように心を許すことなどできそうもない。

二年前のあの日以前のステラは、世間知らずだったがゆえに、自信に満ちあふれた少女だった。

自分の存在を消してほしいと願うほどの羞恥心は、ジュリオから教わった。

あの感覚をもう一度味わうのが怖くて、だから自分の心を守るために変わるしかなかったのだ。

「ステラ」

「……！」

ジュリオは真摯なまなざしを向けてくる——少なくともステラにはそう見えてしまう。そんな目で見つめられる理由はないのだから、きっと勘違いだ。

綺麗な青い瞳に見つめられると居心地が悪くて、ステラはギュッと目を閉じた。

すると予告なく、唇に温かいものが押し当てられた。

（……私、キス……されて……）

愛人になる覚悟をしてきたはずなのに、今はそんなことはすっかり忘れ、彼から逃げたい気持ちでいっぱいだった。

けれど、いつの間にか後頭部が押さえ込まれ、叶わなくなっていた。

「……ん！」

唇が無理やりこじ開けられて、ジュリオの舌が入ってくる。

（これが……キス……？）

不思議と嫌悪感はなかったが、とにかく胸が痛かった。

愛されているはずもないのに、もう昔のような兄妹には戻れない。それを強く教えられて、苦しいのだ。

今の彼からは優しさも手加減も感じられない。ただ激しさだけが伝わってきて、どうしていいのかわからなかった。

ずっと胸の中がせつなくて泣きたい気分だというのに、だんだんとそうではない心地がどこからか生まれていく。

やがて宙をさまよっていた腕が摑まれて、指同士を絡めるように手を繋がれた。大きくて、硬い手が不安を取り払ってくれる気がしてステラも強く握り返す。

　モゾモゾと身を震わせながら続けていくうちに、ふわふわとした感覚が強くなっていった。

　彼を拒絶したい気持ちは変わらないはずなのに、それでもジュリオが与えてくれるキスがステラのすべてを肯定し、心の中にある負の感情を取り払ってくれるような、そんな気分だった。

（なに……？　なんだか変……。お腹の中、ゾワゾワして……）

　胸が痛いのも、頭がぼんやりするのもなんとなく理由が説明できる気がした。けれど下腹部に感じる妙な心地だけは、これまでの人生で似たような感覚すら味わった経験がない。

　最初は気のせいだと思うようにして、どうにかやり過ごしていた。

　それなのに一向に治まる気配がなくて、だんだん不安に駆られはじめる。気がつけば、ジュリオの胸を強く押してキスから逃れていた。

「ステラ？」

　ジュリオが不満げな視線を送ってくる。

「……ま、待って。待ってください。お兄さ、……ジュリオ様、私になにをしたの？」

「なにって……、大人のキスだよ」

　そんなはずはなかった。唇と唇が接触しただけでまったく関係のない下腹部がわずかに心地よくなるなんてどう考えてもおかしい。

　自分のほうに原因がないとしたら、それはジュリオのせいだとしか思えない。

「違うっ！　魔法……使いましたか？　なにか精神に作用するもの、使ったでしょう？」

　ステラは他人の魔力や魔法の発動を敏感に察知できる。けれど、ジュリオならばステラの感覚を遮ってこっそり魔法を使えたのかもしれない。

　非難の視線を向けると、当初不思議そうにステラを見つめていたジュリオの唇がわずかに震え出した。ついにはこらえきれずに笑い出す。

「……クッ、ハハッ。……バレてしまったか。大丈夫、数分で消えてくれるだろうから」

「大丈夫じゃありません！　ひ、ひどい……だからこんな……」

「初めてなんだから気持ちいいほうがいいだろう？」

　言葉にされると、ステラの羞恥心はもう限界だった。

　やはり彼はステラの身体になにかしたのだ。そうだというのに悪びれる様子が一切感じられない。開き直って、あまつさえ笑うのだから本当に性格が悪かった。

「……でも、私……身体が変になりそ……で……」

　キスをやめてもまだ違和感は続いている。ジュリオが危険な行為をするわけがないと信じたい気持ちが強いステラだが、なにか身体に悪い麻薬のようなものだったらどうしようかと不安になってくる。

「つらい？」

「……つらい、お腹の中がゾワゾワして……。胸も痛くて……身体が熱い……なんでこんなにひどいことするの……？　意地悪ばかり……」

「大丈夫だから。落ち着くまで続きをしてあげよう」

　拒否する間も与えず、ジュリオが体勢を入れ替えて、ステラをソファに押し倒した。すぐにキスが再開された。

（ジュリオお兄様のせい……、私が悪いんじゃない……）

心の中でそんな言い訳をすれば、だんだんと快楽を得ることにためらいがなくなっていく。

ジュリオに呼応するようにぎこちなく舌を動かすと、ますます心地よかった。このまま溶けて、彼のものになりたいとしか思えなくなっていく。

もう、心を落ち着かせてキスを終わらせるために努力しようだなんて無駄なことは考えない。だって、ステラはなにも悪くないのだから。すべてはジュリオの魔法のせいだから——そう思えた。

「……っ、ん！」

キスとキスの合間に息を吸い込むとどうしても声がもれてしまう。

けれど、だんだんとジュリオの呼吸も荒々しくなっていくから、もう気にならなかった。ジュリオも心地いいのだとわかると、貪欲でいられた。

すでに五分は経っているのに、身体は昂《たかぶ》るばかりだった。

唇が腫れぼったくなった頃、ジュリオがわずかに顔を上げた。

「そろそろ落ち着いただろうか？」

数分で消えると言っていたのに、魔法の効果はまだなくなってくれない。

ひたすらに気持ちよくて、ずっとしていたくて我慢できそうもない。心が落ち着くどころか、その逆だった。

言葉では言えなくて、ステラは欲しいものを求めるために手を伸ばす。けれど彼が与えてくれたのは、挨拶程度の軽いキスだけだった。

「ステラ、たぶん……このままだと興奮するだけでずっと終われないから、今日はここまでにして

おこうか。そろそろ私の理性が限界だ。……あまり困らせないでくれ……」

「ど、して？」

困っているのはステラであって、彼ではないはず。自分自身が困るくらいなら怪しい魔法などかけなければよかったのだ。

「ごめん、まさか真に受けるとは思わなかった」

彼にしてはめずらしく、心底申し訳ないという顔をしていた。

「……はい⁉」

真に受けるとは思わなかった――つまり、彼の発言のどこかに嘘があったという意味だ。

「だから、ごめん……少し君の純粋さを甘く見積もっていたみたいだ。ステラに気づかれないように魔法を使うこと、ましてや精神干渉なんてできるはずないだろう？」

論理的に考えると、確かにそうだった。実力ではジュリオには及ばないかもしれないが、ステラは立派な一級魔法使いで、他者の魔法を探知するのは得意だ。

けれど、ジュリオが魔法を使っていないのだとしたら、ステラがこれまで感じていたあの気分の高揚はいったいなんだったのだろうか。

それまで夢見心地だったステラは一瞬で目を覚まし、現実に引き戻された。サーッと全身から血の気が引いていくような感覚のあと、今度は血液が沸騰したのではないかと思えるほど急激に身体が熱くなっていった。

「ひどい……。もう嫌っ！　嫌い……っ！　大っ嫌い」

ステラは泣きながらジュリオの胸をドン、ドン、と思いっきり叩《たた》いた。

非力なステラの拳でも、多少の嫌がらせにはなるのか、ジュリオは身を起こし、ステラを自由にしてくれた。

その隙にステラは立ち上がり、もらった紙袋を抱えて彼に背を向けた。

「……か、帰る！」

あれが魔法でなかったとするならば、ただステラがキスで感じてしまっただけだと理解するほかない。

未経験のステラにわかることはすべて、ジュリオにも筒抜けに決まっている。今は顔を見られたくないし、どんな表情でステラを見つめているのか知りたくもなかった。

屋敷から逃げ出すステラを、ジュリオは引き留めないでいてくれた。

◇◇◇

翌日、しっかりと朝食のパンを食べたステラは、普段と変わらず紺色のローブに袖を通した。

「一回洗っただけなのに……いつもより髪がしっとりしてる」

ジュリオの命令を守って、高級な洗髪剤を使って髪を洗い、肌には美容液を馴染《なじ》ませてから眠ったら、それだけで少し見た目がまともになった気がした。

契約を守らなければと思う気持ちと、それでもジュリオの望むとおりに行動するのは嫌だと感じる気持ちのせめぎ合いはこの先も続きそうだった。

（ひとまずジュリオ様のこと……とくに昨日の帰り際のアレは思い出さないようにしよう！）

せっかく一級魔法使いの地位を剝奪されずに済んだのだ。少なくとも職務の終わる夕方までは意識して彼の存在を忘れようと心に誓う。

(朝はパン……、昼は……昼もパンでいいかな?)

早い時間から開いているパン屋に立ち寄ってから出仕するのがステラの日常で、それならそろそろ家を出なければならない。ドアノブに手をかけようとしたところで、外が騒がしくなった。

「ワン! ワンワンッ」

「ノッテ?」

急いで扉を開けると、ノッテがお座りをしてそこにいた。彼の横には小さなバスケットが置いてあった。

ステラはバスケットを拾い上げ、さっそく中身を確認してみた。

「これって……もしかして私の昼食?」

「ワン!」

中に入っていたのは密閉性の高い金属の容器だ。ずっしりと重みがあり、ひかえめに揺らしたときの感覚で液体に近いなにかだとわかるから、おそらくは煮込み料理だ。

彼がステラをどうしたいのかはいまいちわからないままだが、本気で健康管理をしてくれているのは確かだ。

(健康になったら、……本当に、私を……)

大人しく彼に従い健康促進に努めると、まるでステラが抱かれたいからそうしているかのようで、どうしても反発したくなってしまう。けれど使い魔に突っ返すわけにもいかず、結局は素直に受け取るしかなかった。

「なんだか悔しい」

彼のことを考えないようにしたいと思っても、ジュリオ自身がこうやって自分の存在をアピールしてくるため、心が安まらない。

「ワゥゥ？」

受け取るだけというのも悪い気がして、ステラはお礼の言葉を適当な紙に書き、それをノッテに咥えさせる。

ノッテに手紙を預けたあと、すぐに家を出た。

ステラが住んでいる集合住宅は、庶民が暮らす地域としては宮廷に近い二番地区という場所だ。立地だけで選んだため、ステラの自宅から宮廷までは徒歩でも難なく通える距離にある。

ただし、一級魔法使いのほとんどが貴族だから、馬車も馬も持っていないのはステラくらいのものだ。徒歩で通うのはなかなかに目立つ。

やがて宮廷にたどり着き、西側の門から魔法省の建物に入る。

廊下から共同のロッカールームに向かうあいだ、ステラのほうを見ながらヒソヒソとジュリオ関連の噂をする者がいたが気にしないことにした。

それから番人に割り当てられた研究室に籠もり仕事を始めると、すぐにミケーレがやってきた。

「ステラ君、ステラ君。結局、一昨日《おととい》のあれはどういうことなんだ？」

「ミケーレさん。おはようございます」

ステラは番人の職務の最中で魔道具の前から離れられなかったため、椅子に座ったまま彼に挨拶をした。

「あぁ、おはよう。……じゃなくて！　それよりもアベラルド公爵閣下のことだよ。どういうこと⁉」

ミケーレが前のめりになって質問をぶつけてくる。

これから興味津々で聞いてくる者一人一人に説明しなければならないのかと思うと、かなり面倒だった。

(あ……でも私……そもそも知り合いって少ないからべつにいいか)

これはステラの性格が悪いからとか人付き合いが苦手だからとか、そういう問題ではない。

魔法省では、平民というだけでも悪目立ちするのだ。さらに勝手に敵視してくるブリジッタのせいで、ステラはかなり孤立していた。ブリジッタが筆頭魔法使いの娘だから、ステラと親しくしている者は、それだけで魔法省の幹部たちからも嫌われる。

求婚してくる者もいるけれど「あの娘の力を利用してやる」とか「うちの家門で、生意気な娘を厳しくしつけます」とか言っておけば、ブリジッタの怒りには触れないようだ。

そのあたり、ミケーレの立ち回りはうまい。

特別ステラを擁護する発言はせず、いとこで責任があるとか、人事部の者として無関係ではいられないとか、理由をつけてステラに関わってくれる。

なんとなく、ステラがいないところでは、好意的ではないという立場を取っているのも知っている。

ステラとしても、魔法省で異質な存在である自覚があるため、よくしてくれる相手が自分のせいで立場が悪くなることを望んでいない。

むしろ長いものに巻かれる主義でいてくれたほうが気が楽だ。

けれど、魔法省の中で唯一ステラを蔑ろにはしないでいてくれるのが彼だから、少しくらい事情を話しておくべきかもしれない。

「昔、公爵閣下と一緒に住んでいたことは知っていますよね？」

とくに隠しているわけではないし、叔父のところにいたときにノッテを通して手紙のやり取りをしていたこともミケーレは知っている。

「だけど、疎遠になっていたはずだよね？」

「そうですね。私が自立したらもう会う必要もなくなりましたし、身分が違いますから当然そうなりますよね」

離れた経緯について、ミケーレに詳細を教える必要はない。ステラはなんてことない普通のこととして語った。

「それなのに修復魔法を使うつもりだったなんて！　公爵閣下にしか使えない、特別な魔法じゃないか」

ミケーレが出勤早々押しかけてきたのは、ジュリオの態度が、昔親しくしていた者に対する気遣い程度で説明できるものではなかったせいだろう。

結局、その前に犯人が自供したから使われなかったが、ステラ一人のために使う魔法ではないというのが一般的な魔法使いの感覚なのだ。

正直、ジュリオがなにを考えているのかなんて、ステラのほうが知りたいくらいだ。

「昔のよしみで助けてくださったみたいです。あの方、意外と律儀な人だから」

「結婚の約束をしているというのは？」

「また同じことが起こらないように、魔法省上層部の方々への牽制です。……たぶん」

ジュリオの特別という立場がステラにとって身を守る手段になることは一応理解している。

けれど、ミケーレにじつは恋人だったと言っても、彼は嘘を見抜くだろう。

ステラの私的な部分を一切知らないほかの魔法使いならば問題ないが、ミケーレだけは多少なりとも付き合いがあるから通用しない。

「じゃあ本当に結婚するわけではないんだ？」

「できるわけないですよ。私、今はもう平民ですよ」

じつは契約結婚の可能性はあるし、その場合ジュリオなら身分差など気にもしない予感はしたが、さすがにミケーレには言いたくなかった。いろいろ気遣ってくれているのはわかるけれど、そういう話をする関係でもない。

「よかった……。いや、よかったなんて言ってはいけないのだけれど。……なんというか、公爵閣下は随分と華やかな噂のある方だから、ステラ君がいつか嫌な思いをするのではないかと」

「ご心配には及びません。私だって、あの方がどういう人か、たぶんわかっていますから」

現在、恋人はいないらしいが、それなりに親しくしている女性はたくさんいるはず。ステラもそんなことは重々承知だというのに、いざミケーレに指摘されると胸のあたりがモヤモヤとなった。

そのあとの質問は適当に受け流し、午前中に一通りの仕事を終えてから自分の研究に没頭した。

ステラの大きな目標は王都全体を網羅する通信網の確立だが、そのほかにも人々の暮らしを楽にするための便利な魔道具を考案したいと思っている。

（魔動式焜炉って、生活魔法にしては魔力の消費量がそれなりに多いのよね）

じつは、昨日久しぶりにキッチンに立ち、魔動式焜炉の問題点を見つけてしまった。

魔動式焜炉は、ステラが幼い頃にウルバーノが考案し、一定の魔力を持つ者の家庭では生活必需品として愛用されている魔道具だ。

ステラはそれをもっと幅広い層――魔力を持っているのに魔法というかたちに昇華できない一般人に広めたいと考えていた。

（……上から怒られそうだけれど、半魔動式にすればもっと多くの人々に使ってもらえるはず。例えば着火と火力の調整のみに魔力を使い、燃料は木炭や薪を使うとか……？）

道具によって魔力を補うというのは、魔法使いのプライドを傷つける考えである。

一級魔法使い選抜試験の面接でステラの点数がやたらと低かったのも、この考えのせいだろう。

一人では客観的な意見が聞けずに行き詰まるから、誰かに相談できたらいいと思うステラだが、残念ながら同じ考えで魔道具を作ろうとする者は今のところいない。

（ジュリオ様なら……。って、だめだめ！　今はあの方のことは忘れなきゃ）

ステラの相談相手はいつもウルバーノかジュリオだった。だから、再びジュリオと会うようになったのをいいことに、うっかり頼ろうなどと思ってしまった。

けれど、彼の姿を思い浮かべるとどうしても昨日の帰り際のキスが蘇ってきて、動悸がしてしまう。これでは研究など捗《はかど》らない。

彼について考えたついでに今朝届いたバスケットの存在を思い出す。時刻はいつの間にか昼を過ぎていて、時計を見つめているうちにお腹が鳴った。

ステラはさっそくジュリオのお手製と思われる食事をいただくことにした。

金属の容器の中に入っていたのはミートボールと野菜のトマト煮込み、付け合わせのパンだった。

ジュリオは料理まで上手で、ミートボールは冷めても柔らかくおいしかった。

人が作ってくれたものだから、本を読みながら食べるなどという行儀の悪いことはしない。

きちんとテーブルに容器を置いていただいた。

（……悔しいけど、おいしい……）

一人きりの食事には栄養補給以外の意義を見いだせないステラだったが、誰かが作ってくれた食事だと別だった。

しっかり昼食をいただいたステラは、午後も研究に勤しんだ。

時々ジュリオのことを考えてため息をついたり、顔が火照ったりする以外はいつもどおりの一日を過ごし、退勤の時刻となる。

ステラは基本的に午前中に自分のノルマを終えてしまうので、当然のように定時で帰ることにしている。

普段と変わらずロッカールームに寄ってから魔法省のエントランス方向へ進んだのだが、途中の曲がり角で人とぶつかった。

「まぁ！　大変。……ごめんなさぁい」

相手がトレイの上にティーカップを載せていて、紅茶がステラにかかってしまった。

ドンと押されたせいで尻もちをつき、手にしていたバスケットもそのあたりに転がる。

ぶつかってきたのはステラとは同期の魔法使いだった。謝罪の言葉を口にしたけれど、なぜか笑っている。

（ごめんなさぁい……ってわざとらしいなぁ、もう！）

やけどこそしなかったものの、紺色のローブが濡れて、スカートには茶色のしみが広がっている。

この手の小さな嫌がらせは入省当初からあった。地味に目立たず番人の職務だけをまっとうしていた結果減っていたのだが、どうやら再燃したようだ。

（……私の排除計画の一環？　それともジュリオ様のせい？）

エントランス方向からこちらへお茶を持って歩くという状況があまりにも不自然すぎるし、幼稚だった。

なんとなく組織的なものというより、ステラ個人への恨みや妬みに思える。

（ジュリオ様の恋人扱いが逆効果になってるんですが！）

ステラがジュリオの保護下にあると匂わせることは、確かに権力者たちにはいい牽制となるのだろう。しかし、ジュリオに好意を抱く女性たちには真逆の効果を発揮してしまっているらしい。

つい彼を恨めしく感じてしまう。

「……面倒くさい」

そう言いながらステラは立ち上がり、バスケットを拾い上げた。

「なんですって⁉」

「面倒くさいって言いましたが、なにか？」

紅茶がかかってしまった部分を軽くハンカチで押さえる。水気は拭き取れたとしても、洗濯をしないとどうにもならない。水や熱風を操る魔法を使えばしみを落とせるのだが、ステラはこの場での使用をひかえた。

一応宮廷内での魔法使用には細かな制限がある。

ステラが洗濯のために水の魔法を使ったとして、例えば相手が「ステラに魔法で攻撃された」というような主張をする可能性もある。

わざわざ敵に付け入る隙を与える必要はないだろう。

「ちょっと、あなたね……！」

「ステラ」

エントランス方向から声がかけられた。ツカツカと歩み寄って、ステラを抱き寄せるような仕草をしたのはジュリオだった。

「な……なんで……ここに⁉」

本人に会うと、昨日の別れ際の気まずい雰囲気がステラの中に蘇ってきてしまう。

どうにか距離を取りたくて、グイッと彼の胸を押してみる。

「ジュ……アベラルド公爵閣下。くっついてこない、で……！」

小声で訴えるが、ジュリオがやめてくれる気配はない。

「恥ずかしがってないでいつものように名前で呼んでごらん」

ステラの反応を歪曲《わいきょく》して捉え、ここは公の場だというのに、恋人の距離感で接してくる。

ひたすら離れたいステラは、こっそり彼の足を踏んでみたのだが、まったく効果がないようだ。

紅茶をかけた魔法使いがわなわなと唇を震わせ、ステラだけをにらみつけてくる。やはりジュリオへの憧れが、嫌がらせの動機に違いない。

余計に面倒くさい状況に追い込まれている。

「そんなことより、どうしてこちらへ？」

「君を迎えに行くのに理由なんていらないはずだ。エントランスで待っていたのだが、声が聞こえた気がしてね」

「そうでしたか、わざわざありがとうございます。じゃあ帰りましょう」

にらんでくる魔法使いに説明したり言い訳したりというのも変だった。ここはジュリオが余計な発言をする前に立ち去るのが賢明だと判断し、ステラは彼の制服を引っ張って建物を出ようとした。

「……あ、あの……！」

取り残されそうになった魔法使いが、ステラたちを引き留める。

「なにか用だろうか？」

キラキラとした胡散臭《うさんくさ》い笑みから一転して、ジュリオの表情は冷ややかなものになった。

「い、いえ……公爵閣下は、きっと誤解を、されて……」

彼女は必死だった。嫌がらせの動機から考えれば、ジュリオの介入は彼女にとって最悪の状況だろうからそれも当然だ。

「待ち伏せしているあいだに十分紅茶が冷めていただろうから、ギリギリ許そう。……次はない」

ジュリオはおそらく、廊下の角を曲がった先にあるエントランス付近でステラの帰りを待っていたのだろう。すると位置的に紅茶をかけた魔法使いの姿が見えていたということになるのだ。

「そんなっ、違うんです！」

「許すと言っているんだ。これ以上私になにを譲歩させたい？　……その権利がそなたにあるとでも言うのか？　……おこがましい」

普段とは違う言葉遣いに、ステラまで居心地が悪くなりそうだ。

案の定、紅茶をかけた魔法使いはポロポロと涙をこぼしはじめた。

（……ここで私がなにを言っても、彼女のプライドを傷つけるだけ、よね……？　たぶん）

あまり人付き合いをしてこなかったステラだから、どう行動するのが正しいのかいまいち自信がない。けれどももし自分自身が同じような立場に置かれたら、嫌っている相手に庇われても虚しくなるような気がした。

「ステラ、行こう」

まだ機嫌の悪いままのジュリオに手を引かれて、ステラは魔法省をあとにした。建物を出たところにジュリオのものと思われる馬車が停《と》まっていた。

今日も彼の屋敷へ行く約束をしているのだし、このまま向かうつもりなのはわかっている。

彼の手を借りて馬車に乗り込んだステラは、ローブやスカートの汚れている部分が座席に触れないように座ろうとしたのだが――。

「君の席はここだ」

ジュリオが引き寄せて、あっという間に彼の上に座る体勢になってしまう。

「ちょっと……！　服が汚れているからやめてください」

「だからこそだ。座席より私の服のほうが洗いやすいだろう？」

「うっ！」

そう言われてしまうと、動くに動けなくなる。ジュリオが所有している馬車は凝った内装で、座席は柔らかなベルベットだ。騎士の制服も高そうではあるけれど、日頃から剣術の稽古などをしているのだから、汚れても取り返しがつくだろう。すると彼の意見のほうが正しいように思える。

「ねぇ、ステラ。いつもあんな感じなんだろうか？」

「……あの？　えっと……」

それまでのステラの反応を楽しむような態度から一変し、急に真剣な顔をするものだから、ステラは返事に困ってしまった。

「さっきみたいな嫌がらせ。……よくあるのか？」

ただの被害者だというのに、ジュリオの声がいつもより低いせいで、なぜだか叱られているみたいな気分だ。理不尽だと感じて、ステラはつい反発したくなった。

「時々ありますが、慣れました。ジュリオ様が気になさることではありません」

淡々とした言葉でステラは軽い拒絶の意思を表した。こういう人間関係のいざこざは自分で解決したいから、彼に踏み込んでほしくないのだ。

ジュリオは、ステラを支えている腕の力をわずかに強めた。

「立場上、魔法省内部で起こる出来事には介入できない場合もある。それがもどかしい」

「大丈夫ですよ。私って結構図太くて、あまり傷つかない人間ですから」

ステラにも理不尽に憤ったり傷ついたりというごく普通の感情は宿っている。けれど、これまでこのまま消えてしまいたいと思えるほどの衝撃を与えた人物は間違いなくジュリオだけだった。

彼のおかげでちょっとした悪意では傷つかないくらい強くなれた気がしている。

その本人に心配されてなぐさめられているというのは、なんとも皮肉な話だった。

「傷つかない？　それは嘘だ。ステラ、君が繊細な人であることくらい私だって十分に理解しているつもりだ。……わかっていて、二年前……私は……」

背中を預けているため、ステラのほうから彼の表情をうかがい知ることができない。

それでも声色だけで、彼が真剣なのだと伝わってきた。

「その話、今は関係ないと思います！」

ステラは思わず語気を強め、彼の言葉を遮った。

二年前、という言葉を聞いただけで今でもあの日に囚《とら》われ続けているのだと、胸の痛みが教えてくれる。

「だが」

「私には人から疎まれる理由があって、でも改善しようとは考えていないんです。だから、跳ね返せるくらい強くならなきゃいけない。もう子供じゃないので簡単には傷つきません。……昔は弱かったから、なんて話はしないでください。今の私をわかった気にならないで」

疎まれる理由は、最年少の一級魔法使いだとか、後ろ盾のない平民だとか、評価されない生活魔法に固執しているとか、アベラルド公爵と親しいとか――そんな理由だろう。

けれどどれも本人としてはまったく悪いと思っていない理由ばかりで、ステラができることは、屈服せずに自分らしくあり続けることだけだった。

結局、今回の事件では一人で解決できずにジュリオを頼ってしまったから、子供ではないなどと言える立場ではないのかもしれない。

それでも彼には「ステラの心がわかる」などと言ってほしくはない。弱いのだから、頼ってくれという考えもいらない。

あの日、ステラがどんな気持ちになったか、離れていたあいだどんな思いを抱いてきたかなんてわかったふりをしてほしくなかった。

「……そう、だな」

「それよりも今日の昼食、とてもおいしかったです。ありがとうございました」

ステラは自分でもかなり不自然だとわかっていながら、無理やり話題を変えた。

「どういたしまして。……明日もノッテに届けさせるからちゃんと食べるんだよ」

ジュリオもそれ以上ステラの傷には触れずにいてくれるつもりのようだ。

（私、ずるいなぁ……。ジュリオ様から、あの日から……逃げて。でも、この腕を振りほどかないんだから……）

なぜ二年前に突き放したのに、今になって再び優しくするのか——もしかしたら彼は、先ほど話そうとしてくれていたのかもしれない。

きちんと聞いたほうがいいとわかっていたのに、ステラにはどうしてもその勇気が持てなかった。

やがて二人を乗せた馬車が屋敷へたどり着く。

「着替えが必要だから二階においで」

汚れた服のまま、ステラはなぜか二階の一室に通された。

そこは昨日客間だと聞いていた部屋だ。ジュリオはツカツカと中に入り、クローゼットを開けた。

「昨日渡しそびれたんだが、君に似合いそうな服をいくつか用意していたんだ。とりあえず好きなものを選ぶといいよ」

クローゼットの中には女性用の服がぎっしりとかけられていた。

スカートやブラウス、ワンピース——どれもフリルやレースがあしらわれていて可愛らしい印象だ。ステラが普段着ている服とかたちとしては大きな違いはないが、ワンランク上の品物だ。

（……か、可愛い。ジュリオ様がわざわざ？）

率直に着てみたいと思ったステラだが、ジュリオの行動に対する戸惑いのほうが勝る。

身も心も彼に捧げるという契約をしているステラは、どちらかというと彼に奉仕する立場のはずだというのに、今日もまた正反対になっている。

「……あの、騎士団長のお仕事は大丈夫なんですか？」

昼食を用意したり、ステラのために可愛らしい服を買いに行ったり——ジュリオが自分でやったのなら世話を焼くにしてもやりすぎだ。

「部下が優秀だからね。平時の団長なんて書類にサインしているだけの楽な仕事だよ。……それよりどれがいい？」

「……でも、私は」

ジュリオに世話をされると、なんだか不安になる。流されるままにすべてを受け入れていたら、だめな人間になりそうで怖かった。

「選べないのなら、……そうだ！　私のシャツのほうがいいだろうか？　……きっと可愛いだろうな……」

男性の服を借りるというのは、なんだかいけないことのような気がする。ステラは焦って、目についたワンピースを取った。

「……じゃ、じゃあ……こちらをいただきます。……ありがとうございます」

選んだのは瞳の色を淡くしたようなパステルグリーンの一着だった。

白いレースとの組み合わせが綺麗で可愛らしいけれど甘すぎないところがいい。そのまま客間を借りて着替えを済ませ、ジュリオがいるはずの一階へ下りた。

ジュリオはリビングルームのソファでくつろいでいて、ステラに気づくとすぐ、そばに来てくれた。

「よく似合っている。だが……」

彼の手が伸びてきて、メガネが奪われる。

「あっ！　返してください」

「この距離で人が認識できなくなるくらい目が悪いんだろうか？」

ステラがメガネをかけはじめたのは、一人で暮らすようになった直後だ。知っている場所でなら裸眼でも過ごせる。遠くにある文字が読めなかったり、向こうからやってくる人が誰だかわからなかったりと外では不便だからメガネは必需品だが、互いの手が触れ合う距離にいる相手のことは、メガネなしでもはっきり見える。

「さすがに見えますけど……」

「じゃあ、いらないな」

そう言って、ジュリオはメガネを近くにあったチェストの上に置いた。それから改めてステラに向き直り、キラキラとした笑顔で必要以上に顔を近づけてくる。

目が合うと勝手に心臓の音がうるさくなるのだが、逸らすのは負けである気がして、ステラは身を強《こわ》ばらせることしかできなかった。

「もう少し離れていても、見えますから！」

ステラが離れてほしいとほのめかしても、ジュリオは無視して、逆にもっと距離を詰めてくる。

これは彼の意地悪だろうか。

「これから屋敷で過ごすときは、できるだけメガネをしないでいてくれ。君の顔がよく見えないからもったいない」

じっとステラの瞳を覗き込むようにしながら、彼は言った。

「……そ、それは命令、ですか？」

ステラはまだ、彼が喜ぶことを素直にしてあげられそうもない。可愛げがないと思われても、いちいち反発してしまう。

「じゃあ命令ということにしておこう」

命令なら聞くという態度のステラも卑怯だが、含みのある言い方をするジュリオも同じくらい卑怯だ。

「ちなみにその服、仕事中は着なくていいから」

「どうしてですか？」

客間のクローゼットの中にはまだたくさん服があった。わりと小柄なステラにぴったりの服がほかの女性に合うはずもないから、あれらは間違いなくステラのためのものなのだろう。

なにもしていないのにもらうのは図々しい気がするが、使わないのはもったいない。

「危ないだろう。……私がいないときに君が男に言い寄られたらどうする？　可愛らしい君を、不特定多数の男に見せる必要なんてどこにもない」

「……見せてもなにも起こらないと思いますけど」

本気で言っているのかどうかはわからないが、服を少し豪華にしただけで異性を引きつける魅力的な女性になれるのだとしたら誰も苦労しないとステラは思う。

「危機意識が足りてないな」

「十分に足りています。……私と結婚したいって言ってくる男性、私の顔とか性格とかまったく見てなかったと思いますよ」

皆、ステラの能力目当てだったし、中には「平民のおまえをもらってやろう」という上から目線の者が少なからずいた。

「そんなことはない。自己評価が低すぎるんじゃないか？　男は皆危険だ」

「ジュリオ様が危険人物ということだけは、よくわかっていますから大丈夫です」

好みじゃないから抱かないと宣言した人の言葉ほど胡散臭いものはない。

今のところジュリオはひたすらにステラを甘やかしているだけだということも、一応わかってはいる。

だからこそ、ステラは彼に反発しつつも本気の拒絶ができないのだ。

◇　◇　◇

毎日ジュリオに会うようになってから十日が経っても、ステラはジュリオとの接し方がよくわからないまま、一緒に過ごす日々を送っていた。

（頭が痛い……）

気がつくと、ステラは蔓薔薇の絡まるアーチの前に立っていた。

ここは宮廷内にある大庭園で、この先には噴水があるはずだ。二年前に訪れて以降、あえて近づこうとしなかった場所だというのに、どうしてここにいるのだろう。頭痛のせいで思考が働かない。

この場所から離れたいのに、ステラの足は勝手にアーチの先にある噴水のほうへと向かう。

（行きたくない……見たくない……）

すると、きらめく水しぶきと青い空を背景にして、理想的な騎士という印象のジュリオと、華やかなドレスで着飾った令嬢が見つめ合っている姿が目に飛び込んできた。

『これは……夢……？』

既視感のある光景だった。

ジュリオが令嬢の手の甲にキスをするところまでは以前と変わらない。

彼女は立ち去らず、ジュリオの肩にもたれかかる。それから二人とも同じタイミングでステラの存在に気がついた。

『あぁ……ステラ、まだいたのか』

ジュリオは先ほどまでと打って変わって不機嫌そうに顔を歪めた。

『まだいた……って、私は……』

ステラのほうが彼に会う約束をしていたのではなかったのか。今たどり着いたばかりだというのに、なぜそんなことを言うのだろう。

彼には聞きたいことがたくさんある。けれど、胸が痛いし、それ以上にひどい頭痛がして質問すらままならない。

『……君はもう屋敷には来なくていいよ』

ジュリオが令嬢を抱き寄せながら、そう言った。

『フフッ、最年少の一級魔法使いさんは身の程知らずなのね……？　察してちょうだい』

この場で、ステラは完全な邪魔者だった。目の前が真っ暗になるような心地がした。

『どうして、なの……？』

『君は優秀な魔法使いの血を残すのにとてもいい相手だと思っていたが、予想以上につまらない。……女性として見ることはできそうもないな』

一方的にそう告げると、ジュリオはもう一度令嬢のほうへ視線を向けた。

ステラはそれ以上なにも見たくなくて、地面にしゃがみ込んだ。

『また……またなの……？』

どうせいつかはこうなるとわかっていて、だから警戒していたのに、二年前と同じくらい胸が痛くて仕方がない。


——カツン、カツン。

奇妙な音が響く。目をつぶってもその音だけは頭に残り、意識がそちらに持っていかれる。

真っ暗だった視界になにかがぼんやりと見えはじめた。それが見慣れた天井だと理解した瞬間、ステラの意識は急激に覚醒した。

「……ハッ！」

目が覚めて、あれは夢だったと理解しても、まだ苦しい。かなり汗をかいていて、寝間着の布が肌にまとわりつくのが不快だった。

それから、カーテンが引かれた窓の向こうがうるさいことに気がつく。

部屋の中は薄暗く、外のほうが明るいとわかるから、もう夜明けだった。

「ワウゥゥ」

窓を揺らす音と一緒に犬の鳴き声がひかえめに響く。

「ノッテ？」

今日は休日で、当然のようにジュリオの屋敷を訪れる約束をしていた。ノッテが迎えに来るということは遅刻をしてしまったということだ。

ステラは急いで立ち上がるが、身を起こした瞬間、ひどい頭痛に襲われた。

「うぅ！　……もしかして風邪を引いてしまったの？」

窓の向こうではノッテがせつなく「キュゥゥン」という声を出している。

ステラはよろよろとしながらも、慌ててカーテンと窓を開けて、いつかと同じく狭いウィンドウボックスに無理やり乗っている使い魔を部屋の中へと入れてやった。

「お待たせしてごめんね」

「ワン！」

おそらく扉のほうから呼びかけたけれど反応がないから、窓を叩いていたのだろう。

時計を見ると、時刻はもう十時だった。

九時に公爵家からの迎えの馬車が通りに到着する予定だったから、いつまで経っても現れないステラを心配して、御者がジュリオに連絡をしたのだろうか。

「ごめんね、ノッテ……調子が悪いみたいで……ちょっと待っていて……」

とにかく今日は体調不良で屋敷には行けないと、ジュリオに伝えなければならない。

ステラは身体のだるさに耐えながら、机に向かおうとしたのだが……。

スーッと流れるような動作でノッテが外へと繋がる扉に近づき、後ろ脚だけで立ち上がる。


——カチャ。


「……ノ、ノッテ⁉」

ステラが制止する間も与えず、ノッテが鍵を回して、扉を開けてしまった。

「ステラ！」

バンッ、と勢いよく部屋の中に入ってきたジュリオが、ステラを強く抱きしめる。

「ちょ……っ、ちょっと！」

「これ以上反応がなかったら、扉を壊して入ろうと思っていた。……身体が熱いな？ やっぱり具合が悪いみたいだ」

ステラは彼の性格を誤解していた。気になることがあれば、しゃべれない使い魔を送るなんてまどろっこしいことはせずに、直接確認しにやってくる人だ。

「えっと……」

「早くベッドに」

今日のジュリオはいつにも増して強引だった。

今の彼からは本気で心配している様子しかうかがえない。夢の中のジュリオとの差に戸惑って、ステラはされるがままになる。

ベッドに運ばれて、首のあたりまで毛布をかけられる。気づいたときには冷えた布で額を冷やされていた。

（ま……また、お世話されてる……）

きっと髪も寝癖だらけだろうし、寝起きの顔は腫れぼったい。

あまり見られたくないけれど、額に布があてられているから、毛布にもぐり込むことも、横を向くこともできなかった。

「真面目な君が、御者を待たせたまま姿を見せないなんて不自然だったから心配した」

ジュリオはベッドの横に椅子を持ってきて、ステラの脈拍を測りながらここに来た事情を説明してくれた。

「ごめんなさい」

「徹夜で研究して寝坊……だったら、起こしたら悪いと思ったんだが、訪ねてよかった」

「風邪みたいです……。熱があって、頭が痛い……嫌な夢を見るし……」

自分で言葉にしたあと、またあの苦しみが再燃してきてじわりと涙がにじんだ。

体調が悪いとここまで心が弱くなるものなのだろうか。

「夢？　それはどんな――」

「いえ、もう忘れてしまいました！　ノッテが起こしてくれてよかったです。ありがとうございます、ジュリオ様」

ステラはジュリオの問いかけに言葉をかぶせるようにして、ごまかした。

悪夢は人に話せば現実にはならない、なんていう迷信があった気がしたが、彼には言えない内容だった。

「やけに素直だな。……頭が痛いんだったな？」

ジュリオが手を伸ばし、冷えた布を一旦どけてからステラの額に触れた。

「もしかして、鎮痛の……？」

「少しだけ。風邪に特効薬はないというけれど、楽なほうがいいだろう」

ほんのりと温かい魔力――ジュリオの気配は懐かしい。

夢の中で味わった、真っ暗闇に包まれるような冷たい心地とは違うけれど、やっぱりせつなくて、優しくされているのに涙が出そうだった。

彼は、約束の時間に馬車に乗りに来なかったというだけで、心配して訪ねてきてくれた。

ステラに鎮痛の魔法をかけてくれる彼は、一緒に暮らしていた頃のジュリオそのままの、妹分にどこまでも甘い彼だ。

（……でも……、あの日のあなたは……）

二年前のあの日から一切の交流がなかったというのに、どうして今更優しくするのだろう。

「少し眠るといい」

ジュリオはもう一度、ひんやりとした布をステラの額に戻した。

先ほど目覚めたばかりだというのに、まだこんなにも眠いのは本当に体調不良のせいだろう。

「昔と、逆みたい……」

ジュリオに出会ったばかりの頃にあった出来事を思い出しながら、ステラは目を閉じた。

先ほどとは違って怖い夢は見なかった。


次にステラが目を覚ましたのは昼を過ぎてからだった。

ノッテがそのあたりで丸まって昼寝をしていたが、ジュリオの姿は見つからない。ただ、どこからかいい香りが漂ってくるから寂しさは感じなかった。

身を起こしたステラがふと机に視線をやると、そこには置き手紙があった。

『ステラへ。ずっと居座られるのも嫌だろうから、私は屋敷に帰る。消化のよさそうなスープを用意しておいたので、少しでも口にしてくれたら嬉しい。ノッテを置いておくから、なにかあったら遠慮せずに連絡してほしい』

ジュリオはステラがいつも彼を警戒してばかりいることに気づいていて、だからこそ帰ったのだろう。彼に気を許したくないという思いは変わらないが、手厚い看病をしてもらったばかりだから、さすがに申し訳なく感じた。

（鎮痛の魔法……効いているみたい……。お腹も減ったわ）

目が覚めてからは午前中よりも体調がよくなっていた。早く風邪を治すためにも必要だから、ステラは素直にスープをいただいた。

（さすがになにかお礼をしなきゃ）

魔道具破壊事件解決の対価は、結局まだ支払っていない。身体は彼のほうが求めてこないし、心はステラが反発して渡せずにいる。

彼は日頃からステラの健康促進に気を配ってくれるが、本来ならそれはステラ自身が気をつけなければならないことだ。さらに風邪の看病までしてもらうのが当然だと甘えてはいけない。

（お礼、お礼……なにがいいのかな？）

なにせステラは人付き合いが苦手だから、一般的にどういうものが好まれるかがわからない。ジュリオとはかつてそれなりに長い時間を一緒に過ごしてきたが、今の彼の趣味嗜好を理解できているのか自信がなかった。

元気になったらどこかの店に行って品物を見て決めようと考えて、とりあえずその日は家で大人しくしていた。夜になるとかなり回復してきたため、ステラはそれを伝える手紙を持たせ、ノッテを帰した。

翌日、驚くほど元気になっていたので、ステラはいつもどおり出仕する。その日も職務に励んで、退勤後に一人で街へ出かけた。

ジュリオには買い物をしたいから一緒に帰れないことや、夕食の準備を始める時間までには公爵邸に着くようにするという予定をしっかり伝えた。

ジュリオはなにを買いに行くつもりなのか探ってくることはなく、すんなり許可をくれた。

（よし！　頑張って贈り物を選ばなきゃ）

場違いのような気がしたが、それなりに高い店が軒を連ねる通りで、ステラはジュリオへのお礼の品探しを始めた。

けれど、やはりジュリオの好きなものがよくわからない。

アナスタージの屋敷で暮らしていた頃の彼はいつも妹分の願いを叶える側で、自分の主張をしなかったのだ。

それこそ、これまで彼にお願いされたのは、安眠の魔道具に魔力を込めてほしいと言われたときだけかもしれない。

当時の関係がいかに一方的なものだったのか、今になって思い知らされる。

「ど、どうしよう？　そろそろ帰らないと夕食が……」

男性ものの衣料品店、革製品を扱う店、宝飾品店、文房具店――たくさんの店を巡っても、ピンと来るものに出会えない。

素敵なものはいくつもあったけれど、ジュリオの趣味に合うか、受け取った彼が負担に感じないかなど悩みすぎて、どうしても選べなかった。

「わからない……。……よ、よし！　全部買っちゃおう」

贈り物を選ぶのはいいが、その買い物のために夕食の支度を彼に丸投げするのもよくない。限られた時間では選べず、けれどこれから彼と顔を合わせるのに渡せないのも嫌で、ステラは直感でいいと思ったものをいくつも買って、公爵邸へ向かった。

エントランスまでたどり着くと、気配を察知していたのか笑顔のジュリオが立っていた。

「ジュリオ様。お邪魔します」

「ただいま、と言うべきでは？」

「いえ、私の家じゃありませんから」

勢いでそう口にしたあと、ステラはハッとなり口元を押さえた。今日は感謝を伝えようと思っていたのに、そんな態度はよろしくない。

ジュリオは不満——というより、困った顔をして小さく笑った。

「まぁいい。それよりめずらしいね、なにか欲しい本でもあったのか？」

彼の視線はステラが抱える大きな紙袋に向けられていた。明らかにいろいろ買い込んできたのがわかるから気になるのは当然だ。

ステラはその紙袋を、ドンと彼に押しつけた。

「こ……この中から好きなもの、選んでください！」

「私に？」

ただお礼の品を渡すだけでステラの顔は真っ赤になった。

先ほど彼を拒絶するような態度を取ってしまったから、余計に恥ずかしい。

驚きつつも、ジュリオは袋を受け取り中を覗き込んだ。

そして綺麗な包装紙に包まれている品物を一つ手に取る。

「包装してあるから、選べと言われても」

彼の言うことはもっともだ。

中身が見えないのに選べと言われても確かに困るだろう。

「ええっと……細長い箱がペン、小さい箱がクラバットピン、……それからハンカチ、お屋敷の蔵書にないおすすめの学術書……、青いリボンの箱がおいしいチョコレート、結構いいお酒……です」

どれか一つでも気に入るものがあればいいと願いながら、ステラは袋の中身について彼に教える。

「ステラ、どうして？」

青い瞳にじっと見つめられると、心を見透かされそうだ。

ステラは居心地が悪くて、思わず目を逸らしてしまった。

「……看病させてしまったので、お礼をしなければ私の気が済まなかったんです。……でも、私……ジュリオ様の好きなもの、ぜんぜんわからなくて」

彼が抱える紙袋を見つめながら、ステラは言い訳じみた説明をしていた。

「お礼？　……じゃあ、全部もらっていいだろうか？」

「え？　全部ですか⁉　それはもちろんかまいません。ほかにあげる人もいませんし。……でも、開けてみていらないものがあるなら、遠慮なく返してください」

ステラは彼のことをあまり物欲がなさそうな人だと思っていたので、反応に驚く。

思わず顔を上げると、満面の笑みのジュリオがいた。

「返すわけがないだろう？　……そうだ、欲張りついでにもう一つ」

袋を片手で抱え直したジュリオが、空いたほうの手をステラの背中に回した。

「……なっ！」

逃げる隙も与えず、ジュリオの唇がステラの唇にちょんと触れ、角度を定めてから深く繋がろうとしてくる。

歯の隙間から舌が入り込む。拒絶しようと思っても、口内を探られると、まともな思考が働かなくなってしまう。理性が彼に抗えと叫んでいるのに、また頭の中までドロドロに溶かされる奇妙な感覚がステラを翻弄していった。

以前のようにキスに夢中になってしまったら、あとで笑われてしまうかもしれない。わかっているのに、どうしても抗えない。

（私、……溺れて……）

ジュリオがもたらしてくれる心地よさに溺れ、もう戻れない。

抵抗する気力がすべて失せた瞬間、カクンと身体から力が抜けて、ステラはその場に崩れ落ちた。

ジュリオは一瞬だけ驚いて、それから濡れた唇を指で拭いながら悪い笑みを浮かべた。

「……立っていられなくなるほどよかったのか？　キスは嫌いじゃないみたいだな」

腰を抜かしたステラを、彼はからかったのだ。そのせいで一気に頭に血が上っていくのがわかった。ついさっきまで優しかったのに、どうして急に意地悪になるのだろうか。笑われたら、反発したくなるに決まっている。

「き……嫌いです！」

身体が火照り、腰は抜けるし、息は苦しい。胸がざわざわうるさくて痛いのだから大嫌いに決まっていた。キスが好きだと認めたら、それは今でもジュリオを好きなままでいると認めてしまうことになる気がした。

（……わからない）

ジュリオの気持ちがわからない。以前のように誠実で優しい部分もあるし、今みたいに意地の悪いところもあって、翻弄されてばかりだ。

だからステラも、彼への態度がいつも揺らいでしまうのだった。

第四章　あなたを信じたい

事件から一ヶ月が経過すると、ジュリオの徹底した健康管理のおかげでステラのパサパサとしていた薄茶色の髪に艶が出て、肌も綺麗になった。頬や腕周り、胸もわずかにふっくらしてきただろうか。体重はそんなに変わっていないが、多少外見に気を使うようになったことを含め、不健康そうという印象から、やや痩せ気味くらいには進化している気がしていた。

（……ジュリオ様は本当に、いつか私を……）

ジュリオは時々キスを求めてくる。

義務だから、と言い聞かせてステラはそれに応じていた。けれど、油断すると建前は崩れ、その行為に夢中になってしまう。

ジュリオがキスを求めるのは、いつまでも本音を認めないステラへの仕置きみたいだった。

彼は何度か二年前のあの日について、話をしたそうな素振りを見せた。けれどステラのほうが徹底してその話題を避けてしまっている。

結局、ステラの特別はジュリオで、それは彼がどれだけ不誠実な男性でも変わらない。一方で、ジュリオのどんな言い訳を聞いても、ステラは心の底から彼を信じることができない気がしていた。

（だったらいっそ、優しくなんてしないで本当に食べてくれればいいのに）

割り切った関係を彼が望んでくれるのなら、ステラもそのほうが楽になれる気がした。彼の心や自分の本心と向き合うのは、なんだか疲れるのだ。

再び一緒に過ごすようになってからのジュリオが誠実な態度であるがゆえに、心を許した先にもう一度別れがあったらと想像すると怖い。だからステラは、まだ素直な感情を表に出せずにいた。


魔法省内での嫌がらせは定期的に続いている。

予備のローブが切り刻まれたり、ロッカーの私物が泥まみれになっていたり、廊下で足を引っかけられたり――という陰湿なものだ。

上司に相談と報告はしてみたのだが、ステラの協調性がないせいだと逆にお説教を食らってしまった。

ほかにも、私物の管理能力を問われ、この程度で再びアベラルド公爵に泣きついたら余計に魔法省内部で孤立するという、ありがたいアドバイスをもらう結果となった。

ため息をつきながら、今日もジュリオ特製の昼食をいただき、昼休憩を終えようとしていた頃、研究室の扉がノックされた。

「はーい」

「ステラさん、少しよろしいかしら?」

入ってきたのはブリジッタだった。ステラの研究室に彼女が訪ねてきたのはこれが初めてだ。

「……あの？　どうかされましたか?」

正直、ステラのほうに用はないからお帰り願いたい。けれど、話も聞かずに追い出せば、どんな仕返しがあるかわからない。

とはいえ、とくに歓迎する相手でもないため、ステラは椅子に座ったまま顔を上げる。

ブリジッタは勝手に、壁際に置いてあった予備の椅子に腰を下ろす。

「あなたに忠告してあげようと思って」

「忠告?」

ブリジッタの唇が弧を描く。

「アベラルド公爵閣下のことよ」

「……あの方がなにか?」

「かわいそう、あなた……公爵閣下に愛されているわけではないのですって」

長い足をわざわざ組み替えながら、彼女は勝ち誇った表情を浮かべた。

(失恋済みなので知ってますけど)

とは思いつつ、ステラは無反応を貫いた。

ジュリオがステラを特別な相手だと周囲に思わせているのは、権力を持つ者がステラを不当に扱うことがないようにという牽制目的だ。

無害そうなミケーレには真相を話したが、ブリジッタに言ってしまったら、牽制の意味がなくなってしまう。

「驚いて声も出せないのかしら?　公爵閣下も随分と残酷でいらっしゃるわ」

「あの……。こういった話に第三者が口を挟むのってあまりよくないと思います。話は一応うかがいましたので、お帰りいただきたいのですが」

ステラは扉のほうへ視線をやりながら、ブリジッタに退室を促した。けれど、迷惑な客人が立ち上がる気配はない。

「ねぇステラさん、欠本ってご存じ？」

唐突に話題が変わった。

「欠本……？　続きものの本の一部が揃っていないという意味ですよね？」

ステラがそう答えると、ブリジッタはやれやれと肩をすくめた。ステラは彼女がなぜそんな話をしてくるのかわからず、なんだか居心地が悪くなっていた。

「ではアナスタージの六番目の魔法は？」

「アナスタージ？　六番目の……。聞いたことがありません」

かつて名乗っていた自分の姓が出てきて、ステラは驚く。六番目の魔法――心当たりのない魔法だった。ただ、ウルバーノのことが頭をよぎった。五番目までならステラの父が生み出した特級魔法のことだから、それと無関係とは思えなかった。

「ご存じないのね……。さすがは普段から研究室に引き籠もってばかりいらっしゃる方だわ。あなたのお父様が作り出した魔法なのに」

「……特級魔法は五つですよ」

ブリジッタの意味ありげな態度に警戒し、ステラは冷静に答えた。

「違うのよ。ウルバーノ・アナスタージが生涯に生み出した特級魔法はじつは六つあるんですって。秘匿された六番目の魔法について書かれた資料を、アナスタージの欠本と呼ぶの」

「私の父は、研究を隠すような方ではないです」

断言してはみたものの、ステラの中にわずかに疑念が浮かぶ。

ステラが物心ついたときからウルバーノはすでに攻撃魔法を疎んでいて、誰も傷つけない生活魔法の研究に心血を注いでいた。

もし、心変わりの直前にもう一つ特級相当の魔法を生み出していたとしたら、それを隠したという話には、説得力がある気がした。

(仮にそんな魔法があったとしても、無関係の人たちに騒がれるのはなんだか嫌……)

優しい生活魔法の研究に熱心だった、あの頃の父の思いが踏みにじられているようで不快だった。

「真偽はどうでもいいの。……問題は公爵閣下よ」

急にジュリオの話題に戻り、ステラは動揺してしまう。

「ど……どうして、ジュリオ様が関係あるんですか?」

ブリジッタが、ステラが喜ぶような話を聞かせてくれるはずもない。聞いてもなんの得にもならないとわかっているのに、ステラの口からは操られたかのように、話の続きを促す言葉が出てくる。

「公爵閣下があなたにかまうのはウルバーノ・アナスタージの一人娘が欠本へ繋がる鍵を持っているかもしれないと考えてのことなの」

(鍵……? 欠本なんて知らないのに、鍵を持っているってどういうことなの? ……昔住んでいた家も家財もほとんど叔父様のものになって……)

記憶をたどっても、父から鍵なんて預かった覚えはなかった。

叔父が興味を示さなかった研究資料や魔道具などは確かに今でもステラの家にあるが、どれも特級相当の魔法に繋がるものではない。

「鍵って言っても、本当に鍵の形状をしているかどうかはわからないそうよ。例えば情報とか、暗号の解き方とかかしら？　それに、真偽はどうでもいいって先ほども言ったでしょう？」

ステラが実際に持っているか持っていないかが問題なのではなく、ジュリオの目的が欠本であることが重要なのだと、ブリジッタは言いたいのだろう。

「ジュリオ様がそんな話を信じるなんて……」

ウルバーノが危険な魔法に繋がる鍵を娘に託すだろうか。むしろそういう研究ならばジュリオのほうが知っていそうだった。

彼は強がりや嘘をすぐに見抜けるくらいステラをよくわかっている。

一緒に暮らしていたのに、ステラが欠本に繋がるなにかを持っているだなんて誤解するだろうか。

この話は信じるべきではないと、論理的に考えればわかる。それなのに、ブリジッタの言葉を完全には否定できない自分がいた。

「信じるかどうかはあなたの自由よ。ただ勘違いしている人って、周りから見るととても滑稽に思えてしまうから親切で教えてさしあげているの」

胸に突き刺さるような言葉だった。

「勘違い、なんて……私……」

そもそもジュリオに愛されているだなんて、考えてもいない。

勘違いしている人が周りから見ると恥ずかしいのは、身をもって知っている。

「欠本の鍵についてなにも知らないのなら、公爵閣下にはっきりと言ってみたら？　利用価値がなくなって見放されるかもしれないわね。フフッ」

もう用は済んだと言わんばかりにブリジッタは立ち上がり、ステラに背を向けた。

「午後は騎士団の皆さんとの合同訓練なの。そろそろ行かなくては。……それではごきげんよう、ステラさん」

ブリジッタが扉を閉めて、室内に静寂が戻ってくる。

（……勘違いなんて本当にしていないわ。後継者が欲しいのだとしても、欠本の手がかりが欲しいのだとしても……愛されているなんて思わない！　絶対に）

そう思うのに、その日は一日、研究に集中できないまま定時になってしまった。

「アナスタージの六番目の魔法、それから欠本……お父様の残したもの」

ブリジッタが言うように、噂の真偽がはっきりしたらジュリオは態度を変えるのだろうか。

ジュリオのことはともかく、ステラの知らない父の研究があったのかどうかはどうしても気になってしまう。

存在しないなら、そのことを確認して安心したい。もし本当に欠本があるのなら、ウルバーノの意思を無視した使い方をする者に奪われる前に手に入れなければならない気がした。

（資料が隠してあったとしたら、アナスタージの屋敷かしら？）

今はもう効果が切れてしまっているが、かつての屋敷は許可のない者の侵入を拒む様々な魔法が使われていた。そうだとすると欠本の保管場所はアナスタージの屋敷である可能性はそれなりに高いはず。

（気になる……。ミケーレさんに聞いてみよう。明日は休みだからできれば今日中に）

明日、ステラは休暇の予定だった。魔法省は部署によって勤務形態が異なる。番人は年中無休で毎日コツコツと魔力を注がなければならない部署だから、休暇は五日に一度程度、交代制だ。

最近はジュリオと休みを合わせることが多くなっていた。一日一緒に過ごそうと言われるかもしれないから、その前に欠本について少しでも知っておきたい。

ステラはさっそく帰りがけに人事部のある区画に急いだ。途中で、ちょうどエントランス方向へ向かおうとしているミケーレの後ろ姿を見つけた。

「ミケーレさん、あの……！」

呼びかけると彼はすぐに足を止めて振り向いてくれた。

「どうしたんだい？　ステラ君から話しかけてくるなんてめずらしいな」

そのまま二人並んで歩きながらの会話になった。

「はい……少し、アナスタージ家について気になることがあって、あなたを探していたんです」

「アナスタージの？　知っていることはもちろん教えるよ」

「ええっと。ではさっそくなんですが、欠本ってわかりますか？」

「あぁ……あの噂か。もちろん知っているよ。隠された六番目の魔法……夢があるよね」

ミケーレは噂については耳にしているようで、なんてことのない話という認識でいるのだろう。

自分の父に関することだというのに、人付き合いが苦手なステラだけ知らなかったというのはなかなかに恥ずかしい。

「本当にあるんでしょうか？　私、父から一度もそんな話聞いていなくて」

「そうだね。わからないけれど、それこそ父も兄も、伯父さんの研究資料にはすべて目を通しただろうし、屋敷の中に価値あるものがないかはアナスタージ家を継いだ直後に調べ尽くしているはずなんだよね」

「そうですよね」

父が急逝したという連絡があってから数日後、叔父と叔母が屋敷に乗り込んできた日をステラはよく覚えている。任務に赴いた先で亡くなった父の棺《ひつぎ》が王都に到着するより前に、叔父夫婦は資産の整理を始めた。

法律の専門家と一緒に、伯爵家の財産とみなされるものと父個人の財産と推測できるものを分け、爵位継承の手続きを進めるのと同時に、高価な品物をすべて自分のものにしてしまった。

まだ子供だったステラは抗うことができずに、屋敷が荒らされ、新しい家具が運び込まれていくのをただ眺めるしかなかった。

ステラに残されたのはほんの少しの財産と、叔父が興味を示さなかった生活魔法についての研究成果だけだった。

未発表の攻撃魔法が見つかれば、叔父は嬉々《きき》として表に出し、自分の成果であるかのように自慢していたに違いない。

「だが、まぁ。うちの父と兄二人がちゃんと研究資料を解読できていたとは思えないんだけどね」

ミケーレが肩をすくめた。

彼には兄が二人いる。ステラにとっての叔父と叔母、そしてミケーレを含む三人の息子が現在のアナスタージ家だ。その中で、一級魔法使いの地位にあるのはミケーレだけだった。

ウルバーノの死後、研究資料を漁《あさ》ったのが叔父とミケーレの兄ならば、内容を完全に理解できていたかは疑問が残る。

「私の知らない研究資料なんてなかったと思うんですけれど……」

父が健在だった頃、ステラは屋敷中ほとんどの部屋を自由に出入りしていた。

「欠本に興味があるのかい？　五つの特級魔法を凌駕《りょうが》する最凶の攻撃魔法だとかって噂もあるが、ステラ君はそういう魔法、嫌いじゃなかった？」

「魔法そのものはどうでもいいんです。でも、父が残したのだとしたら、無関心ではいられません」

「そういうことなら、僕のほうもアナスタージの屋敷に手がかりがないか探してみるよ。なにかわかったらすぐに知らせよう」

「お願いします。……叔父様に怒られない範囲で……」

「気にしなくていいって、本当は君のものだったんだから」

ステラは首を振る。屋敷も、屋敷にあった魔道具も貴重な学術書もすべてウルバーノのものではあったけれど、現アナスタージ伯爵は不当な方法で伯爵家を手に入れたわけではない。

叔父のことはまったく好きではないが、ミケーレが責任を感じる必要はないと思う。

話が終わっても、向かう先は同じだ。そのまま自然と並んで歩き、魔法省のエントランスまでたどり着く。

そこにはジュリオが立っていて、ステラに気づき手を振っている。時間が合う日は彼が直接、そうでないときはノッテがお座りをしてその場所にいるのが最近の当たり前になっていた。

「ステラ、お疲れ様」

「ジュリオ様、いつもありがとうございます」

ステラにほほえみかけたあと、ジュリオは視線を横に動かし、急に眉をひそめた。

「確か、ステラのいとこ……ミケーレ殿だったな？」

「さようでございます、アベラルド公爵閣下」

ジュリオはあからさまに不機嫌だった。

「ジュリオ様？」

妙な雰囲気に耐えられず、ステラはあわあわとジュリオの顔を覗き込み、様子をうかがう。

「帰ろう」

グッ、とステラを強く引き寄せるようにして、彼はそのまま立ち去ろうとした。

「……閣下！　お待ちください」

引き留めたのはミケーレだ。

ステラはなぜだか嫌な予感に苛《さいな》まれ、冷や汗が噴き出してくるのを感じていた。

「なにか用だろうか？」

ジュリオは歩みを止め、ステラを抱き寄せたまま振り返った。

「失礼を承知で申し上げますが、あまりいとこ殿にかまわずにいてやってくださいませんか？」

ミケーレのほうも、いつもの温和そうな印象から一変し、友好的とは言い難い顔で、ジュリオをまっすぐに見据えていた。

（え……？　えぇ!?　ミケーレさんってこんなこと言う人でしたっけ……）

「なぜだ？」

「閣下と親しいことで、ステラ君の立場が余計に悪くなります。幼なじみで兄妹のような関係だとうかがっておりますが、周りの者に誤解を与えたら矢面に立たされるのは彼女のほうですよ」

彼はきっと、最近ステラが嫌がらせを受けているのを気にしてくれているのだろう。

「それは女性からの嫉妬という意味だろうか？　だったら私は今後誰とも特別な関係になれないな。……ばかばかしい」

ジュリオは皮肉めいた笑みを浮かべた。

公爵位を持つ王弟であり、剣技と魔法使いとしての実力の両方を兼ね備え、おまけに顔までいいジュリオは当然モテる。彼の恋人となったら、数多《あまた》の女性たちに嫉妬されるのは必然だろう。

それがジュリオの責任だなんて言えないと、ステラも思う。

「ステラ君は平民ですから。閣下が普段親密にされている多くの令嬢とは違います」

「ミケーレさん、それはっ！」

ステラは慌てて止めに入った。

ミケーレはいったいどうしてしまったのだろうか。ジュリオが恋多き男であるのは広く知られている話だ。そんな彼と急に親密な関係となったステラを案じてくれているのはありがたいが、ジュリオ本人に直接そんなことを言うのはさすがに失礼だ。

「ステラは黙っていなさい」

なんとか二人の争いを止めようとしたステラだが、強い口調でジュリオに遮られ、なにも言えなくなってしまう。

「ミケーレ殿……。いとこととしての立場なのか、それとも同僚としての立場なのかは知らないが、私たち二人の問題に口出しするのはさすがに無粋だ」

これ以上踏み込んでくるな、とジュリオは釘《くぎ》を刺す。

ミケーレの言葉を待たずに踵《きびす》を返し、ステラを連れて建物の外に出た。待っていた馬車にステラを押し込めると、すぐに出立の指示を出した。

小さな音を立てながら、馬車が動き出す。

ステラは横目でジュリオの様子をチラリと見るが、やはりこのうえもなく不機嫌だった。

「……ミケーレさんが変なことを言ってしまって、ごめんなさい」

「なぜステラが謝るんだろうか？」

ミケーレはおそらくいとことしてステラを心配してくれたのだ。そもそもの原因がステラにあると感じたから、代わりに謝罪の言葉を口にしたのだが、ジュリオの機嫌は直らない。

一段と声が低くなり、むしろ悪化している気さえした。

「いとこの私のために余計なことを言ったのかも……って」

その瞬間、ジュリオの憤りの対象が、ミケーレではなくステラになった気がした。

「君がミケーレ殿の代わりに謝るくらいなら、あの場でミケーレ殿に『私たちは愛し合っているから大丈夫です』とでも言っておけば、よかったんじゃないか？」

「それは、ミケーレさんには通じな――」

ステラは今、とんでもない失言をしてしまった。ごまかせないことは、ジュリオの引きつった笑みで察せられた。

「……へぇ。そんなに親しかったのか？」

「いえ、そこまででは……ないです。ぜんぜんっ」

うまく説明できないステラだが、とにかく誤解だと主張したくて必死に首を横に振った。

「どうせ私たちが特別な関係だという話を否定したんだろう？　それじゃあ虫除《むしょ》け効果が薄れるじゃないか」

「だって仕方がないでしょう⁉　魔法省内で唯一私がどういう人間かを知っている人だから、嘘がつけなかったんです！」

なぜステラが咎められているのか。ジュリオの言動が理不尽で、自然と語気が強まった。

ステラも、自分たちが結婚の約束をしている婚約者同士であるかのように振る舞うのが、身を守る手段になると重々承知だ。

けれど、ミケーレにそんな嘘をついても余計に怪しまれるだけだと思ったから、素直に話すしかなかった。

「嘘ではないはず。身も心も……ちゃんと意味はわかっているんだろうか？」

急にジュリオがステラの肩を掴み、無理やり向き合う姿勢を取らせた。目が合ったのは一瞬だけで、彼はステラの耳元に唇を寄せた。

低めのささやきは不快ではないのになぜか鳥肌が立つ。耳たぶに唇が触れた瞬間、ステラの身体はビクリと跳ねた。

「わかって……わかっています！」

「本当に？」

わざと吐息を吹きかけて、彼はステラを翻弄する。

いつかステラを食べるつもりであることを忘れるな――そう言っているみたいだった。

「でも……」

契約をほのめかしながら、結局ジュリオはキス以上の触れ合いを求めてこない。だからステラは、ジュリオが本気でそれを望んでいるのかわからずにいる。

真意がわからないから、ブリジッタからの話を聞いただけで不安になる。

ステラの心は、ずっと前からジュリオのものだ。ただ捨てられたら今度こそ壊れる脆《もろ》いものだという自覚があった。

（契約はいつまで有効なの？　いつまで一緒にいてくれるの？　いつ、もう一度私を捨てるの？）

不安がいくつも浮かぶのに、決して声にはならない。

ジュリオが永遠だと言っても、きっとステラは信じられない。ジュリオが有限だと言ったら、別れが怖くて泣いてしまう。彼の考えを知って、ステラが得をすることなど一つもない。

「……とにかく君は私だけのものだという自覚をもう少し持ってくれ」

それはジュリオの独占欲なのだろうか。そこに愛情はないのかもしれないと思うと、胸が張り裂けそうだった。

「ちゃんと持っています！」

「そう……だったら、今すぐ証明してみせてくれないか？」

身も心もジュリオのものになるという契約を、ステラがきちんと守る気でいることを態度で示せというのだ。

彼の指先がステラの唇をそっと撫でた。そうやって彼は、どうしたら証明できるのかを教えてくれている。

もしも彼の心を覗く方法があるのなら、ステラはなにも恐れずに済むし、素直になれるというのに。欠本の疑惑、ジュリオの本心――考えると心がすり減りそうだ。

「私、……忘れてないですよ……」

進んでキスをしたら、ジュリオにもっと近づけるのだろうか。たとえ一時的なものだとしても、彼と触れ合えばそのあいだだけは不安にならずにいられることをステラは知っていた。

今日はとくに心が疲れていて、抗う気力はもうなかった。

「本当に？」

ステラは自らメガネをはずし、座席の隅のほうに置いてからジュリオの膝の上に座り直した。

「私の座る場所はここ。……あなたの前でだけメガネを取る。ちゃんと守っています」

それでようやくジュリオの機嫌がわずかに改善する。

熱の籠もった、挑発するような瞳でステラを見つめている。

契約の期限も、欠本のことも今はもう考えたくなかった。

いつか覚めるとわかっていても、夢を見る権利くらい誰にだってあるのだから。

「ジュリオ様」

彼の名前を呼んでから、ステラは進んでキスをした。

軽く唇を重ねると、ジュリオのほうから激しく求めてくれる。今の行動が正解だったと言われているようで気持ちが昂っていく。

肯定感がステラからためらいや恥じらいを奪い、徐々に大胆にしていった。ジュリオに呼応するようにステラのほうからも舌を絡ませて、積極的に彼を貪る。

「……ん、……んっ」

しばらく続けていくと、以前にも感じたふわふわとした心地よさがどこからか生まれてくるのがわかった。

何度か経験を積んだステラは、初めてのキスのときのように夢中になりすぎて痴態を晒すような真似はしない。理性を保っているうちに唇を離して、彼の胸に顔を埋《うず》めた。

「甘えるのがうまくなったな」

声色の優しさとギュッと抱き寄せてくれる腕の強さで、咎める意味ではないのだとわかった。

◇◇◇

公爵邸に帰ってきてからのジュリオは、馬車の中とは打って変わって上機嫌だった。

ステラのほうからキスをしたというそれだけで、二人の関係がわずかに変わった気がした。

一度甘えた態度を取ってしまったら、これまでの勢いで反発し続けるのも白々しくて、ステラも態度を軟化させるしかない。

その日も、二人で食事を作って食べたあと、いつものようにノッテに送られて帰途に就く。

ジュリオは「いっそ一緒に住もうか？」などと言っていたが、そこは拒否した。

ステラが暮らす家は、一人ぼっちになって、それでも強く生きてきた証のようなものだ。

自分の居場所を手放したら、もう常に支えてもらわなければ立っていられなくなるくらい誰かに依存してしまいそうだった。

結局、ステラはジュリオのことが好きなのだ。すでに心は引き返せないほど彼に支配されている。

もっと触れ合いたい、一緒にいたい――そう願ってしまう自分がいる。

けれど、二年前のようなことがまた起こらないという保証もないと冷静に考えていた。いつか来るかもしれないその日のため、心を強く保たなければならない気がしていた。

慣れた手つきで鍵を回そうとして、ステラは強い違和感を覚えた。

「鍵……かけたはずよね？」

「クゥン」

ノッテも同意してくれている。けれど、解錠の音が聞こえなかった。ステラが鍵を開ける前からすでに開いていたとしか思えない手応えだ。

「危ないなぁ。気をつけなきゃ」

一人暮らしのため、ステラはそのあたりには注意していたはずだった。鍵をかけたあとは必ずドアノブに触れて、回らないことを確認するのが習慣化していたのに、今朝は忘れてしまったのだろうか。

ひやりとした心地になりながらも、鍵をかけ忘れた日に限って庶民的な集合住宅の一室に泥棒が入るなんて偶然はないと軽く考えていた。

けれど扉を開けたステラは、自分の考えが間違っていたとすぐに思い知る。

魔動式のランタンをつけた瞬間、ステラの目に凄惨な光景が飛び込んできた。

「なに……なんなの、これ？」

部屋の中がひどく荒らされている。

ジュリオに見られてから反省して整理整頓したはずなのに、机に置かれていたものが散乱し、カーテンが引き裂かれている。

チェストの引き出しが飛び出し、服が切り刻まれ、本も床に落ちていた。

「泥棒に……入られた、の？　やっぱり私、いつもどおり鍵をかけていたはず。……無理やり開けて、荒らしたってこと……？」

ステラは怖くなり、部屋の中に入って内部を確認することができなかった。まだ犯人が潜んでいたら――などと不安になり、その場から動けない。

「クゥン」

ノッテが鼻先を寄せてステラを気遣ってくれる。

「お願い……お願いノッテ。ジュリオ様を呼んできて！」

咄嗟にそう叫んでいた。

「ワン！」

ノッテは二階から飛び降りて華麗に着地を決めてから駆けだした。あっという間に通りの向こうに消えていく。

もうステラを送ってくれた馬車は遠くに行ってしまったが、ノッテならばすぐにジュリオのもとにたどり着くはずだ。

やはり荒らされた部屋に一人で入っていく勇気はなくて、ステラも階段を下り、ひとまず人通りのある場所でノッテとジュリオの到着を待つことにした。

心細くて、時間がやたらと長く感じる。

そこから三十分くらい待っただろうか……。

「ステラ！　どうしたんだ⁉」

馬に跨がったジュリオが焦った様子で近づいてくる。ノッテは話せないから、緊急事態であることだけを態度で示して、どうにかジュリオを向かわせてくれたのだ。当然、なにがあったかは知らないはずだ。

馬から下りたジュリオは、震えるステラの肩を抱き、頭からつま先までまじまじと見つめた。

「ノッテが緊急事態だと。……怪我はないようだ。無事でよかった……」

安堵のため息と一緒に、彼はステラをギュッと抱きしめた。

「……あの、……私の家が……家が、荒らされて。泥棒に入られたみたいなんです」

「そうだったのか……。怖かっただろう？　第二騎士団に連絡してひとまず私の屋敷へ」

第二騎士団は主に王都の街中の治安を守る部隊だ。泥棒に入られたのなら、まずは第二騎士団に知らせるのが常識だ。それを忘れるほどステラは動揺していたのだと、今になって気がつく。

「……でも、盗まれたものがないか……確認しないと気持ちが悪くて……」

「わかった。私も一緒に行くから」

通行人に騎士団への連絡を頼むと、まもなく二人の騎士が駆けつけてきてくれた。

ステラと一緒にいるのがアベラルド公爵だと知ると、騎士たちはかなり緊張した様子だった。それから四人で改めて部屋の中へ入った。

ジュリオと一緒だというだけで、ステラの中にあった恐怖心が少しだけやわらぐ。勇気を振り絞って部屋の奥へと進む。

「これはひどいですね」

騎士の一人がつぶやいた。

ステラが最初に気になったのはカーテンだった。

「ちゃんと閉めたはずの鍵が開いていたのだとしたら、犯人は道具か魔法で鍵を開けたはずですよね？　泥棒ってカーテンをこんなふうに切り刻むんでしょうか？」

「……」

ジュリオは答えてはくれなかった。おそらくジュリオも、犯人の目的がなにかを盗み出すことではないと考えているのだろう。二人の騎士も気まずそうにしている。

（怨恨……？　そうじゃないなら魔道具や研究成果だけそっと持っていくはず）

この部屋の中にあったものの中で価値があるのは、魔法関連のものだけだ。

高く売れそうなものがどこにあったか思い出しながら、順番に確認していくが、やはり荒らされているだけで、なにも盗《と》られてはいない。

けれど、それが逆に恐ろしい。金銭目的の泥棒なら対策をしっかりすれば次を防げるかもしれないが、怨恨ならば次は家を荒らすという手段ではないかもしれない。

「あ……っ！　このオルゴール……」

机に置かれていたはずの魔動式オルゴールが床に転がり、壊れていた。

「……お父様と二人で一緒に作った……大事な……」

価値のあるものは叔父に奪われたため、ステラが所持する中で数少ない父の形見と呼べるものであるそれが無残にも破壊されていた。

このオルゴールは、生活魔法の基本中の基本となる「魔力を回転運動に変換する理論」を父から教わったときに使った原動機を利用したものだ。

他人からしたら価値のないものかもしれないが、ステラにとってはお金に換算できない大切なものだ。

同じく、父と一緒に進めていた手書きの研究資料もめちゃくちゃに引き裂かれている。

恐怖と悔しさが限界に達し、ステラの瞳からポロポロと涙があふれる。

それでも騎士による調査が終わるまで、必死にその場に留まり続けた。

いくら見回してもなにかがなくなっている形跡はなく、これは泥棒の犯行ではないというのがひとまずの結論だった。

犯人の捜索はこれからだが、布製品や紙だけではなく、金属製のものまで破壊されていることから相手が魔法を使ったという推測ができた。

(やっぱり、魔法使いが……私を……)

思い当たるのはジュリオと親しいステラへの嫉妬か、もしくはブリジッタが言っていた欠本関連か。欠本のせいなら、なにも盗まれていなかったのは、単純に手がかりがなかったからという可能性もある。

ひとまず騎士二人が去り、部屋の中にはジュリオとステラが残された。

「片づけは明日にでも行うとして……、ステラの大切なものがどれか教えてくれ」

「どうして……?」

「修復魔法を使うから」

修復魔法は大変貴重で、特級に分類される。

そして特級魔法は本来、日用品の修理に使っていいものではない。

「でも！」

前回、魔道具破壊事件のときは、国王の裁可を事前にもらっていた。それほどまでに特別な魔法を勝手に使ったら問題になるのではないかと、ステラは心配になる。

「いいから。……私の魔法だ。緊急時の使用は私の判断でやっていいことになっている」

壊れたものの中には買い直すことができないものがいくつかある。結局ステラは、それらを直す手段があるのに諦めることなどできなかった。

「オルゴール……あと、研究資料です」

申し訳ないと思いながら、ステラは大切なものを指差した。

「わかった。ステラが家を出た直後の状態に戻せばいいはず……。少し下がっていて」

そう言って、ジュリオは携えていた剣を抜き放ち、正面に構えた。

ステラは素直に壁際まで下がり、成り行きを見守った。

深呼吸のあと、ジュリオの内側から魔力が引き出されていく。

魔力は無色透明で感覚の鈍い人には見えないが、魔法使いの一部にはそれらを視覚的に感じる能力が備わっている者がいる。

ステラにもわずかにその才能があって、集中すれば一定以上の魔力を感じ取ることができる。ジュリオの魔力がだんだんと膨らんでいって、それが剣に流れ込んでいる様子が見えた。

（本当にすごい。修復魔法は特別な素質だけじゃなくて膨大な魔力も必要なんだ）

ジュリオの魔力は金色で、揺らめく様子が炎のようにも見える。昔、一緒に暮らしていたから彼の魔力の色は当然知っているけれど、眩しく感じるほどの強大な力を見たのは初めてだった。

すでに魔力に対する感受性がない一般人でも、異変を感じるくらい周囲の空気が違っている。

壊れたオルゴール、そして研究資料が金色に輝き、浮き上がる。そして、そこだけ時が遡りはじめた。紙は一つの場所に集まって、隣接した欠片同士がくっついていく。周辺に散らばっていた木片も、曲がった金属も、魔力をため込むための石も、すべてがもとどおりになっていった。

もとのかたちとなったそれらは、ステラが家を出る前に置かれていたはずの位置まで戻っていく。

やがて金色の光が弱まり、完全に消えた。

「……ふぅ。どうだろう？　修復魔法を使えばこんなものだ」

振り返ったジュリオは簡単なことだと言わんばかりに白い歯を見せて笑った。

けれど、額には汗がにじみ、わずかに息が上がっている。かなり強がっているのがわかった。

「ありがとうございます。……本当に」

ステラはまずハンカチを取り出して手を伸ばし、額を優しく拭いてやった。ジュリオは無理をしているのがバレて決まりが悪いのか、少年めいた顔をしておどけていた。

それからステラはオルゴールを手にして、ネジを回してみた。優しい子守歌が流れ出すと、少しだけ安心できた。

（……これは……どうでもいい相手のために使う魔法じゃない……）

再び一緒にいるようになってから、ステラがどれだけ反発しても彼は見放さずにいてくれた。そう思うと、申し訳なさと温かさで胸が締《し》めつけられる。

もうこれ以上彼を知ることから逃げるべきではないのかもしれない。

「今日は私の屋敷に帰ろう。これは提案ではなくて、命令だ」

強い主張は、ステラの遠慮を許さないためのものだ。

「ご迷惑をおかけします。……でも、お願いします……」

今夜、壊れたものが散乱する部屋で過ごすのは恐ろしくてできない。頼りっぱなしだとわかっていたが、どうしても一人になりたくなかった。

一人暮らしの家を荒らされたのだ。これまでの嫌がらせとは次元が違う。

「あぁ、そうしよう……。大丈夫だ、ステラ。私のそばにいたら、悪意なんて近づかせない」

彼の言葉が頼もしくて、今回ばかりは対価や契約――なんていう建前を口にする余裕もなく、ステラは彼に縋《すが》った。

すぐにジュリオの屋敷に戻る。

身体を温めたほうがいいからと勧められて、ステラは入浴をさせてもらった。

服はたくさんあるけれど、さすがに寝間着は用意されていなかったため、ジュリオのシャツを借りた。袖は長いし、かろうじて太ももを隠してくれる程度の丈だが、すぐに客間のベッドで毛布にくるまったから、問題はなかった。

「落ち着いた？」

「はい……」

ベッドの上で所在なさげにしていると、ジュリオが肩を押して、眠るようにと促す。

子供の頃のように髪のあたりに触れるだけのキスをしたあと、頭を撫でて、ステラのそばから離れていった。

「……いかないで」

「ステラ?」

咄嗟に彼の服を摑んだステラの手は、震えていた。

この二年間、ずっと一人で寂しかった。オルゴールが直っても、誰かがステラに悪意を向けているることに変わりはない。負けるものかと気を張っていた心が、もう限界だった。

「いかないで」

一緒にいてほしい相手は、彼だけだ。

「もう子供ではないんだから」

また胸が痛くなった。彼からの拒絶は本当にたやすくステラを傷つける。子供じみた行動だと笑われようが、どうしても彼を放せない。

「どうして……。どうしてだめなんですか? まだ、私とは……その、したくないってことですか? 今日こそ契約を……。……だから一緒に……」

ステラは半身を起こして、許可も得ずに彼に抱きついた。

子供ではないと認めてくれるなら、大人としてでいいからそばにいてほしかった。

ジュリオは無理やり逃れるようなことはしないでいてくれた。ゆっくりとベッドの端に腰を下ろすと、ステラの背中に手を回し、落ち着かせるためなのか優しく撫でてくれる。

「君が心から望むのなら、いつでも」

意外な答えが返ってきた。契約を果たそうとした日に好みではないからと言って触れなかったのは彼のほうだというのに。

「私が望んだら……？　ジュリオ様は私の気持ちなんて全部知っているでしょう？　私はずっとあなただけが特別だった。離れても……変わらなかった……」

忘れられずにいたことすら、ジュリオはきっと察している。

ステラが抵抗できないくらい、無理やり奪ってくれたなら、安心できたかもしれない――そんなふうに考えるのはずるいけれど、つい望んでしまう。

「君を傷つけただろう？」

「でも、私は……」

それでもジュリオだけが特別だったのだ。

「その傷はもう塞がったのか？」

ステラは正直に首を横に振る。

ステラに関する一連の事件で、彼がどれだけ助けになってくれたかわからない。昔のよしみでここまでする必要はないとわかっているのに、優しくされても結局あの日にできた傷はずっと治らないままだ。

それどころか、再会してから胸の痛みが増している気さえする。

「……だから、抱かない」

「じゃあ、どうして身も心も……なんて……」

深いため息が聞こえた。

「君があまりにも頑《かたく》なだったから、不誠実な男のまま君を救う立場でいるしかなかった」

「私のせい……？」

確かにステラはわずかに残された意地から、ジュリオを拒絶していた。

そのせいで彼は、仕方なくあの契約をほのめかしたというのだろうか。

「いいや、この二年、そういうふうに振る舞ってきたのだから私の自業自得だ。今更信じてもらえないかもしれないが、……私は、異性関係に限って言えば、君が思っているよりもずっと誠実な男だ」

「今、すでにっ、……不誠実です」

世間知らずの子供だったステラとの約束なんてジュリオには知ったことではないのかもしれない。それでも、結婚の約束を取るに足らない子供の戯言だとしてちゃんと断らなかったのも、ステラが自ら遠ざかるように仕向けたのも、十分不誠実だった。

「そうだな。私には君の知らない大きな罪がある。ずっと逃げて……それでいて君を縛り続けているのだから、人間としては不誠実なんだろう」

「罪？」

男としての誠実さと人間としての誠実さは違うのだとジュリオは言う。ステラはなんの話をしているのかすら、理解できていなかった。

「あの日のこと、それより昔のこと……少しだけ聞いてくれないか？」

あの日、というのはステラを遠ざけた二年前を指すのだろう。

ジュリオは前にも距離を置くきっかけとなったあの日について、話そうとしてくれていた。けれどステラのほうが怖がって、その話題を避けたのだ。

「……わかりました」

あの日をなかったことにはもうできない。

ステラが触れないようにしても、互いに忘れることなどないのだから、目を背けても心のどこかで引っかかり続ける。

「なにから話そうか……。そうだな。君は、どうして私がアナスタージ家で保護されていたか知っているな？」

「はい。ジュリオ様は内戦の両陣営から狙われる立場だったから、と」

「そう私の母の生家――西の大公家。アナスタージ家を出て騎士となった私は、自らその残党を捕縛することで、兄上への忠誠を示そうとしていた」

騎士となってからのジュリオが、兄である国王の政敵を排除するのに熱心であったのはステラも知っていた。

そして、その頃の政敵には西の大公家も含まれていた。ジュリオは、謀反をくわだてた外戚を積極的に捕らえることで、兄への忠誠心を示し続けたのだろう。

「大公家の残党の中で、最後の大物とされていたのが、私の伯父にあたる人物だった。……その人は第二王子だった私に側近として仕えてくれた……信頼に足る人だった」

苦しげな様子から、ジュリオが伯父を慕っていたのだと伝わってくる。親しかった人と敵対し、進んで彼らを罪人として扱わなければならなかったジュリオの気持ちは、計り知れない。

「伯父の潜伏場所を突き止めたとき、私は自らに課したはずの役割から逃げてしまった。……代わりに誰が反逆者を捕らえるために動いたと思う？」

「……誰、って……」

反逆者を捕らえるためなのだから、捕縛対象と戦える力を持つ騎士たちではないのだろうか。

「伯父は優秀な魔法使いだった。……彼に対抗するために選ばれたのはウルバーノ殿だ」

「お父様……？」

「私が責務から逃げた結果、ウルバーノ殿が犠牲になった。……私が殺したんだ」

ウルバーノは王命による任務中に命を落としたとされていた。そして死の詳細については機密にあたる部分が多く、家族のステラにすら詳しくは明かされていなかった。

「逃げた……って、嘘ですよね⁉　ジュリオ様はそんなことする方ではないはず」

私が殺した――というジュリオの言葉に、ステラは猛烈な違和感を覚えた。

目の前にいる青年が任務を放棄したなんて話は、にわかには信じ難い。ステラの知っているジュリオは、責任感が強くて、自分ではどうにもならない部分まで背負って、不眠症に悩まされるような真面目な人だ。

離れていた二年間のことはよく知らないが、少なくとも騎士としての評判は賞賛しか聞こえてこなかった。

「いいや、それが真実だ。……兄上とウルバーノ殿が私を慮って任務からはずした。私が彼らにそう思わせてしまったんだから、余計に卑怯だ」

それはつまり、ジュリオが近親者と命のやり取りをすることを、国王とウルバーノが阻んだという状況だったのではないだろうか。

「だったら」

ステラはすぐさま彼の言葉を否定しようとした。

父の死因については、今更驚きはしなかった。ステラにとって西の大公家は国王を害そうとした反逆者の一族である。一族とジュリオを同一視したことはなく、むしろジュリオを苦しめる者たちという認識だった。

当然、父の死とジュリオを結びつけることはない。

けれど、ジュリオが寂しそうな顔をして首を横に振るものだから、言葉に詰まってしまう。

「ウルバーノ殿という犠牲を払いようやく伯父の捕縛に成功した。……捕らえられた彼がはっきり言っていたんだ。大公家の者は裏切り者の私を許さないと。私が大公家を裏切ったから家族が死んだと……。血族の死を背負え……地獄で待っていると」

大公家にとって、第二王子ジュリオは大義名分だった。

そんなジュリオが家族を捨てて、彼らからすれば政敵でしかない新国王に従っている。そのせいで大公家側の正統性が半減し、士気が下がった。

結果として敗戦の恨みがジュリオに向けられたのだろう。

「素直な君が私への好意を隠さずに笑みを向けてくれるたび、心が満たされる。……だが、同時にウルバーノ殿や死んでいった大公家の者への罪悪感で押し潰されそうだった。私は幸せになってはいけない、その権利がない。――そう思っていた」

「そんなの、あまりにも理不尽です！」

いったい彼のなにがいけなかったというのだろう。

十代の頃に自分の意志とは無関係に始まった内戦により、こんなにも苦しまなければならなかったなんてひどすぎる。

「理不尽かもしれないが……それでも私は死者に縛られ続けている。……君にはふさわしくない存在なんだ。だから君が一人で生きていけるようになった段階で遠ざけた」

それが、一級魔法使いの任命式が行われたあの日、ジュリオが変わってしまった理由なのだろう。

「ふさわしくないなんて……そんな。……私、あの日から本当に一人ぼっちになってしまったんです。罪、なんて……言われても、わからない……一緒にいたかった！」

もしかしたらステラが未熟だから、彼が背負っているものの重さを理解してあげられないだけかもしれない。それでも、どうして彼が自分自身の幸せを望むことが許されないのか、どうしてステラが彼と一緒にいたいと思い続けることがいけなかったのか、わからなかった。

「すまなかった。私さえ近くにいなければ、君はやがて誠実な人を好きになりいくらでも恋ができる――そんなふうに考えた私は、君を子供だと侮っていたんだろうな」

「……恋なんて、できなかったです。ジュリオ様は私のこと、わかってない……」

ステラはジュリオの胸をドン、ドンと強く叩いた。どうせ効かないのだから全力だった。

ジュリオが抵抗しないものだから、だんだんと罪悪感が芽生えて、そのうちに手を止めるしかなくなってしまう。

彼ならば簡単に逃れられるはずなのに、そうしないのも卑怯だと文句を言いたい気分だった。

「ステラ、聞いてくれ。君の窮地を知って、もう一度この手で直接、君を守りたいと思った。別れたあの日の真相を伝えて、それでも選んでくれるなら二度と離さない……そう決意して二年ぶりに君に会いに行った」

「でも、私があなたの話を聞こうとしなかったんですね？　……ごめんなさい、ジュリオ様」

ステラは自分の傷ばかりを気にして、彼を知ろうとしなかった。

傷つけられた被害者だからと、弁明をさせなかったステラはとても臆病な人間だった。

「いいや、決意したつもりで、実際にはいつまでも迷っていた。君の心を私だけのものにしてしまいたかった。反対に、不誠実な男だと拒んだままでいてくれたらいいとも思っていた。……私の中にはまだ、どちらの感情もずっと残っている」

ジュリオの迷いは自分が幸せになってもいいのかという部分に違いない。そのせいで誠実な面とステラを翻弄する不誠実な面が共存していたのだろうか。

もしジュリオを拒絶し続けていたら、一連の問題が解決したのち、ステラはまた一人ぼっちになるのかもしれない。

(……そんなの、嫌……!)

彼の行動はすべて中途半端で、ステラは心を揺さぶられてばかりだった。

きっともう戻れないところまで彼に染まっている。

「幸せになってはいけないって言ってましたよね？ 私と一緒にいたら、ジュリオ様は幸せなんですか？ 不幸になるために一人で生きようとしていたんですか？」

「……ああ、そうだ。君といると幸せで、……それでいてとても苦しい」

綺麗な青い瞳の中にはいつも絶望があるのだろうか。

幸せを望むと、親族やウルバーノ――亡くなった者たちを思い出すのなら、それは呪いのようなものだった。

誰かの死を背負えと言われ、血縁者から地獄で待っているなどという言葉を贈られた彼の絶望など、ステラにはわからないのかもしれない。

（でも……わかることもある。ジュリオ様には、幸せになっていいなんて言葉は通じない）

ステラは二年前、恋人にはしてもらえないのだと察して、簡単に彼との未来を考えなくなった。

ジュリオのほうもステラの幸せを願っていると言いながら、罪の意識から距離を置いた。

互いに肝心なところで消極的になりすぎていて、建前ばかりで本当の望みをすぐに諦めてしまう。

そんな二人が結ばれるはずもない。

昔のように、素直な想いを伝えられるようにならなければだめなのだ。

「私、もう一回捨てられたら、きっと心が死んでしまうわ。もう二度と立ち直れなくなってしまいます。それでもいいんですか⁉」

ステラはとても卑怯な手段を取っている。

ジュリオがウルバーノの死に関して責任を感じていて、そのせいでステラを放っておけないのなら、彼自身の幸せを願うよりこの言葉が効果的だ。

「ステラ……」

「ずっと私と一緒にいてくれなきゃ、嫌」

ジュリオの目をまっすぐに見据えて、ステラははっきりと自分の気持ちを伝えた。

彼の中の罪悪感はすぐにはなくならない。もしかしたら、一生解放されることなどないのかもしれない。

ステラと一緒にいたら、彼はいつまでもウルバーノを思い出す。きっとステラは彼にとって最善の相手ではない。

それでもステラは望みを捨てられなかった。「君といると幸せ」だとジュリオが言ったからだ。

ジュリオは黙ったままで、けれどステラから視線を逸らさなかった。時間をかけて導き出した答えは――。

「……わかった。いいや、君に言われなくても……もう離さない」

決意を示すためなのか、彼はステラに軽くキスをしてくれた。

そのまま二人でベッドに横になる。手を繋いだだけで、ジュリオはそれ以上触れてこなかった。

ただ一緒にいるだけで、ステラは安心し、眠ることができそうだった。

「昔は逆だったな？　私が悪夢を見ると、君がどうしたらいい夢が見られるのか必死に考えてくれた」

「あの魔法、ただのおまじないです。ほどよい遮音と室温、それからわずかな光の揺らぎ。安眠によいものを寄せ集めただけ」

「でも、君が安眠の魔法を使ってくれた日は悪夢を見なかった。……あの頃から、君は私にとって特別だった。……今もそうだ……」

あの頃のステラは彼が生まれながらにして背負っていたものとそれを切り捨てたことによる傷を、ほとんど理解していなかった。

今も、わかっているだなんておこがましい発言はできない。

それでもステラが作り出した生活魔法が少しでも彼の救いになったなら、これほど嬉しいことはない。

「だったらお願い、ジュリオ様。私だけを見て……私の願いを叶えて……」

そうやってわがままを言えば、きっとジュリオはわざと不幸になる選択をしないでいてくれるとステラは信じた。

「あぁ、君の望みはすべて叶える。……今からは保護者でも兄でもなんでもない」

「私は……私も……」

ステラのほうも、どんなかたちでも一緒にいられたなら幸せなはずだった。

けれどきっとそれは綺麗事だ。ジュリオがどこかの令嬢と楽しそうに会話をしているだけであんなに傷ついたのだから、兄ではない。

「……今夜からは……こうやって君にぬくもりを与える、ただの恋人でいさせてくれ」

ステラが答える前に、ジュリオはギュッと抱き寄せて、それ以上言葉はいらないと、態度で示した。

◇　◇　◇

翌日から二人の関係は変わった。

ステラはジュリオに甘えることにいちいち理由をつけるのをやめた。

ステラが暮らしていた部屋を片づけ、無事だった荷物を運び出し、着替えや生活必需品を買い足す。そしてそのまま一緒に暮らしはじめた。

荒らされた部屋の片づけと買い物を終わらせてから、ステラは午後のひとときを屋敷の図書室で過ごしていた。

せっかく希少本があるのだから、自分の研究に時間を費やしたいのだ。

「あんまり甘やかさないでください」

ジュリオは寝坊したステラを起こさずに朝食の用意をしたり、髪を梳《と》かして結ったり、とにかく世話を焼き、そして身体に触れたがる。

油断すると勝手に唇を奪ってくるし、抱きしめてくる。

嬉しい反面、一日中ドキドキしていては気が休まらない。

今も、読書の時間のはずなのに、彼はステラを膝の上にのせている。

「遠慮する理由がない」

思い返すと、再会してからのジュリオはずっとステラに甘かった。

今はそれに加えて、ステラが警戒を解いたため、歯止めが利かなくなってしまったらしい……。

「でも今は、研究をしたいので……。ジュリオ様にくっつかれると落ち着いて考え事をするのが難しいんです」

ステラは膝から下りて、彼の隣に移動した。

ジュリオはやれやれと肩をすくめたが、無理やり引き戻しはしなかった。

「今はどんな研究をしているんだろう。試しに聞かせてくれないか？　……人に話すと問題点が整理できるかもしれないよ」

「確かに」

ジュリオは騎士団長だが、指折りの魔法の使い手でもある。力のある魔法使いが優秀な研究者とは限らないけれど、彼の場合はその点も心配ない。

なにせ数年前まで一緒に研究をしていたのだから。

ステラは立ち上がり、急いで資料をかき集めて、それを彼に見せた。ジュリオは文字を読むのも速くて、専門用語が羅列してある手書きの紙をものすごい速さでめくっていた。

あらかた読み終えたところで、ステラは説明を始めた。

「資料のとおり、私の最大の研究は、王都すべてを覆う通信網なんです。使い魔を使役できるレベルの魔法使いでなくても、簡単に誰かと連絡が取れたらいいなって思うんです」

使い魔はその人物の魔力を糧に生きる魔法生物だ。

契約すると使っていないあいだも一定の魔力を供給しなければならないため、魔力の有り余っている者にしか使役できない。

そして負担のわりに、使い道が限られているから現代では流行《はや》っていない古びた魔法でもある。

ステラが使い魔を持っていないのもそれが理由だ。

熱く語っていると、ジュリオの様子がおかしいことに気がついた。

「……どうしてニヤニヤしているんですか？」

「いや、なんでもない。続けて」

一瞬だけ真剣な顔をするが、すぐに唇の端のあたりがプルプルと震え出す。ばかにしているという様子とも少し違う。けれど笑いをこらえているのは確かだ。大規模な通信網という研究のどこに笑いの要素があるというのだろう。

「なんでもないって雰囲気ではないです」

さすがにイラッとしてしまい、ステラは思いっきりジュリオをにらみつけた。

「悪気はないよ。君が通信網なんて考えているのは、私との手紙のやり取りが楽しみだったからだろうな……と、思ってしまっただけだ」

さわやかに恥ずかしい発言をするものだから、ステラは言葉に詰まる。

しかも、間違っていないからたちが悪かった。

「多くの者に自分が感じたのと同じ幸せを届けたいんだろう？　……そういうところが愛《いと》おしいんだ」

「……で、では……話の続きをしますね」

褒められても、恥ずかしさが勝ってしまうから彼にお礼の言葉は言えなかった。ステラはなんでもないふりをして、研究についての説明に戻る。

「現在、音声による通信用魔道具そのものは、騎士や一級魔法使いが職務上のやり取りをする用途ですでに存在しています。もちろん、膨大な魔力の消費が前提ですが……」

今ある通信用魔道具を動かす場合、一級魔法使いかそれと同程度の魔力保有者が必要になる。

政や国防のためにしか使えないくらい特別なものだ。

「君の目指す生活魔法は、より多くの者が使えるものなんだな」

「はい。言葉を届ける基本的な発想は現在存在している通信用魔道具と同じなんです。……ですが、実現するための仕組みは根本から違います」

生活魔法が評価されにくいのは、すでにある技術の劣化版という印象になりやすいからだ。

けれど実際にはその逆だった。魔力を少ししか持たない者が使う前提なら、技術力で補う必要がある。

魔道具の仕組みはかなり複雑なものになってくる。

「魔力を流す素材は王都主要結界と同じだとしても、魔道具本体は今までとまったく別の理論になるだろうな」

王都主要結界は、地中に埋められた通称『フェンリルの髭』と呼ばれている魔力を通す太い線と、魔力をため込む『ドラゴンの卵』、それから結界構築用の超大型魔道具の三つで構成されている。

フェンリルもドラゴンも架空の生き物であり、『髭』と『卵』はそれぞれ特殊な鉱石を加工した人工物だ。

その中で、ステラがとくに注目しているのは『フェンリルの髭』だ。

この魔力を流す線を使えば、情報に置き換えた音声を遠くまで運べるはずだった。

「はい。一番の課題は情報の圧縮です。例えばですが、船舶などで使われる回光通信機のように、魔力を通す、通さないの二つの組み合わせを言葉に置き換える……ということはできるはずなんです。でもうまくいかなくて……」

今のところここで躓《つまず》いている。文字の羅列を単純に音にするだけだと、なにを言っているのかよく聞き取れない。

人は言葉を紡ぐとき、前後の繋がりで発音を変えているし、抑揚がないと意味が通じにくい。たとえ通じたとしても、耳障りなだけで楽しくないだろう。

自然な言葉を発声させようとすると、それは結局今、公的機関のみで使っている大量の魔力を引き換えにしている方式の派生でしかなくなる。

「なるほどな。……そうだな、回光通信機という発想はいいと思う。一つ質問なんだが、ステラはあくまで声にこだわりたいんだろうか？」

「はい……だって、その人の声でないと気持ちは伝わらない気がするんです」

「だが、君が最初に一般人が簡単に使える連絡手段があればいいと考えたきっかけは〝声〟だったのか？」

「……いいえ」

言われてみれば、そうだった。ステラはジュリオとの手紙のやり取りをした思い出から、離れた場所にいる誰かに言葉を伝えられる方法が欲しいと望んだはずだった。

けれど、手紙という物質を運ぶのは音という情報を運ぶよりももっと魔力を消費すると考えて、最初から除外していた。

「知っている者からの手紙――つまり文章は、抑揚のない音よりもその者の感情を表してくれるはずだ」

ジュリオにはなにか解決策が浮かんでいるようだが、ここからは自分で考えろ、と言われている気がした。

「回光通信機、文章……」

ステラはこれまでまとめた資料を読みながら、ジュリオがくれたヒントを反芻《はんすう》した。

「そうだ……！　受信側、送信側……それぞれの魔道具に文字を打ち込む機能があれば、実際の手紙を送らなくても文章は再現できます」

文字として一度記憶したものを魔法的な信号に置き換えて任意の相手に送信する。受信側には受け取った信号を再び文字に直し、紙に打ち込むというような機能をつける。

それならば、確かに音声を完全に再現するよりも情報量を抑えられる。

抑揚はないし、どんな声かもわからない。けれどそのぶん送り手は言葉を選ぶし、受け取った側も普段の相手の声を想像しながら手紙を読む。

無機質な音よりも、受取手に想像させる文章のほうが感情は伝わる気がした。

ステラが答えを導き出すと、ジュリオは満足そうに笑った。

「魔力をできる限り使わない、という一点のみを重視すればそういう考えもできるというだけだ」

あくまで一つの案にすぎないとジュリオは釘を刺す。

「そうですね。……魔力を使わない代わりに、文字を打ち込むための装置部分が高額になってしまうかもしれません。それから相互通話はできないです。でも記録として残るというメリットはあります」

問題はいろいろあるが、会話は音声でするという固定観念から脱却できたことは前進だ。

そもそもの始まりが、もっと早く簡単に手紙を届けたいというものだったのに、いつの間にかすでに存在する通信技術を一般向けにするという方向に囚われていたのは反省すべき部分だ。

「……やっぱり、ジュリオ様はすごいです」

ちょっと話を聞いただけで、こんな発想ができる彼は、研究者としても尊敬できる人物だ。

騎士で、魔法の実力もおそらく現役では最強……おまけに頭までいいのだから、どうやっても勝てない。

「お役に立てたようでなによりだ」

のんびり過ごしていても、真面目に生活魔法の研究をしていても、ジュリオがそばにいてくれるというそれだけで、ステラの一日はこれまでと大きく違っていた。

◇　◇　◇

休日を挟んで、ステラはいつもどおりジュリオが用意してくれた昼食を持って宮廷に出仕した。

廊下を歩いていたところで、ミケーレと出くわす。

休日前に彼とジュリオが険悪だったため、なんとなくステラまで気まずくなってしまう。

「やあ、ステラ君。おはよう」

「おはようございます。……あの、一昨日はごめんなさい」

「いや、べつに君が謝ることではないよ。ただ、いとことして心配だっただけだから」

温和なミケーレは気にしていない様子だったので、ステラは胸を撫で下ろす。

ステラはそのまま自分の研究室に行こうとしたのだが、ミケーレの様子がおかしいことに気がついた。

「どうかしましたか?」

彼は何度か首を傾げ、不思議そうにステラのほうを見つめている。

「なんか今日、いつもと違う気がするけど、急にどうしたの?」

「えっ、ええっと。そんなに違わないと思いますよ」

自宅が荒らされていたため、当然服も無事ではなかった。

幸いにして、以前ジュリオからもらったワンピースなどが屋敷にあったので、今日はその中から普段と同じようなものを選んで着ていた。

「うん。いつもどおりシンプルなんだけど、生地が高そうというか……。サイズも合ってそうだし、だいぶ違うように見える」

身長が低めのステラが既製品の服を買うと、裾が長すぎる場合がある。自分で裾上げしたり、摘まんだりしていたのだが、サイズが合っていない感じが隠せていなかった。

ジュリオが用意してくれた服も既製品らしいが、サイズは測ったかのようにステラにぴったりだった。

「あぁ……あのじつは、ジュリオ様からいただいた服なんです。いろいろあって。……そんなに目立ちますか？」

「目立つってほどでもないよ。それにしても、アベラルド公爵閣下から？　……へぇ、そういう関係になってしまったのか」

ミケーレが目を細めた。なんだか咎められている気分だった。

「そういう、というか……なんというか。私の部屋が誰かに荒らされていて、それで独りで住むのが怖くて」

「え⁉　荒らされたってどういうことだい？」

「そのままです。一昨日の夜、帰宅したら部屋がめちゃくちゃにされていて。盗まれたものはなさそうなので怨恨だと思うんですが。……ええっと、ここではちょっと」

魔法使いが関わっているはずの事件であり、ステラに恨みを持つ者の多くが所属しているのが魔法省だ。ステラは手招きして、ひとまず研究室にミケーレを連れていった。

入室後、一昨日の出来事をかいつまんで彼に聞かせた。

痕跡から魔法使いの関与が疑われているが、捕まっていないこと。身の危険を感じてジュリオの屋敷に住まわせてもらっていることなどだ。

「一昨日……か。君の家は確か二番地区だったはずだよね？　うーん……」

ミケーレが腕を組んで思案している。なにか知っていることでもあるという様子だ。

「どうしたんですか？」

「いや、あの日少し買いたいものがあって通りを歩いていたんだが……結構遅い時間にブリジッタさんを見かけたんだよね」

「ブリジッタさん、ですか？」

ミケーレは、彼女が疑わしいと言いたいのだろう。ステラとしても、あり得ないなどとは思わない。

ブリジッタからは小さな嫌がらせと牽制を受けてきたし、ジュリオに気がある様子だった。けれど、彼女は筆頭魔法使いの娘で裕福な貴族の令嬢だから、こんなふうに自ら動くだろうかと、少し意外に思った。

「彼女みたいなご令嬢が供もつけずに徒歩というのが不自然で印象に残っていたんだ。服装も地味だったし、お忍びで買いたいものがあったんだろうと思ったんだが……」

ステラの住んでいた集合住宅周辺は、宮廷にも近く商店が軒を連ねる便利な場所だが、わりと庶民的な品物が多く、貴族のご令嬢が買い物をするような場所ではない。

ミケーレならともかく、高級なものしか持っていなさそうなブリジッタが歩いているのは確かに不自然だ。

「それなら、ブリジッタさんにはこれまで以上に十分警戒します。教えてくださってありがとう――」

「いや、そうじゃないんだ。それだと説明がつかない。……なんというか、君に言っていいかはわからないけれど……」

ミケーレはステラの言葉を遮り、否定した。けれど、やたらと言いづらそうにしている。そんなふうにされたら、ステラは余計に気になってしまうだけだ。

「なにか知っているのなら、教えてください」

やや語気を強め、ステラはミケーレに迫る。

はぐらかされるのは、性格的に受け入れられなかった。

「怒らないで、冷静に聞いてくれるかい？」

「……はい」

コホン、と一度咳払《せきばら》いをしてから、ミケーレはいつになく真剣な表情になった。

「本当は君が欠本について口にしたときに言うべきだったんだ。……じつは、ブリジッタさんと公爵閣下が親しげに話をしているところを見た。ずっと前から、何度も。だから一昨日、君が心配でつい公爵閣下を諌《いさ》めるような発言をしてしまったんだ」

ブリジッタがステラを目の敵にしているのは以前からである。

そんな彼女とジュリオが一緒にいるのは確かに気になる。

「ブリジッタさんは騎士団付きの魔法使いですよ。雑談くらいするでしょう？」

そう口にしながら、ステラはかなり動揺していた。

「でも、公爵閣下とブリジッタさんが……君について話していたんだ。それから、欠本っていう言葉も聞こえた気がする」

「私、ですか？」

それがいい話ではないのだと、ミケーレの言い方から想像がつく。

「そう。それでね……僕が一昨日二番地区でブリジッタさんを見かけたのは買い物が終わって、そのあたりの店で食事をしたあとだったんだ。普通に考えたら、君と鉢合わせになる可能性を警戒するんじゃないかな？」

ステラの行動を調査していれば、ほぼ毎日公爵邸で過ごしていることくらいわかるかもしれない。けれど、一般的な夕食の時間を過ぎていたというのであれば、ステラが帰ってくる可能性は十分にある。

その日、何時に帰るかなんてジュリオとステラの気分次第だからわからない。リスクの高い時間に犯行に及ぶのは不自然だ。

（ブリジッタさんは私が帰宅しないことを知っていた……？　彼女とジュリオ様がじつは親しい……？）

つまりミケーレは、ジュリオとブリジッタが結託していて、だからこそ、ステラが遅くまで自宅に戻らないと知っていたのではないか――そう言いたいのだ。

（そんなわけない……だって、ジュリオ様の言葉に偽りなんて……）

一昨日語ってくれたことがジュリオの真実のはずだ。

本当はずっとステラを愛おしく想ってくれていた。ウルバーノや西の大公家に対する罪の意識からステラを遠ざけた。――それが彼の本音だと信じていた。

（でも、私は……二年前、ジュリオ様の本当の気持ちを見抜けなかった）

ステラはほんの少し前まで、華やかな噂に事欠かない彼のほうが偽らざる姿だと思っていたのだ。

あちらが演技で、今のジュリオのほうが真実だと、いったい誰が保証してくれるのだろうか。

ステラはもしかしたら、自分が信じたいほうを信じているだけなのかもしれない。

そこでステラは我に返る。一番信じなければならない相手を、また疑ってどうしようというのだろう。

「公爵閣下なら特級魔法も使いこなせるだろうし、欠本に興味があるのは当然だ。都合がよすぎると思わない？　疎遠だった彼が急に優しくなったのも、君の家が使えなくなったのも。……もしも、その日君と一緒に過ごしていた人が引き留め役だったら……？　なんて考えてしまうよ」

それなのに、だんだんとミケーレの予想がとても客観的なものに思えてくる。

ステラは胃の中からなにかが込み上げてくるような不快感に苛まれていった。

「でも、でも……！　犯人がブリジッタさんだったっていう仮定の上に成り立っているものですよね？　……犯行時刻だってわかっていないんですよ⁉」

犯行時刻が夜遅くだったとしたら、引き留め役がいたと考えなければおかしいのかもしれない。

けれど最初の前提が合っているのかさえわからない。

ステラは態度では全力で否定しつつ、どこか自信が持てなかった。

あんなに女性に囲まれていたジュリオが貧相な小娘に特別な感情を向けるなんて、やっぱり不自然な気がしてくる。

そんなふうに疑ってしまうのは、ジュリオへの裏切りだ。わかっているのに、勝手に湧いてくる疑念をどうしたら払拭できるのだろうか。

「ごめん。……そうだね、君の言うとおりだ。好きな人を否定されたら、嫌な気持ちになって当たり前だ。配慮がなかった」

ミケーレはすんなり引き下がってくれた。

「いえ……こちらこそ、ごめんなさい。ミケーレさんは心配してくれただけだってわかっています」

ステラはもしかしたらミケーレに怒るべきなのかもしれない。確たる証拠もないのに、ジュリオを疑うな、と。でも言えなかった。

「そう。なにかあったら、いつでも僕に相談してほしい。……これでもいとこ同士なんだから」

「そうですね……。ありがとうございます」

こんなふうに波風を立てないように取り繕うことしかできないのは、ステラがジュリオを信用できていないからだろうか。そんな自分が嫌で、消えてしまいたかった。

「それじゃ、僕はそろそろ……」

なんだかステラとミケーレまで気まずい雰囲気になっていた。

ミケーレが帰ったあとも、ステラはその日一日、仕事に集中できずぼんやりと過ごした。

ジュリオが作ってくれた昼食も、半分以上残してしまった。

◇　◇　◇

ステラだってそこまで人を見る目がないだなんて信じたくなかった。ジュリオが語っていた自責の念や葛藤が演技だとは思えない。

それなのに、ミケーレの言葉が何度も脳裏をよぎる。

『都合がよすぎると思わない？　疎遠だった彼が急に優しくなったのも、君の家が使えなくなったのも』

ステラとジュリオは特別な関係を匂わせていたのに、嫉妬でステラの部屋を荒らす者がいるだろうか。

そんなことをすれば、ジュリオがステラを屋敷に住まわせる結果になるという想像くらい、誰にでもできるだろう。

欠本関係でステラの部屋を物色した場合も、あんなふうに室内を荒らす必要はあったのだろうか。防犯対策が強化されるだけだから、侵入されたことすら気づかれないほうがいいに決まっている。

（部屋を荒らして、なにが変わったか……）

結果として、ジュリオとステラの関係が変わったのだ。

部屋をめちゃくちゃにし、ステラに恐怖を植えつけて、家に招く。そして不安になっているステラに愛をささやいて信頼を得る。そうすればステラがひた隠しにしている欠本に繋がる情報を口にするかもしれない……。

ミケーレが語る犯人像を、ステラは言葉では否定したのに、心のどこかで疑っていた。冷静になって状況を整理すればするほど、辻褄《つじつま》が合っている気がしたのだ。

けれど、そんなふうに考えてしまうことそのものが、ジュリオに対する裏切りだ。

一昨日からの不安のすべてが消えたかのような晴れ晴れとした心地がまぼろしとなり、ステラの中には疑惑という雲がかかりはじめていた。

(信じなくてどうするの⁉)

一つだけはっきりしているのは、たとえジュリオになにかの思惑があっても、ステラは彼を嫌いになれないということだ。

ステラは彼に完全に裏切られたと思っていた頃ですら、初恋をずっと引きずっていた。

一緒に過ごした日々や、苦しかったときに手紙のやり取りをした思い出は、なにがあっても嘘にはならないのだ。

騙《だま》したいのなら騙したままにしてくれれば――そんなずるい考えまで生まれてしまう。

(違う、……今度は間違えない。不安なら、聞けばいいのよ……)

けれど、言葉でも、態度でも、彼はステラが特別なのだとすでに示してくれていた。

ブリジッタが好きかどうか聞いたら、そんなはずがないと答えるのは目に見えている。

いったいどうしたら、ステラに見せてくれる今の姿が偽りのない彼であると、納得できるのだろうか。

ステラは彼に抱きしめられて眠った一昨日の夜を思い出していた。

彼がステラを熱の籠もったまなざしで見つめて、愛をささやいて、あの夜と同じかそれ以上になにか安心させてくれる言葉をくれたら……きっと心のモヤモヤなんてどこかへ行ってしまうはずだ。

だからその日、ステラは身を清めたあと、ジュリオの寝室を訪ねた。

新品の下着と寝間着の上にガウンという姿で寝室の扉の前に立つ。ノックすると、彼はすぐに入室の許可をくれた。

「どうしたんだ？」

いくつか明かりを落とした部屋でくつろいでいたジュリオは、読んでいた本に栞《しおり》を挟んでからテーブルに置いた。

「ジュリオ様、今日は……私のお願いを聞いてほしいの」

「なんなりと」

ほんのり頬が赤くなっていたとしても、薄暗い室内でそれに気づかれることはない。

ジュリオは彼の正面に立ったステラが、これからどんな願いを口にするのかわかっていないようだった。

「今夜こそ、私のこと食べて。……まだ、ジュリオ様の好みには遠いかもしれないけど」

本気なのだと示すためにステラは彼の手を取り、胸の膨らみまで導き、服の上から触れさせた。

彼の目が見開かれたが、その手が無理やり振り払われることはなかった。

「どうしたんだ？　ステラがこんなことするなんて……」

ジュリオの指先がわずかに震えていた。頬もほんのり赤くなって、わかりやすい動揺と戸惑いが見て取れた。

「だって、恋人だから……。愛されたいと思う気持ちは悪いことじゃないはずです」

わずかな沈黙がやたらと長く感じる。

やがて、ステラの胸元にあった手がするりと逃れて背中のほうへ回された。引き寄せるように抱きしめてくれたから、これは拒絶ではない。

「君は自分から誘って私が我慢できると思っているのか？　もう兄妹ではないんだ。あとから取り消しなんてできないんだから」

ステラの行動を咎める言葉とは裏腹に、腕の力はどんどんと強まっていく。

「だめ？」

「……だめだ。でももう遅い。……もう止まれない。泣いても、やめない」

「いいの、……私、身も心も一つになりたい」

猜疑心《さいぎしん》などどこかへ行ってしまうくらい、彼に愛されていることを感じたい。

やがてジュリオはステラの手を引いて、ベッドのほうへと導いた。並んで腰を下ろすと、すぐガウンが取り払われる。

ジュリオのほうはゆったりとしたシャツを脱ぎ捨てて、しなやかな筋肉を持つ裸体を晒した。

男性の裸などほとんど見た経験がないステラは、目のやり場に困ってしまい、視線を泳がせた。

すると、サイドテーブルにかつてステラが作った安眠用のランタンが置かれていることに気がついた。

（まだ持っていてくれたんだ……）

魔法の原理は単純だが、悪くはない出来だ。ただし、ところどころ子供ならではの雑さが垣間見《かいまみ》える。

（ほら……、がらくたみたいなものを大切にしてくれているんだから、私を騙しているはずないじゃない……）

言い聞かせても、疑う気持ちが完全にはなくならないのは、ステラが弱くて卑怯な人間だからかもしれない。

こんな自分が嫌で、じわりと涙がにじんだ。

「ステラ……よそ見なんてしてはだめだ」

頬に手が添えられて、キスが始まった。

最初から貪るような激しさがあって、すぐにステラの意識はそちらへ奪われる。

容赦なく舌が押し入ってきて、ステラの口内をめちゃくちゃに侵していく。

なんだか本当に食べられてしまいそうで、ステラは不安を覚える。けれど同時にとろけてしまいそうな心地にもなった。

ステラのほうもなんとか彼の舌を絡め取ろうと試みるが、無理だった。とても一方的で、以前のキスとは違っていた。

（怖いのに……気持ちいい……）

初めてキスをしたときに知った違和感が、これまで以上に強くなっていた。

心臓の音がうるさくて、すぐに身体が熱くなる。胸の痛みは前よりも弱い代わりに、お腹の奥のほうが甘く疼《うず》いた。

脚が震えて、しっかり閉じて力を込めていないとだめになってしまう気がしていた。

「……ん、んん」

ジュリオの大きな手が、寝間着の上から肌に触れた。まずは背中を撫でて、前のほうへと回ってきた手が胸を強めに掴んだ。

「――ひゃぁっ！」

強い刺激に驚いて、ステラは思わずキスから逃れた。

大げさな反応が恥ずかしくて、ジュリオの様子をうかがう。彼は唇を小刻みに震わせて必死に笑いをこらえていた。

「さっき、自分で触れさせたくせに……随分と弱いんだな？」

「だって、初めてで……。私、変でしたか？」

それなりに知識は持っているほうだという自負があるものの、実体験が皆無だから仕方がない。キスから逃げてしまったのは失敗だったのかもしれないと思うと、急に不安になった。

「そんな顔するな。可愛いから、もっとからかいたくなる」

意地悪な言葉が今は少しせつない。

肩が強く押され、柔らかいベッドに寝転がる体勢になると、ジュリオが覆い被さってきた。今度は唇ではなく、耳のあたりにキスが落とされた。

耳たぶが甘噛みされると、ゾクゾクとしたなにかが迫《せ》り上がってくる。

「あぁ……くすぐったい……、耳は……。ん！　んんっ」

最後まで言い終わる前に、再び胸への愛撫が始まった。こね回すような動きをされると、寝間着が擦れて、妙な刺激が生まれる。

もどかしくて、けれどもしかしたらこれも気持ちいいのかもしれないと思わせるような感覚だった。

「あっ、ん」

甘ったるい声がもれ出て、ステラはどうしていいのかわからなくなっていた。

戸惑っているあいだにも、キスが耳たぶから首筋に移動して、胸は先端の突起ばかりがいじられるようになった。

「首、弱いから……噛まないでっ！　胸も、変な声、出ちゃうから……。ふぁっ！」

「声は出していい。……そうなるようにやっているんだから」

「でも」

ただ触れられただけでこんな反応をするのは、なんだか普通ではない気がした。

「必要なことしかしていないから、くすぐったいのも我慢しなさい」

「必要なこと……ですか？」

「そうだ。これから全身に触れて、ドロドロに溶かして……男の欲望を受け入れられる身体になってもらうんだから」

ジュリオは予告なくステラのまとっていた寝間着をずらして、胸の付近だけ露わにすると、そこに顔を埋めた。

チュ、チュ、と音がするほどきつく吸いついては離すという行動を繰り返す。同時に手で包み込むようにしながら柔らかな膨らみが揉みしだかれていく。

「あぁ、ん……。小さい、し……恥ずかしいの……ごめんなさい」

強烈な刺激もさることながら、貧相な身体を見つめられるのも耐えられなかった。

逃げたい衝動に駆られても、抱いてほしいと願ったのは自分だから、とにかく彼の言うとおり我慢するしかない。

「柔らかくて可愛い胸だ。……それに感じやすいみたいだ」

「ひゃぁっ！」

感じやすいという言葉を証明するかのように、ジュリオの愛撫が激しくなった。全体に刺激を加えながら、胸の先端を口内で舐《な》め回す。

すべてが初めてで、だからこそ次になにをされるのか把握できなくなる。強い刺激に備えて、ずっと気を張っていたら余計に感覚が鋭敏になっていくような気がした。

ジュリオはキスの場所を変えるたびに、ステラの寝間着を乱した。いつの間にかステラの身体を隠す布地はシュミーズとドロワーズだけになってしまった。

シュミーズすら半分脱げていて、恥ずかしい胸の頂をちゃんと隠してくれない。

「下着……可愛いし、よく似合っている。私のために選んだんだな？」

確かにステラの下着は、ジュリオに見られるかもしれないと考えて、最近になって揃えたものだ。

言い当てられるといっそう顔が火照って、それが返事になった。

「脱がせてしまうのがもったいないんだが」

言葉と同時に、容赦なく下着が奪われた。

ジュリオがどんな顔をしているのか知るのが怖い。彼と一緒に過ごすようになってから、一日三回健康的な食事を取るようにしても、食べられる量が劇的に変わったわけではないから、まだ貧相かもしれない。

けれど隠すのも今更だから、ステラは涙目になりながら、裸体を見下ろす視線に耐えた。

ギュッと目をつぶると、涙が一筋こぼれた。

「ステラは私に触れられると、このあたりがおかしくなるんだろう？」

無骨な指が、へそから下に向かってツーッとたどるように這《は》う。

「う！　……あぁ……」

強い力で押されたわけでもないのに、やはり身体がビクンと跳ねてしまう。そこがとくに敏感なのだと、彼には十分に伝わったはずだ。

「どうしてそうなるのかはわかっているな？　身体を繋げるという意味も、どこで繋がるのかも知っているんだろうか？」

「わ……わかっています。ちゃんと、知っています……。だから早く」

答えないと、懇切丁寧な説明を聞かされそうだったため、ステラは正直に言うしかなかった。

今、彼が触れているあたりの違和感は情欲の証だという予想くらいはついている。これからそこに男性器を埋め込むという知識も持っていた。

経験がないのに、知識だけはあるというのはとても恥ずかしいことのように思えた。

「だったら、脚……少しでいいから開いて」

嫌だ、そんな恥ずかしい格好はしたくない――けれども、彼の言うことを素直に聞かなければ、途中で終わってしまうかもしれない。

ステラは何度もためらい、隠したくなる衝動を必死に抑えながら、膝を折り曲げ脚を開く。

物心ついてから誰にも見せたことのない秘められた場所をさらけ出す恥ずかしさに耐えられず、

大粒の涙がこぼれ、耳まで真っ赤になっていく。

「触れるから、痛かったら教えてくれ」

ジュリオはステラの片膝を押さえ、閉じそうになる脚の動きを阻むように身体を近づけた。

先ほどまでへそのあたりを撫でていた指先が、さらに下へと進む。

「あ、あっ！　……ジュリオ様っ、だ、だめ……！」

クチュリと音を立てながら、秘部への愛撫が始まった。薄い花びらを左右に押し広げ、指が奥へと入り込んでくる。

触れられただけで、耐えられそうにないと逃げ腰になる。

初めてキスをしたときも、肌や胸に触れられたときも、こそばゆさの中に別のなにかを感じていた。それが男女の秘め事で得られる心地よさなのだと、なんとなく理解していた。

けれど、身体の内側を侵されることで得られる刺激は、「なんとなく」では済まなかった。

「だめ？　こんなにグシャグシャに濡れているのに指一本が痛いとは思えないんだが？」

「……あ、うぅっ！」

「大丈夫だ……大丈夫だから……」

ステラを安心させるためなのか、またキスが与えられた。

秘部を撫でる指の動きはそのままで、けれど唇を同時に愛されると、どちらに集中していいのかわからなくなり、途端に思考が鈍くなった。

感覚は鋭敏になるばかりなのに、まるで荒波に揉まれているみたいになにをされているのかよくわからなくなる。

ジュリオの指が内壁だけではなく、その上のほうにある充血した芽にも触れた。

「んーーっ！　んーーっ！」

まるで雷撃だった。なにか触れてはいけない場所である気がして、ステラは顔を背け、彼にどうにかして状況を伝えようとした。けれど、ステラが動こうとするたびに追い縋ってきて、まともな言葉を発する機会すら与えてもらえなかった。

（……だめ、私の身体……変に……）

思考もままならないほどのこの感覚は、おそらく快楽なのだろう。キスも、秘部をいじめる指の動きも、ステラをドロドロに溶かしていく。

一度緊張が解けると、身体はより貪欲になる。

ジュリオの与えてくれるものならばなんでも気持ちよくて、手が離れていった場所にもふわふわとした余韻が残るようになる。

そのふわふわが消えないうちに、再び同じ場所を擦られたら昂りは増すばかりだった。

（あぁ……気持ちいい、こんなの知らない……）

ステラの知っている「心地よい」は、日だまりの中で昼寝をするだとか、暑い日に小川で足を冷やすだとかーーそういう穏やかなものという認識だった。

今、ジュリオから与えられているものは、似ているものがなにも見当たらない、まったくの未知だった。

うっとりとした心地になっていたのは短いあいだだけだった。

やがて、心地よいという感覚を超えて、なにかいけないことが起こる予感がした。

「ん！　んんっ！」

勝手に四肢が強ばり、強い力で彼を押し退ける。それでようやくキスからは逃れられたけれど、手遅れだった。

「……嫌っ、身体……変になる……！　あ、指、止めて。止めて、ジュリオ様っ！」

名前を口にした瞬間、ステラの中でなにかが弾けた。

心地よいという言葉がふさわしくないほどの快楽が一気に流れ込んできて、全身を駆け巡っている。

彼は手技をやめてくれたのに、ステラはもう戻れない。静まることのない荒波を漂う心地のまま、ヒクヒクとその身を震わせ、時が過ぎるのを待つことしかできなかった。

「私の名前を呼びながら達《い》ってしまったんだ。……可愛いことをする」

「……はぁ、はぁっ。……苦しい、の……治らない……身体、おかしくなって……」

「気持ちいいの間違いだろう？　ほら、見てごらん」

ジュリオがステラの両膝を抱え、無理やり足を大きく開かせた。

「太ももまで濡れて、よく感じているんだと伝わってくる。私と結ばれたくてこうなるんだとちゃんとわかっているのか？」

淫《みだ》らな身体に罰を与えるつもりなのか、ジュリオの指先が花芽を軽く弾いた。

「ひゃぁっ！」

まだ昂りが治まらない状態で、強い刺激を与えられたら、一気に症状が悪化してしまう。

「もっとだ……。もっと乱れて、溺れて……私なしではいられない身体になってしまえ」

もう心はとっくにそうなっている。身体もそうなってしまえばいいとステラは願った。

再び指が侵入してくる。今度は二本――痛みはないが圧迫感がひどかった。体内に異物を受け入れる感覚では快楽を得られないけれど、敏感な花芽への愛撫《あいぶ》と一緒だと、やはりすぐに達しそうになってしまう。

「も……もう無理ですっ、あぁっ！　気持ちいいの……よすぎて、壊れちゃうから……っ！」

必死に訴えても、ジュリオは悠然とほほえむだけだった。

それから三度達して、ステラが脱力するまで、ジュリオは決して手技をやめてくれなかった。

「うぅっ、……ひっ、く。……もう、壊れる……私、おかしくなる……」

太ももどころかシーツまでステラが生み出した蜜で濡れている。もう自分の意思では身体に力が入らなかった。

「ステラ」

ステラが達した余韻でぼんやりとしているあいだに、ジュリオも裸になっていた。

長身の騎士――美しい肉体を持つ彼の下腹部にはなにか、見てしまったことを後悔する異物がそそり立っていた。

「それ……大きすぎ、ます……。そんなの入らない……」

自分の細い腕とそう変わらないのではないかと思えるほどの太さだった。血管が浮き出ているし、先端は膨らんでいて、彼に似つかわしくない凶悪なかたちをしている。

「すまない」

困った顔をして謝罪の言葉を口にするも、ジュリオに退く気配はない。

ステラにできるのは心を落ち着かせて、彼を拒絶せずにいることだけになってしまった。

「あ……、入って……くる……」

ミチミチと隘路《あいろ》が押し広げられている。指二本で慣らされて、あふれる蜜で滑りがよくなっていても、やはり痛かった。

「狭いな……。すまないステラ……初めては一度きりだから、痛みも覚えていてくれ……」

ジュリオが一気に身体を進めた。

(引き裂かれるみたいに……痛い、痛いよ……)

痛みと圧迫感で泣きじゃくりながら、ステラはジュリオをギュッと抱き寄せた。

苦痛を与えている者も、縋りたい相手も、どちらもジュリオだった。

「ジュリオ様……、ジュリオ様……」

身体の密着で、彼を受け入れられたことをステラは知った。苦しいのに、確かに多幸感もある。

このあとどうなってしまうのかわからず、行為に対する恐怖はあるが、ジュリオが必死になっている様子が愛おしくて、やめてほしいとは思わなかった。

壊されても、ジュリオが望むのならそれでよかった。

ステラの中にあったいろいろな感情が引き出されて、頭の中がぐちゃぐちゃだった。

「あぁ……ステラ。愛している……私のものだ……」

愛しているという言葉をもらった瞬間に、胸が高鳴った。

「嬉しい……の。……離れていかないで……。ずっと一緒がいいです」

「当たり前だ」

受け入れていた男根が蠢《うご》きはじめる。ついさっきまで誰にも触れられたことがなかった場所は、わずかな動きを察知するだけで大げさに反応した。

破瓜《はか》の痛みは治まっているけれど、繊細な部分を擦られる動きは恐ろしくてつい身構えてしまう。

「大丈夫、優しくするから……力を抜いていろ。……あまり、締めつけないでくれ……」

「ご、ごめんなさい。……痛い？　……ぁっ」

ジュリオの眉間にしわが寄っているし、わずかに呼吸が乱れている。きっと締めつけられる側も痛いに違いない。

ステラは必死に呼吸を整えて、意識して力を抜こうとしたのだが、うまくできなかった。男根がわずかに引き抜かれるたびに、次の衝撃を警戒し、どうしても力んでしまう。

「痛くはない……ただ、早く果ててしまうから」

それのどこがいけないのか問おうとしたが、だんだんと抽送が速くなり会話をする余裕が奪われていった。

「……ん、はぁっ、あ、……んん！」

ジュリオは宣言どおり、優しくしてくれているのだろう。

ステラが動きに慣れるのを確認してから、ほんの少しだけ腰を引き、動く速さを変えてくる。

それはつまりせっかく慣れたと思った次の瞬間に、より強い刺激を与えられるということだった。

結合部からは一定のリズムで水音が聞こえている。

ステラだけではなく、ジュリオもすでに息が上がっている。額に汗をかき、時々短く息を吐きながら顔を歪めていた。

苦痛でそんな顔をしているのではなく、情欲に溺れているのだ。

「……あ、ぁっ、ん……激しい、……あぁっ」

昔の彼はとにかく優しいステラの王子様だった。再会してからは時々ステラをからかい翻弄し、反応を楽しむ意地の悪い一面を見せた。

今、ステラを貪っているのは、そのどちらでもない、ステラの知らない彼だった。

欲望が剝き出しになり、余裕を失いかけている――それが愛おしくてたまらない。猜疑心がばかばかしくなるくらい、情熱が向けられていることをはっきりと自覚できる。

「……声が甘ったるくなっているじゃないか。よくなってきたのか？」

「痛く、ない……でも、……息が苦しい。よくわからないの、激しくて……っ！」

未知の感覚を味わうのは、苦しみに近い。

けれど、それだけではないのもわかっている。めちゃくちゃに中を穿《うが》たれるたびに、ステラはジュリオのものだと強く実感できた。

痛みはないと言ったからだろうか。ジュリオの動きがひときわ激しさを増した。

「……いやぁっ、また……また変になりそ……あぁっ！」

「感じてるんだ。……ほら、ためらう理由なんてない。……ここ、好きなんだろう？」

ジュリオはニヤリと口の端をつり上げて、繫がっているあたりに手を伸ばした。

「さわったら……あぁっ！　弱い……の、だめなの……」

先ほど散々いじられて、ステラはすっかりそこで快楽を得ることを覚えてしまった。

中を穿たれる動きと合わされれば、もうどこで感じているのかもわからなくなる。

「達してしまえばいい。……でないと、私のほうが……っ」

「あ、あぁっ、……あぁぁっ！」

花芽をキュッ、と強めに押し潰された瞬間、ステラは盛大に果てた。中がギュ、ギュッと収斂《しゅうれん》し、受け入れているもののかたちを覚えていく。

「少し、耐えて」

ジュリオが結合部から手を離し、ステラの両膝の裏に手をあて抱え込んだ。身体を限界まで折り曲げる体勢で、本気の抽送を受け入れる。

「やぁっ、……だ、め……あぁっ、壊れ……る。だめ……っ！」

どうやっても絶頂から戻ってこられない。ステラはもう、気持ちがいいのかどうかすらわからなくなっていた。

身体も思考もどこか遠くに行ってしまった気がした。

「……あと少し、だ……すまない……」

謝罪をしても、動きを緩めてくれない。

今のジュリオはとても恐ろしい。

「ジュリオ様、ジュリオ……っ！」

欲望を滾《たぎ》らせた瞳を持つこの男が、よく知っているジュリオだと確認したくて、ステラは必死に彼の名を呼んだ。

「くっ！」

低く呻《うめ》きながら、ジュリオが快楽を弾けさせた。ドクンと脈打って、彼がステラの中に精を吐き出しているのが伝わってくる。

「……はぁっ、はぁ……ステラ……」

ジュリオがベッドに横たわり、ステラを強く引き寄せた。自然と繋がりが解かれるが、代わりに抱きしめて軽いキスをしてくれた。

ステラも息が上がっていたが、彼はそれ以上だ。汗ばんだ胸に顔を埋めると胸が大きく上下しているのがよくわかった。

「大丈夫か？　……不甲斐《ふがい》ないな、優しくすると言っておきながら」

あまり大丈夫とは言えない状況だったが、彼を咎めるより今はこの幸せに浸りたい心地だった。

だからステラは彼の背中に手を回してギュッと力を込めた。我を忘れるほど求めてくれたのだと思うと嬉しくて仕方がなかった。

「私、幸せです」

ステラはそのまま眠ってしまいたかった。普段あまり動かないものだから、おそらく疲れたのだ。目を閉じるとジュリオのぬくもりやだんだん穏やかになる息づかいが聞こえてくる。きっといい夢が見られるのだろう。

（……これで、いいの……。ジュリオ様のことだけ、考えていたい）

少しでも離れたら、また不安に苛まれそうだった。

抱きしめると、それよりも強い力で包み込んでくれることが愛情の証だと、ステラは信じたかった。

第五章　欠本の行方

数日後、ステラは魔法省の幹部たちに呼び出された。

呼び出しの理由は業務報告書を提出しなかったというものだった。

（提出したわよ！　でも、まとめて持っていった同僚がわざと私の報告書だけ落とすなんて、予想できないわ）

業務報告書は毎週決まった曜日に提出する規則になっているのだが、決められた共有の棚に置いておけば持ち回りの当番がまとめて持っていってくれるはずだった。

その同僚がどうやらわざと落としたらしく、ステラは報告書の未提出と業務上大切にしなければならない書類を粗雑に扱った罰で一時間の説教を食らうことになった。

もちろんこれも先日から続く嫌がらせの一端であるとステラは主張した。

「そもそも報告書は原則として本人が提出する定めになっている。……それを嫌がらせだなんて主張するのはただの開き直りだ」

「私が魔法省に入って二年になりますが、一度だって問題にはなさいませんでしたよね？　規則にもそんな項目はございません。どうして先輩方にその原則をご指導されなかったのでしょうか？」

「君ね……、そうやって生意気な口を利くから同僚からの信頼が得られないのではないか？　最年少の一級魔法使いだからって驕《おご》ってはいけない」

幹部たちは、ステラの指摘に答えられなくなると決まって「生意気」「協調性がないからそうなる」などと言って、まともに取り合ってくれない。

結局、ステラは三人の幹部からネチネチと嫌みを言われ、反省文の提出を条件にようやく退室が許された。

(あぁ……、なんで私って……)

幹部たちの言うように、協調性がないから同僚からの嫌がらせを受けるのだろうか。

真面目に記憶を呼び起こしてみるものの、魔法省に入った当時から小さな嫌がらせは始まっていて、ステラにはどうにもできなかった。

とくにブリジッタなどは入省初日から敵意が剝き出しだ。

(だったら実技試験のときにわざと負けていればよかったの?)

あの頃世間知らずな小娘でなければ、筆頭魔法使いの愛娘《まなむすめ》のプライドをへし折るような真似はせず、無難に生きていけたのだろうか。

それが正しいのだとしたら、あまりに理不尽だ。

(でも、一級魔法使いの地位は……私にとって唯一自分自身で得たものだから)

もちろん、才能も知識も父親から引き継いだものではある。けれど父を失ったあとステラは確かに自分の力で努力を重ねたのだ。

その力を偽って、出し惜しみをするなんてプライドが許さない。

ステラは、泣きたい気持ちになりながらとぼとぼと廊下を歩く。

「……ジュリオ様？」

ふと窓の外を見ると、金髪の騎士の後ろ姿が目に飛び込んできた。騎士団長の制服は装飾が一般の騎士とは違い豪華だから、見間違えるはずもない。

彼はそのまま、魔法省の脇にある小さな庭園の奥へと消えていく。

きっとなにか魔法省に用があってこの場にいるはずだし、職務の邪魔をしてはいけないとわかっていた。けれど、今はほんの少しでいいから彼に会いたくなってしまった。

ちょっとした嫌がらせにジュリオの持つ権力を借りようとは思わないが、彼の顔を見るだけで前向きになれる気がしたのだ。

気がつけば一番近い出口を探し、ジュリオが消えた植え込みの奥へと足を進めていた。

小さな庭園に植えられた木に隠れる位置にジュリオの姿が見えた。

「ジュ……」

声をかけようとしたステラだが、彼が一人ではないと気がついて慌てて口元を押さえる。

なんだか二年前のあの日と似ていて、胸騒ぎがした。

（一緒にいるのは、魔法使い？）

その証である紺色のローブが見え隠れしている。

立ち聞きなんていけないとわかっているのに、ステラは足音を立てないようにしながら茂みの中に身を隠した。

「アナスタージの欠本……。六番目の魔法が公爵閣下のものになる日は、もうまもなくということになるのでしょう？　……フフッ」

聞こえてきたのは女性の声だった。

(聞き覚えがある。ブリジッタさんだわ……。欠本って……)

ステラの足がガタガタと震え出す。ブリジッタがステラの研究室にやってきたときに話していたこと、そしてミケーレからの忠告が脳裏をよぎった。

ジュリオとブリジッタは何度も二人で会っている……。

ステラの部屋を荒らした犯人がブリジッタなら、その日、ステラの行動を把握していたジュリオの関与が疑われる……。

疎遠だったジュリオが急に近づいてきたのは、欠本を手に入れるため……。

それらがすべて真実になってしまう。

(お願い……、お願いジュリオ様……言わないで……)

その先を聞いてしまったら、きっとステラは夢から覚めてしまうのだ。

「……まもなく、というか……私はもう六番目の魔法を手に入れているつもりだ」

ジュリオはブリジッタの言葉を否定してくれなかった。

心臓がバクバクと音を立てる。耳を塞ぎたいのに指先が震えて、まるで動かない。金縛りに遭ってしまったみたいだった。

「あらあら、さようでしたか。それはおめでとうございます」

「話がそれだけなら……すまないが、職務があるから今日のところは失礼するよ」

軽い口調でそう言って、ジュリオはその場から離れていった。

「フフフッ。……少しだけかわいそうだから、あの子が捨てられたら、優しくしてあげようかしら?」

草木が邪魔をして姿がはっきりとは見えなくても、ブリジッタが嬉しそうにしているのはわかった。彼女は魔法省の建物のほう――つまり、ステラが隠れている場所へと近づいてきた。

ステラは咄嗟に目くらましの魔法を使って息を潜めた。

幸いにして、ブリジッタが立ち聞きをしていた者の存在に気がつくことはなかった。

足音が消えてから、ステラはその場にへたり込む。

（……手に入れているつもり？　……それは……私が再びジュリオ様に気を許すようになったから、欠本も手に入るという意味……？）

欠本の鍵がどんなものなのか、ステラは知らない。けれど、もし欠本についてなにか知っていて、彼に騙されていた事実に気づかないままだったら、喜んでなんでも教えていただろう。

ステラが鍵を握っているというのなら、確かにジュリオは欠本を手に入れたも同然だ。

（私、また捨てられるんだ……。鍵が見つかったら私なんていらなくなる。そんなものないと彼が気がついたら役立たずだと失望される。……どっちにしても同じじゃないっ！）

最初から欠本目当てだと言って近づいてきてくれたらよかったのに。

守るなんて言われてしまったから彼にほだされて、また一緒にいたいと望んでしまった。そこまで考えて、はたと気づく。

（……ま、待って……。それじゃあ、最初の事件すら……私にもう一度近づくための手段だったんじゃないの……？）

ブリジッタが関わっていたのか、それとも筆頭魔法使いや幹部たちが勝手にやっていたことなのかまではわからないが、事件は魔法省の誰かが巡らせた陰謀だとステラは思っていた。

けれどその認識は間違っていたのかもしれない。

ジュリオほどの身分と人気があれば、魔法省内部の人間を動かすことくらいたやすい。

もしも、魔道具の破壊事件からジュリオが関わっていたのなら――ステラはとんだ道化だった。

「恥ずかしい……」

自分自身で警戒していたはずだったし、忠告もされていたのに、最終的にステラはそれらを無視してジュリオを信じた。

彼が向けてくれる情熱的なまなざしも、愛をささやく言葉も、本物だと思っていた。やはりステラは、人の本心など少しも見抜けない愚か者だ。

その場でひとしきり泣いたあと、ステラはどうにか立ち上がり、職務に戻った。

ここは敵だらけの場所だった。泣いて、人に弱みを見せるなんて絶対にしてはならない。

ステラを嫌ったり、騙したりする相手の思いどおりになりたくなんてなかった。

（でも……どうして私、こんな敵ばかりの場所でこれからも生きていかなきゃいけないの？　魔法の研究がしたいだけなのに……）

一級魔法使いになったのは、ステラ自身の望みのはずだった。父やジュリオと一緒に過ごした懐かしいあの頃に願ったそのままの自分でいたかった。

二人に誇れる、立派な魔法使いでいたかっただけなのだ。

（お父様と、ジュリオ様と一緒の……あの頃……。……ジュリオ様さえ私を傷つけるならなんのために……）

ジュリオのことが信じられなくなると、途端にすべてを見失う。二年前はそれでも負けるものかと歯を食いしばってどうにか一人で生きていこうとした。

けれど、今はもう疲れてしまった。自分のためだけに強くありたいと願っても簡単にはなれず、だんだんと無気力になっていく。

（早く終わらせたい。欠本の在《あ》り処《か》さえわかれば……もう私なんかにかまう人はいなくなる……）

ステラの視界は今、ドロドロとした偽りに覆われているような気がした。

けれど欠本さえ見つかれば、誰も好意を持っているふりなどしなくて済む。偽りの愛情で傷つくことがなくなる。

ステラはフラフラと廊下を歩き、研究室に戻る。ぼんやりとしながら、どうにか職務だけは終わらせた。あと一時間ほどで定時になる。

（どうしよう……。ジュリオ様はきっと今日も私を迎えに来るはず……）

騎士は毎日同じ時間に帰れるわけではないけれど、ステラが帰るときにはいつもジュリオかノッテか、どちらかが迎えに来てくれる。

今、ジュリオに偽りの愛の言葉をささやかれでもしたら、ステラの心は本当に砕けてしまう。

気持ちの整理がつくまでは、彼に会いたくなかった。次に会うのは、別れを告げる覚悟ができたときにしたかった。

「はぁ……」

深いため息をついていると、誰かが扉をノックする音が聞こえてきた。

「はい、どうぞ」

「ステラ君、よかった。いたんだ」

入ってきたのはミケーレだった。

なんとなく、午前中もここを訪れたような言い方だった。

「どうしたんだい？　目が赤いけれど」

ミケーレが顔を覗き込んでくる。ミケーレの推測どおりになった——心配してくれた彼に、そう告白すべきかもしれないが、ステラは迷った。簡単に騙された自分自身が恥ずかしく、とても誰かに話せそうもない。

「えっと。じつは、業務報告書を提出しなかったということで、幹部の皆様から一時間ほどお説教を食らいまして」

できるだけ明るい声を意識して、出てきたのはジュリオの言葉を立ち聞きする前にあった幹部からの呼び出しについてだった。

「真面目な君が報告を怠るなんて、めずらしいじゃないか？」

「……まとめて持っていってくれるはずの同僚が、私の報告書だけ途中で落としてしまったんだそうです。あまりに理不尽だったんで、こっちに戻ってきてからメソメソしてました」

「なるほど、本当に苦労が絶えないね」

ミケーレはとくに疑うことなく、ステラの話を信用してくれたようだ。

「それよりどうしたんですか？」

「伯父上の残した資料について調べたんだけど」

「お父様の……」

もしかしてミケーレは欠本についての手がかりを見つけたのだろうか。今のステラにとってそれは避けてはいけない、とても重要な話だった。

「欠本に関する直接的な手がかりと言えるかはわからないけれど、日記のようなものは見つかった。ただ、娘である君を差し置いて中身を読むのはためらわれるから、一度君に直接見てもらいたいんだ」

表紙が日記だったとしても、中身が欠本である可能性はあった。

今のステラは、自分の立場をはっきりさせるために欠本の在り処を突き止めるしかない。

(欠本が見つからないままジュリオ様との関係をダラダラと続けられたら、幸せなままでいられる……なんて、思っても無駄だわ)

欠本を手に入れてどうするのかもまだ決めていない。

完全に葬り去るのか、それとも公にするのか、特定の誰かに渡すのか――けれど、父が危険な魔法をそんなふうに取っておいたとは信じ難く、だからこそ中身がなんなのかが知りたかった。

けじめをつけるためにも、アナスタージ家に手がかりがあるのなら確認しなければならないと決意する。

「でも、持ち出して大丈夫なんですか? 私が今のアナスタージ家に入れてもらえるとは思えないですし、どうしたら……」

ステラは叔父と絶縁しているため、きっと歓迎されないだろう。

それに訪問理由もできれば秘密にしたい。叔父が欠本の手がかりを手に入れたら、間違いなく私利私欲のために使うはずだ。

ステラの知っているウルバーノは、殺傷能力の高い攻撃魔法を自分が生み出してしまったことをひどく悔やんでいた。

できることならば、父の意思を無視するような広め方はしたくない。

「父上も兄上たちも明日の昼過ぎまで帰ってこないんだ。こっそり君を屋敷に入れて読んでもらうくらいなら数時間でできるはず」

「今日⁉　今すぐに、ですか？」

急な提案だったため、ステラは思わず聞き返してしまった。

「やっぱりまずいかな。アベラルド公爵閣下の許可が必要なら取っておいで。……できれば同伴は遠慮願いたいけれど」

ジュリオはすでに欠本を手に入れた気になっているようだが、それは大きな間違いだ。ステラは欠本の鍵なんて持っていないし、父からはなにも教えられていなかった。

彼と今後どうなりたいのかはっきり答えを出せないステラだが、騙されたまま欠本を渡すことは考えられない。

だから当然、欠本の手がかりを求めてアナスタージ家を訪れるという予定を、彼に知らせるつもりは毛頭なかった。

「……いいえ！　あの方はべつに私の保護者でもなんでもありませんから」

ステラはつい必死になって、許可など必要ないという主張をした。たとえ恋人ごっこの最中だとしても、自立した女性なのだから毎日居場所を報告する義務なんてないはずだ。

「それなら今から行こうか？　人事部の特権で早退届を受理してあげよう」

用意周到ないとこは人事部のサイン入りの届けを胸ポケットから取り出す。

ステラはサラサラとそれにサインをして、ミケーレと一緒に研究室をあとにした。

（でも、……私が先に帰ったって知ったら不審に思うわよね？）

きっとあと少ししたらジュリオが迎えに来てしまう。理由も告げずに一人で帰ったら本気で捜索しそうだし、なにをしていたのか追及されそうだ。

そう考えたステラは、念のため服の下に身につけているペンダントを使ってノッテを呼び出す。

そして、買い物をしたいから一緒に帰れないという内容の手紙を届けてもらった。

買い物という理由なら彼が干渉してこないのはすでにわかっている。嘘をつくことに、ためらいなどなかった。

手続きを済ませてからミケーレの手配した馬車に乗れば、一時間もかからずにアナスタージ家へたどり着く。

外観は高い塀に囲まれていて威圧感があるのだが、一歩敷地の中に入ると、草木が多く植えられていて優しい雰囲気の屋敷だった。

「懐かしい……。あまり変わってないんですね」

「そうでもないよ。内装は昔より結構派手になっているかも」

キョロキョロといろいろな場所を見回しながら、ステラは建物の中に入る。

ミケーレの言っていたとおり、屋敷の中はステラの知っているアナスタージ家とはかなり違っている。

落ち着いた色合いの木製の床だった廊下に、今は豪華な絨毯《じゅうたん》が敷かれていた。

壁も白っぽい漆喰《しっくい》だった記憶があるのだが、今は蔦《つた》模様の壁紙が貼られている。

一番違うのは家具のセンスだろう。全体的に派手で、ステラの好みからはかけ離れていた。

何人かの使用人とすれ違い、ステラは建物の奥へと向かった。

そこは屋敷の図書室で、あまり使われていないのか少々埃っぽいにおいがした。

「図書室は変わってないです……。わぁ！　昔読んだ本がいっぱい」

ステラは書架に近づいて、ずらりと並ぶ背表紙を眺める。

「そうだろうね。父上は来客がある場所には手を加えているけれど、自分の興味のない場所は放置するから。貴重な本があるというのに、きちんと管理しない……魔法使いとして嘆かわしいよ」

声色から、ミケーレが家族をあまりよく思っていないのが伝わってくる。この国の歴史では、民を守る強い力を持つ者が特別な地位を与えられてきた。強さは貴族の象徴だ。ミケーレも一級魔法使いとなるために努力してきただろうし、それに伴うプライドも持っているはず。

ステラの知っている叔父は、魔法使いの家系に生まれた者としての義務を果たさず、魔法に敬意を払っていなかった。ミケーレが嘆くのは当然だろう。

「それよりこれを見てくれ」

ミケーレは引き出し付きの机に近づき、そこから一冊の本を取り出した。かなり傷んでいることを除けば、どこにでも売っていそうな日記帳だった。

「これがお父様の日記帳ですか？」

ミケーレはパラパラとページをめくり、ステラの前でとあるページを開いてみせた。

「そう。ほら、ここにはっきりと君が六番目の魔法だと書かれているだろう？」

ミケーレはまるで無邪気な子供のような、好奇心にあふれた表情だった。けれどステラは、彼の言動に猛烈な違和感を覚えた。

「……え？　ミケーレさん、娘である私を差し置いて中身を読むのはためらわれるって……」

彼はまだ日記を読んでいないはずだった。けれど、ステラに見せたいページを迷わず開くその様子は、むしろ何度も読み込んでいるとしか思えなかった。

「あぁ、あれね……」

ミケーレがニヤリと口元を歪めたと感じた次の瞬間、図書室内の空気が変わった。

「なに……？　魔法⁉」

事前に部屋に仕掛けられていたなんらかの魔法が発動したのだとすぐにわかる。

ステラは一歩、二歩と後ずさりながら、ジュリオのペンダントに触れた。

（魔法が、使えない⁉）

ノッテを呼び出すのは、ペンダントにわずかな魔力を込めるだけの簡単な作業のはずだった。けれど急に貧血に似た症状に襲われて、魔力がまったく感じられなくなった。

「魔力封じ……？」

声は聞こえているのに耳が塞がれている気がするし、目は見えているのに焦点が合いにくい。そんな虚無感に似た不快な感覚に支配されていく。

魔法使いの能力を奪う魔力封じ――それも、上級の魔法が使われているのだとすぐに見当がついた。

「君のために魔道具を用意したんだ。国王陛下の謁見の間にだって、ここまでの魔道具は使われていない。……特別だよ？　わずかにでも魔力があればそのペンダントで公爵閣下の使い魔を呼べる

れないか確認する。

ステラはミケーレを避けるようにして走り出す。まずは出入り口の扉へと向かい部屋の外に出られないか確認する。

（この部屋のどこかに魔力封じの魔道具があるはず……）

ステラは冷静になって、どうにか彼から逃れる方法を模索する。

嵌められた――ミケーレの動機がわからなくても、最悪の状況であることだけは理解できている。

「ミケーレさん！」

のだろうから」

「痛っ！」

ドアノブに触れようとした瞬間、静電気のようなものが走り、触れることすら叶わなかった。

「侮らないでほしいな。僕はそんなに甘くないんだよね」

ミケーレは余裕の笑みを浮かべてゆっくりと近づいてくる。ステラをジリジリと壁際まで追い詰めて、腕を掴んだ。

「さわらないで」

キッとにらみつけるが、それで彼が怯《ひる》むことなどもちろんない。

ミケーレは掴んでいた腕を解放し、やれやれと肩をすくめた。

「まぁ、いい。君に逃げ場などないんだから。魔道具は非力な君の力では壊れないようにしてあるし、この図書室は魔力的な流れを一切外部にもらさない仕組みだ。そうじゃないと公爵閣下に見つかってしまうからね」

拘束しないのは、その必要すらないという自信があるからだろう。

いつもほがらかな印象のこの男の表情はこれまでと変わらないのに、ぞわりと鳥肌が立つ。

「ミケーレさん、どうして⁉」

先ほどミケーレは、ウルバーノの日記にステラが六番目の魔法だと記されていると言っていた。

目的がそれであるということはさすがにわかるが、無理やりステラを捕らえてどうしようというのか。

「何ヶ月も時間をかけて罠を張っても、ステラ君ぜんぜん引っかかってくれないから。君が悪いんだよ？」

どこかおどけている様子に、嫌悪感しか抱けない。

「何ヶ月も前？　罠って……？　まさか、魔道具破壊の件も、ここ最近の嫌がらせも……全部、ミケーレさんが関わっていたんですか……？」

「正確にはちょっと違うね。僕が直接やったことなんてほとんどないよ」

「直接……？」

それは、間接的にはいろいろやっていたという意味に聞こえた。

「僕は煽っただけで、大したことはしていない。例えば、そうだな……結界構築用魔道具の破壊は、ブリジッタさんの取り巻きが幹部の一人と結託して勝手にやったんだ。あの事件がどうして起こったかくらいは君だってわかっているだろう？」

「私の志が低くて……邪魔だったから……」

ステラ自身は志が低いなどと認めるつもりはないが、彼らが捕まったあとなんと供述したかについては聞かされていた。

「正確には、ブリジッタさんを将来の幹部にと望む信奉者が、実力では彼女を凌駕している君の存在を危険視していたってところだね。……ついでに、ほかの幹部たちが見て見ぬふりだったのも気づいているよね？」

多くの幹部たちが関わっていたか、容認していたかのどちらかという予想はあった。ジュリオが踏み込めなかったと不満をもらしていた部分だ。

「なにが言いたいんですか？」

幹部たちの思惑とミケーレとの繋がりがまったく見えてこなかった。

そんな察しの悪いステラを、ミケーレがあざ笑う。

「ステラ君は魔法に関する知識はすごいけれど、ドロドロとした人の感情を少しも理解しないね。……伯父上に守られて狭い世界で生きてきたからだろうけど、笑ってしまうほどお子様だ」

「お子様……？」

ミケーレは世間知らずなステラをばかにする。

（こんな人……だったの……？）

ステラにとって彼は、魔法省の中で唯一好意的な態度で接してくれる同僚という認識だった。以前、ステラと叔父が対立したときも庇ってくれた。それなりに善良な青年――そう思っていたのだ。

「皆が同じ動機で動いていたとは思わないでくれ。僕、それから魔法省の幹部も……君の志がどうとか……なんてくだらない理由で君から地位を剝奪しようと画策したわけではないんだよ」

実行犯は赤毛の魔法使いだったが、彼は踊らされていただけという意味だろうか。

「動機というのは欠本のことですか？　でも、だったら余計におかしいです」

幹部やミケーレも、ステラが欠本の鍵であると思い込んで、だからこそステラから一級魔法使いの地位を奪いたかったと言っているみたいだ。

けれどそれは普通に考えたらやはりおかしい。追い出した側の人間に、ステラは絶対に協力などしないのだから。

「欠本だけじゃない。わりと多くの者が君の価値をわかっている。知識、魔法使いとしての実力……魔力の保有量……。だから君には縁談がたくさん来ていたはずだよ」

「気持ち悪い！」

ステラと結婚したいと望んでいた者は、誰もステラ個人を見ていなかった。わかっていたから縁談を受け入れなかったのだが、他人から〝価値〟について指摘されると余計に嫌悪感が増す。

「一級魔法使いの地位と権利。それらを失い、借金も背負う。そうしたらもう君はどこかの貴族と結婚するしかないじゃないか。――欠本の噂を広めるのと一緒に、幹部たちの何人かを誘導するのは簡単だった」

ミケーレはステラが欠本の鍵であるという噂を意図的に広め、地位さえ奪えば、ステラを強制的に家門に取り込むことなど簡単だとそれとなく幹部たちに吹き込んだのだろう。

もちろん、地位を奪われたステラが頼るのは自分しかいないと考えていたはずだ。

実際、ジュリオが接触してくるまで、ステラの唯一の味方はミケーレだった。もし魔道具破壊の罪で失職していたら、ステラは彼を頼っていたかもしれない。

「でも……でもっ！　欠本の鍵という噂は、ミケーレさんの勘違いですよ」

ミケーレの目的は欠本だ。それならば、ステラを捕らえても手がかりなど入らないとわかってもらえれば、解放されるのではないだろうか。実際、欠本についてはステラのほうが知りたいくらいなのだ。

けれど、ミケーレはがっかりする様子を見せず、ただゆっくりと首を横に振った。

「君が欠本の在り処を知らない予想はついている。……知っていたら、わざわざ僕にウルバーノ殿の残した資料を調べてなんて願うはずないのだから」

「だったら！」

「でもね、ステラ君。この日記には何度も君が六番目の魔法だと書かれているんだ。……だから僕としては、君が知らずに鍵を所有しているか、それとも君自身が欠本だと考えている」

ステラ自身が欠本とは、いったいどういう意味なのか。

父から様々な魔法理論を教わってきたステラだが、攻撃魔法は本当に専門外だった。

「意味がわから……ない……」

「例えばだけど、覚えた魔法を故意に忘れさせられている……とか？　それとも君の魔力でどこかの鍵が開くとか？　……それはこれからじっくり、ね？　身体を調べる医療器具も、精神干渉系の魔法もちゃんと用意してあるんだ。ウルバーノ・アナスタージの魔法が手に入るのなら、君一人の犠牲なんて安いもの……そう思わないかい？」

まるで実験動物として扱うと言っているようなものだ。彼が語る医療器具や精神干渉系の魔法が、合法の範囲に収まるような代物ではないとよく伝わってくる。

「ひっ、……飛躍しすぎだわ」

まともに日記を読んでいないステラだが、ミケーレが具体的に六番目の魔法にたどり着く方法を知らないところからすると、父は大した手がかりを残していないのだと推測できた。

それなのに、彼はもう六番目の魔法を手に入れたかのように喜んでいる。ステラ——というよりも、ウルバーノというかつて存在した最凶の魔法使いを盲信しているみたいだった。

「伯父上と親しかった公爵閣下が、君を手に入れて満足していたのがその証拠じゃないかな？」

この場所に閉じ込められてからずっと緊張を強いられてきたステラだが「公爵閣下」というひと言で動揺し、さらに心臓の音がうるさくなっていった。

「ジュリオ様……が、ブリジッタさんと結託していたというのは……？」

「いや、それは僕の嘘。あの日、ブリジッタさんなんて見かけてないからね」

「じゃあ、誰が？」

また、話が見えなくなってしまった。

ジュリオとブリジッタが繋がっていないのだとしたら、彼はステラを裏切っていないのだろうか。

そしてステラの部屋はなぜあんなにされなければならなかったのか。

「君の家を荒らしたのは僕だ。一応、欠本の手がかりがないかの調査だったけれど、それだけなら ば荒らす必要なんてない。ただ、君がちょっとした疑念を持つにはちょうどいい事件だっただろう？　……君が公爵閣下のところへ身を寄せて、純潔を失っても、最終的に僕のものになればかまわないし」

細められた瞳は、ステラの服の中を透視しているのではないかと感じるほど、いやらしいものだった。

この男に見られているというだけで、吐き気がしそうだ。

「どうして……欠本なんて……」

「実績だよ。誰にも知られず自分の成果として発表すれば、さすがに父や兄は伯爵家当主の座を僕に譲るしかなくなるだろう。……今からでも遅くない、君が反省して友好的でいてくれるのなら伯爵夫人にしてあげるよ」

ステラは勢いよく首を横に振った。彼は先ほど、ステラが純潔を失ってもかまわないと言ったのだ。それなのに、求婚のような言葉を大真面目に口にする。

明らかに、好意からの言葉ではないとわかった。

「実際、君はあの方を疑ったよね？　でも安心してくれ。公爵閣下だって欠本の噂を聞いて君に接触してきたんだろうから、なにも間違ってはいないはずだ」

ステラにとってなんの慰めにもならない言葉だった。

「そんなこと……」

信じない――と続けたくても、できなかった。

魔法省の庭園で、彼は確かに六番目の魔法を手に入れたと話していたのだから、ミケーレの言うとおりなのだ。わかっていたことを指摘されただけなのに、虚しさが込み上げて胸が苦しい。

ステラを罠に嵌めようとしていた者は一人ではなかったし、動機も一つではなかった。それが真実でジュリオも例外ではないのだろう。

ステラの味方など最初からいなかった。そして、ミケーレが他者を出し抜いたというのが今の状況だった。

すぐそばに立つミケーレがステラに向かって手を差し出した。友好的な態度を示せと言いたいのだろう。ステラはギュッと身を縮めるようにして、どうにか拒絶の意思を示した。

ジュリオにまで裏切られていたとしても、それがミケーレの手を取る理由にはならない。

「残念だ。……僕を愛して、素直に騙されてくれれば、二人で幸せになれたのにね」

ミケーレがステラのローブを摑み、強い力で引っ張った。ステラはどうにか逃れようと足を動かす。留め具がはずれ、一級魔法使いの証が奪われるのと同時に、ステラは床に倒れ込んだ。

ローブの次は服が奪われるのかもしれない。逃げたくて仕方がないのに、魔力が使えないステラはあまりにも無力で、ただ震えて涙を流すことしかできなかった。

「近寄らないで、お願い……。もう、嫌……」

こんな絶望をステラは知らなかった。

ステラが生きる世界は、本当に悪意しかないのだともう十分に思い知った。これ以上の不幸は耐えられない。

「なにを言っているんだ、ステラ君。……これから始まるんじゃないか」

「……ジュリオ様……っ、たすけ、て……」

咄嗟に口にしたのはジュリオの名だった。信用していない相手に助けてほしいと願うのは、どうかしていた。彼だって、ステラを裏切っているのだ。

頼れる者など誰もいない。心が真っ暗闇に落ちていく心地だった。

「本当に魔法が使えない君って非力だね」

「嫌……っ！」

ミケーレが再びステラに向けて手を伸ばした。

けれど、彼がステラに触れるより前に室内に爆音が響いた。

ガラスが砕ける音と一緒に、嵐のような風が入り込んでくる。同時に、ミケーレの身体が真横に吹っ飛んだ。

「がぁっ！　……ゴホッ」

書架に激突したミケーレは、一度だけ激しく咳き込んだあと地面に倒れ、その身を痙攣《けいれん》させはじめた。

「なに……？」

ステラは風が入り込んできた窓のほうに視線を動かす。

そこには見たこともないほど冷たい表情をしたジュリオが立っていた。

「やってくれたな。ミケーレ・アナスタージ」

ジュリオはミケーレが動ける状態ではないと確認したあとに、あたりをキョロキョロと見回した。

「あれか」

ジュリオは棚の上に置かれた壺《つぼ》のようなものに歩み寄り、それを摑むと壊れた窓から放り投げた。

次の瞬間には、図書室の中にあった淀《よど》みのようなものが取り払われていた。

「ジュリオ様……どうして……ここが？」

ステラが震える声で問いかけると、ジュリオはすぐにそばまでやってきて、目の前で膝をついた。

怪我がないか探っているのか、ステラの足や腕、それから涙でグシャグシャになった頰を順に確認している。

そのあいだもずっと感情がわかりにくい冷たい表情のままだった。

彼は間違いなく怒っている。

「ペンダントに異変があったから、君を探した」

「でもここは……」

ミケーレの施した魔力封じはペンダントにも効果があり、ジュリオがステラの居場所を知ることなどできないはずだった。

「あぁ。位置が特定できないのは、君がそういう魔法の影響下にいるからだと推測できた。……王都全体に索敵魔法をかけて、怪しい魔法を使っている場所を探しただけだ」

「王都全体に？」

なんてこともないように言っているが、王都には多くの魔法使いが住んでいて、常にいろいろな魔法が使われている。それらを索敵し、特定の魔法が使われている場所を絞り込むなんて、ステラにはできない。

ジュリオにだって、簡単ではないはずだ。

（私のために……？）

やがて、ジュリオの手が伸びてきて、ステラを抱き起こした。

彼に支えられていると、それだけでもう怖いことは起こらないのだと安心できる。けれど、そこでふと我に返った。彼も、ステラの味方ではないのだ。

「一人で立てます！」

精一杯の力で押し退け、ステラは書架を背にしたまま横に数歩移動し、ジュリオと距離を取った。

ステラに拒まれたことが予想外だったのか、ジュリオはポカンとしていた。

「ステラ?」

ステラのため——その認識は間違っていないのだろう。けれど彼がそこまで必死になってステラを守ってくれるのは、好意からではない。ステラが持っているものに価値があったからだともう気づいてしまった。

「助けていただいたことには感謝します。……でも、もう終わりにします」

「いったいどうしたんだ?」

ジュリオはステラのほうへ手を伸ばす。けれどステラがさらに一歩下がり、本気でにらみつければそれ以上近づいてこなかった。

やがてゆっくりと手が下ろされた。

「私、……私っ！　ジュリオ様が……欠本目当てで私に近づいたって、もう知っていますから。演技なんてしなくていい。そんなことしたって、なんの効果もありません」

むしろ虚しくて、彼への恋心を捨ててしまいたいと願うだけだった。

「欠本?　君はいったいなにを言って……」

「なにを言って……って、こっちのセリフです。ブリジッタさんに欠本はもう手に入れているとかなんとか……。私はっきり聞きましたっ！」

ミケーレに言われたからではない。自分が耳にした言葉で、ステラはジュリオの本心を知ったのだ。だからこそ、どう解釈しても覆らない。

「ブリジッタ殿?　……だったら、誤解だ」

「誤解じゃありません。昼過ぎに、魔法省の庭園で確かに聞きました」

語気を強めて主張すると、ジュリオは首を傾げ、しばらく考え込んだ。

「……私は確か、欠本ではなく、六番目の魔法はもう手に入れているつもりだって言ったんだ」

「同じことでは？」

欠本とは六番目の魔法が書かれた研究資料を指す。欠本を手に入れたら自動的に六番目の魔法を知るのだから、その二つの言葉はほぼ同義だ。

「大きく違うよ。……ステラは六番目の魔法について思い違いをしている」

「だから、してませんってば」

「いいや。欠本なんてものはウルバーノ殿の強さを盲信する魔法使いたちが生み出した妄想だ。けれど六番目の魔法は本当にある。……攻撃魔法ではなく、あえて言うなら優しい魔法だ」

「優しい魔法……？」

ジュリオはゆっくりと頷いた。

そのとき、離れた場所でガタン、と音がした。

「う……っ、嘘をつくな！　ウルバーノ・アナスタージの最高傑作、最凶の攻撃魔法……それが六番目の魔法のはず。公爵は欠本を独り占め――、ガッ！」

どうにか起き上がろうともがいていたミケーレに、ジュリオが雷撃の魔法を食らわせた。

死んではいないようだが、今度は泡を吹いて白目を剝いてしまった。

「私とステラが大事な話をしているんだから、悪人は黙っていろ。……あぁ、ついでに騎士団を呼ばなければな」

ジュリオは会話を中断し、ノッテを呼び出してなにやら指示をした。

やがてノッテが壊れた窓から飛び出していく。

「この日記……ウルバーノ殿の……」

ジュリオは床に落ちていた日記に気がついて、それを拾い上げた。パラパラと中身をめくったあと、なぜか自信に満ちあふれた顔をしてステラに近づいてくる。

「……昔こっそり読んでウルバーノ殿に仕置きをされたなぁ。ステラはちゃんと目を通したんだろうか？」

「いいえ、少ししか読んでいません」

「野良猫みたいに威嚇しないでくれ。……ほら、日記を渡すだけだ」

彼は日記を差し出して渡してから、無理やり捕まえることなどないと示すためにステラから距離を取った。

ステラは受け取った日記を冒頭から読んでいった。

父の日記は、毎日書いていたものではないらしく、最初のほうは週に一回程度、最後のほうは飽きてしまったのか、月に一回程度の頻度になっていた。

文字は丁寧だがかなり癖があり、時々紅茶をこぼしたしみのようなものもついている。

こんな部分にも、私生活ではかなりいい加減だったウルバーノらしさが感じられた。

『二月二日。ステラは十代にして五大魔法力の相克理論を完璧に理解している。我が娘ながら末恐ろしい。彼女ならば将来きっと特級の認定を受けるようなすばらしい魔法を創り出すだろう』

『四月十三日。ジュリオ殿がいなくなったせいで、ステラが落ち込んでしまった。私の前では明るく振る舞うが、部屋でこっそり泣いている。ついに父に隠し事をする年齢になってしまったようだ』

『六月一日。私はステラのことを六番目の魔法と呼んでいる。私のようなどうしようもない男の娘とは思えないほど、ステラは純粋で、それでいて賢く、魔法使いとしての才能にも恵まれている。私は最凶と言われる五つの魔法を生み出した。そんな私の唯一の誇りは六番目の魔法……ステラだけだ』


きちんと目を通してみると、ウルバーノの温かさとステラへの愛情が感じ取れた。

「私のことばかり……書いてあります……」

六番目の魔法という言葉も、ステラの名と一緒に日記の前半から何度も登場していた。ただし、それが五つの特級魔法と同列の凶悪な魔法だなんてどこにも書かれていない。

「あそこに転がっている男は、この日記がなにかの暗号だとでも思っていたのだろうな。……ウルバーノ殿をよく知っている者なら裏の意味などないとわかるはずだ」

ステラは深く頷いた。

日記から感じ取れるウルバーノの人となりは、ステラが知っている大好きな父と変わらなかった。

魔法への探究心が強く、過去の贖罪《しょくざい》として人々の役に立つ優しい魔法の研究に熱心な魔法使い。

そして、娘を溺愛する一人の父親だった。

そのことに安堵し、胸が熱くなる。

「いつか本当に特級の認定を受けるような、すばらしい生活魔法を生み出す可能性を期待して……

ウルバーノ殿が君につけたあだ名……それがこんな事態を引き起こすなんて……」

「……唯一の誇り……六番目の魔法……、私？」

ウルバーノがそんな呼び方をしていたことなど、ステラは知らなかった。

「そうだよ、ステラ。アナスタージの六番目の魔法は、誰も殺さない優しい魔法なんだ……。私が求めて、うぬぼれでないのなら手に入れたと思っている」

ジュリオが再びゆっくりと近づいてくる。

六番目の魔法は確かにあって、けれどそれを彼に与えるのをためらう理由など、どこにもなかったのだ。

「……ごめん、なさい……ジュリオ様……」

ジュリオはいつも、ステラが知りたがればちゃんと教えてくれる人だ。不安になって、彼の心を知ろうとせず逃げてばかりのステラを、それでも救ってくれる。

「心配かけて、ごめんなさい……。信じてあげられなくて……ごめんなさい」

安堵と申し訳なさでステラの瞳からは止めどなく涙があふれだした。

「いいんだ、ステラ……」

たくましい腕がステラの身体を包み込む。今度は抵抗せず、ステラはジュリオを受け入れた。

六番目の魔法はもうずっと前から彼のものだった。

第六章　六番目の魔法

内戦の最中、当時第二王子だったジュリオは、最凶の魔法使いウルバーノ・アナスタージに保護されていた。

反乱を起こした祖父は野心家ではあったものの、ジュリオに対しては厳しくも孫思いの「お祖父《じい》様」でしかなかったのだ。母や、祖父と行動をともにしている伯父やいとこたち――皆、ジュリオにとっては大切な家族だった。

十七歳のジュリオにとって、自分自身の名が火種となって引き起こされた戦は、絶対に受け入れられないものだった。

そんなジュリオは、内戦が始まって以降、何度か暗殺の危機に直面していて、その影響で不眠症に悩まされた。

宮廷内では、自分で構築した結界の中で睡眠薬を飲んでどうにか眠るという生活だ。

依存性を心配したウルバーノが、アナスタージ家では薬の使用を禁止したのだが、薬を断った直後はまったく眠れなかった。

他者の侵入を拒むアナスタージの屋敷で安全に暮らすことそのものが、罪である気がしていたからだ。

そんな中で、まだ幼く政のことなどよく知らないステラの存在は、ジュリオにとっての癒やしだった。なにせ、五つの凶悪な特級魔法を生み出し最凶と恐れられたウルバーノを、ある意味で腑抜《ふぬ》けにしてしまった原因なのだから当然だった。

「ジュリオお兄様、生活魔法はね……とってもすごい魔法なんですよ！」

ジュリオが不眠症に悩んでいると知るやいなや、十二歳という若さで専門書を読み漁り、安眠のための魔道具を自作する——すごいのは魔法ではなく、作り手のほうだった。

ステラが作った小さなランタンが初めて灯《とも》った日は、ジュリオの壊れかけの心に感情が戻ってきた日かもしれない。

彼女の作った魔道具は単純な構造で、きっと気休め程度の効果しかなかったはずだ。

それでもランタンを使うと、ジュリオは嘘のようによく眠れた。魔道具の力ではなく、そこに込められたステラの魔力——ステラの気配がジュリオは好きだったのだ。

人の醜い部分を散々見させられて、ジュリオは人間不信に陥っていたのだろう。

けれど不思議と、ステラのことだけは疑わずにいられた。

ジュリオにとってステラは大切な妹であり、血の繋がりはなくてもすべてを信じられる特別な存在だった。

その想いは、一緒に過ごす期間が長くなるにつれて、どんどんと育っていく。

ある日、ウルバーノがステラについてこんなことを言っていた。

「ステラは私にとって六番目の魔法だ」

「六番目の……？」

一番から五番までは、ウルバーノが生み出したとてつもない破壊力を誇る特級魔法を指す。だからこそジュリオは納得できなかった。ステラはウルバーノの魔法とは対極にある存在だ。

「そうだ。……私が作った、唯一の誰にでも誇れる魔法だ。すごいだろう？」

要するにウルバーノはとんでもない親ばかだったのだ。

「確かに。ステラならいつか本当に優しい特級魔法を生み出すかもしれません」

「そうだろう？　だがな……」

途中まで言いかけて、ウルバーノは言葉を切る。直前まで誇らしげだった表情が、急に曇っていった。

「そんなふうに考えられるようになるまでに、人生の半分くらいは費やしてしまった。……私は恨みを買いすぎているんだ。もしものときは、ステラを守ってくれるか？」

「それは……もちろんです。ですが、あなたにもしもが訪れる日なんて、ヨボヨボになるまでは絶対にないでしょう」

隠居気味ではあるものの、彼がこの国で最も強い魔法使いであることは揺るぎない。彼が死ぬのは寿命が尽きたときだと、このときのジュリオは疑いもしなかった。

ステラやウルバーノと素朴な生活を送り、優しい魔法を研究する日々はとにかく充実していた。心が満たされると、もやが晴れたみたいに冷静に自分というものを見つめ直すことができた。

（今、内戦に介入する権利が与えられていないから、なにもできないから。……それがうずくまっているだけの日々を送っていい理由にはならない）

今日も戦で命のやり取りがされている。その罪は、いずれジュリオが背負うものになるのだろう。

けれど恐ろしいからといって、兄とアナスタージの力に守られるだけの存在に甘んじていてはいけなかった。

それからのジュリオは、ただ剣の使い方を学び、魔法をうまく操れるようになるだけではなく、これから先をどう生きるかを考えるようになった。

知識を得て、力を得て、誰かに利用されることのない強さを欲するようになった。

内戦やその後の混乱が終息しつつあった頃、ジュリオは王位継承権の放棄を宣言し騎士となる選択をした。

もちろん兄の側近の一部には、いつか寝首を掻かれるかもしれないという懸念で、ジュリオに地位を与えることに反対する者もいた。

そんな者たちに対しては、実際に兄を助け、役立つ姿を見せつけて黙らせるしかなかった。

ジュリオがアナスタージ家を離れると決めた日、ステラはずっと一緒にいたいと言って泣きじゃくった。けれど突然パッと顔を上げて、大きな声で名案を聞かせてくれた。

「……そうだ！　私、お兄様のお嫁さんになる。そうしたらお兄様は本当にアナスタージ家の一員になれるでしょう？」

彼女はすでにジュリオにとって特別な人だった。

妹なのか、愛する人なのか——そんなことはどうでもいい。ジュリオにとって彼女は家族で、それだけはこの先も一生変わらないと断言できた。

「ありがとう。……だったら、君が結婚できる歳になったときに気持ちが変わっていなかったら、そうしよう」

世間知らずなステラが、これから少しずつ外の世界を知ったとして、それでもまだ望んでくれるのならば、ジュリオに拒絶する理由はない。

ただ、さすがにプロポーズは早すぎる。案の定、ステラの後方からウルバーノが殺気を撒《ま》き散らしていた。無邪気な彼女は過保護な父親の怒りには気づかずに大喜びだった。

「本当に？　絶対!?　絶対よ！　私、ずっと変わらない自信があるわ！」

ステラの恋心を否定する気持ちはジュリオにはなかった。

ただ、まだ幼い部分のある彼女の想いは純粋な初恋であり、成長したら簡単に変わってしまうものだとも思っていた。

それでも、彼女の気持ちが変わらなければいい、少しも損なわれずに想いが育ってくれたらいいと、ジュリオは願った。

「私だって同じだよ。ステラより大切なものなんてなにもないから。……そうだ、約束の証にいいものをあげよう」

使い魔を呼び出すためのペンダントを渡すと、彼女は頬を赤らめながら安堵した様子だった。

自分の居場所を作るため、ジュリオはアナスタージ家を去らなければならない。

けれどこれはステラとの別離ではないはずだった。使い魔を通して頻繁に手紙のやり取りをしたし、定期的に会いに行って彼女を見守るつもりでいたのだ。

そんなジュリオの希望は、ウルバーノ・アナスタージの死によって儚《はかな》く砕け散った。

公式の記録では、ウルバーノは任務中の事故で死亡したとされたが、それは正確ではない。

当時のジュリオは、西の大公一族の残党を捕らえる任務に就いていた。

自ら進んで反逆者を捕らえることで、国王の忠臣であると示す意図があったのだ。

祖父とジュリオの母はすでに捕らえられ刑に処されていたのだが、ジュリオにとって伯父にあたる人物ほか、高い魔力を有する一族の生き残りが散り散りになりどこかに潜伏している状況だった。

伯父は内戦前、ジュリオの側近を務めていてとくに親しくしていた者の一人だ。

けれど騎士となったジュリオにとっては、いずれ対峙《たいじ》しなければならない敵だった。

騎士団の調査により潜伏先が絞り込まれ、捕らえるための作戦行動に移る直前、ジュリオは伯父の命を奪いたくないという葛藤と戦っていた。

国王とウルバーノは、そんなジュリオの内心を見透かしていたのだろう。

過去、親しくしていた者に対しては私情により冷静な判断ができなくなるという理由で、ジュリオはその任務から離れることになった。

王命が下されたとき、ジュリオは内心ほっとしたのだ。

そしてウルバーノと国王直属の騎士たちが共闘して伯父の捕縛に動いたのだが……。

皮肉にも、高位の魔法を操ることができた伯父はかつてウルバーノが生み出した特級魔法を使い、それが開発者であるウルバーノに致命傷を与えた。

魔力の枯渇によって力を失った伯父は騎士たちによって捕らえられたが、ウルバーノは帰らぬ人となってしまった。

最凶の魔法使いが西の大公一族に負けたという事実は、ほとんどならず者に成り果てた残党が再び息を吹き返すきっかけになってしまう可能性があった。

国王側の魔法使いや騎士たちの士気の低下も懸念されたため、ウルバーノの死因については、ただ「事故」とされ、具体的な状況は伏せられた。

ジュリオに一度だけ、まもなく極刑となる伯父と対面する機会が与えられた。

「殿下……っ！　ジュリオ殿下」

「伯父上。私はもう〝殿下〟ではない。国王陛下に仕える騎士だ」

最後に彼らがただの反逆者であることをわからせたい——ジュリオは、そんな感情に囚われていた。どれだけ過去に親しくしていた者だとしても、恩師であるウルバーノを殺した者が憎かった。できるなら、崇高な目的があっての反乱だったなどという妄想を打ち砕いてやりたかったのだ。

意外なことに、伯父はジュリオの言葉を聞いて、突然笑い出した。

「なにがおかしい？」

「やはり、そうですか！　かつての立派な王子殿下はもういらっしゃらないのですね？　これは滑稽だ。……アハッ、ハハハハッ！」

彼は、王位を狙わずに、異母兄に従う騎士となったジュリオを、腑抜けだと言ってあざ笑う。

ジュリオは憤りと同時に胃の中にあるものを吐き出したくなるような、ままならない感情に支配されていった。

「私の意志を無視して無意味な反乱を起こしたそなたたちのせいで、どれだけ多くの人命が失われたかわかっているのか！」

それまで笑っていた伯父が急に静かになり、ジュリオをにらみつけた。

「やはりあなたは、第一王子に洗脳され……我ら一族を裏切った。私はあなたのために家族や仲間を犠牲にしたのです。それを……それを……っ！」

「私のため……、だと？　一度として望んでいないのに、私のため？　……違う！　そなたたちはそれこそ私が生まれる前から一族の血を引く王子を国王にしようと画策してきた。すべては一族の野望のためではないか！」

大義名分を無理やり押しつける彼らの主張こそ洗脳だ。

これは内戦が始まってから、祖父や伯父、そして母と何度も繰り返してきたやり取りだった。

結局ジュリオの言葉は、一度も届かない。

伯父は急に静かになり、最後にどこか壊れた笑みを見せた。

「お恨み申し上げますよ、ジュリオ殿下……。私の言葉は西の大公一族の言葉……。血族の死はすべて殿下が背負うもの。地獄であなた様をお待ちしております」

地獄で待っている、というかつて好きだった人の言葉は、再びジュリオの心にひびを入れたのかもしれない。

伯父と面会を終えた翌日、ジュリオは部下とともにアナスタージ家を訪れた。

ウルバーノの棺を引き渡す目的だった。

「ジュリオお兄様……お兄様……！　お父様が死んでしまったって本当なの？　棺、開けてはいけないって……どうして、お父様だってわかるの？　どうして……!?」

かわいそうなステラはウルバーノの亡骸《なきがら》と対面することすら叶わなかった。十代の娘に見せられる状態ではなかったのだ。

だから彼女は、開かない棺の前で実感が持てずにただ混乱していた。

「お兄様……」

ギュ、とステラに抱きつかれると、ジュリオの心は猛烈な罪悪感に支配されていった。だが、傷ついている彼女を振り払うことなどできなかった。

ウルバーノが命を落とした原因はジュリオにある。

本来、一族の始末はジュリオがつけるべきだった。心の弱いジュリオがウルバーノの優しさに甘えた結果、ステラから父親を奪ってしまった。

ステラは父親の死の真相を知らずにいる。黙っていたら彼女は変わらずジュリオを慕い続けるのだろう。

けれど、そんな卑怯なことはできない。

まだ幼さの残る華奢《きゃしゃ》な身体を抱きしめながら、ジュリオは彼女と結ばれてはならないと強く感じたのだ。

（父君の敵は西の大公一族……、私もその一人だ。ステラ……）

それからジュリオは、以前よりもさらに積極的に、そして流血をためらわずに西の大公家の残党や謀反人を狩るようになった。

二度と自分の弱さに負けて親しい者――部下や仲間、そして兄を危険に晒したりはしないと心に決め、非情になった。

己の責務を果たせば果たすほど、優しい魔法を創り出そうと奮闘しているステラとの違いを感じた。彼女にふさわしくない人間になってしまった気がした。

ウルバーノの葬儀が終わったあとも、ステラとはしばらく手紙のやり取りを続けていた。

ジュリオは、胸のうちに秘める闇も、ウルバーノの死の真相も、自分の罪も、彼女に明かすことはなかった。

ステラのほうも新しい家族とうまくいっていないことをジュリオには言わず、元気に暮らしていると嘘をつくようになったみたいだ。

新しくアナスタージ家の当主となった叔父とステラが不仲で、虐げられ、誰にも相談せずに一人で暮らしはじめたことにも、当然ジュリオは気づいていた。

（一緒に暮らしたい。家族になろう。……そう言えたならどれだけいいだろうか）

けれど、ウルバーノに対する自責の念から、到底そんな提案はできなかった。

どんどんと自立して、たくましくなっていく彼女にジュリオができたのは、時々ノッテに見張らせて、ステラの安全を確保することだけだった。

やがて前向きなステラは、生活の基盤を固めるため、そして魔法の研究をするために一級魔法使いになる決意をし、見事試験を突破した。

（これで、私が彼女の兄でいる必要もなくなったな……）

ジュリオには彼女を幸せにする責務がある。それがウルバーノの死に関わった者としてのせめてもの贖罪だった。

けれど、結ばれてはいけない相手でもある。

彼女には、ジュリオの存在など忘れて、幸せな恋をしてもらわなければならない。

（そのために、私はステラに嫌われなければ）

久々にもらった手紙には、紺色のローブを見せたいと書かれていた。文面からは成長しても変わらない、ジュリオへの好意が感じられた。

ジュリオは彼女の恋心を粉々に砕くために、あえて呼び出しに応じた。

ジュリオの周りには、いつも女性たちが集まってくる。普段ならば、どうにかして王弟の気を引こうとする令嬢の相手などしないのだが、この日は違った。

積極的に令嬢に声をかけ、気があるような素振りをする。わざと待ち合わせの場所で雑談を楽しんでいると、約束の時間より前にステラは現れた。

真新しい紺色のローブをまとったステラは、太陽の下が似合う女性だった。

可愛らしい顔をメガネで隠している部分は少々もったいないが、ジュリオを見つけると駆け寄ってくる姿は、まるで子犬のようで昔から変わらない。

彼女がいつものようにジュリオに近づき、途中で一人ではないことに気がついて動揺する様子をジュリオはずっと観察していた。

ジュリオは侯爵令嬢を女性として扱い、ステラを相変わらず妹として扱った。ステラの表情がどんどんと曇っていく。とどめに、結婚の約束を子供の頃の戯言だと一蹴した。

傷ついた彼女の表情に胸が痛む。ジュリオは何度も、先ほどのはただの冗談で気持ちは少しも変わっていないと告白したい衝動に駆られたが、必死に耐えた。

（泣くだろうか……？）

昔のステラだったら泣いて怒っていたはずだ。けれどそうはならなかった。

ジュリオが考えていた以上に、ステラは成長していたのだ。「公爵閣下」という初めての呼称を口にしたときのぎこちない笑顔は、大人の女性のものだった。

（あぁ……ステラ……）

彼女はもうジュリオの妹ではなかった。それでも彼女だけを特別に感じるこの感覚をきっと恋と呼ぶのだろう。

皮肉にも、それを自覚した日に最愛の人を自ら手放した。

◇　◇　◇

一級魔法使いの任命式以降、彼女とはすれ違っても会話すらしない関係が続いている。

今のジュリオは、彼女が嫌うであろう不誠実な男なのだから、避けられて当然だった。

昔交わした結婚の約束を子供相手の戯言にしただけでは不十分だ。ステラがキラキラとしたまなざしを向けていた「優しいジュリオお兄様」は偽りだったと幻滅されることで、彼女はきっと新しい恋ができるはず。

ジュリオ自身も、彼女に嫌われていなければ、権利もないのにステラを望んでしまいそうで恐ろしかったのだ。

ステラと決別してから二年。だんだんと春の気配が感じられるようになった日、ジュリオは国王の私的なサロンに呼び出されていた。

「弟よ……。またご令嬢を弄んで捨てたそうだな？　今年に入ってからもう三人目か。独身主義は結構だが、いつか痛い目を見るぞ？　王妃も噂を耳にするたび、心を痛めている」

一応、兄弟水入らずで午後のお茶の時間を過ごしているという状況だが、ジュリオは二十四歳にもなって兄から説教を食らっていた。

現在三十歳の国王は、三年前に隣国の王家から姫君を娶《めと》った。王妃とのあいだにはすでに王子が誕生し、半年後には二人目の御子も生まれる予定だ。

夫婦円満だからこそ、国王も王妃も女性関係でよく問題を起こすジュリオを心配してくれている。

「兄上、それは誤解ですよ」

「誤解なものか。……そなたのせいで、眉間のしわが深くなったではないか！」

国王は大きなため息をつきながら、眉間を指先で擦ってしわを伸ばすような仕草をした。

焦げ茶色の髪に太めの眉、やや鋭い目つきで威厳のある見た目の国王は、母親が違うせいかジュリオとはあまり似ていない。

眉間のしわは十代の頃からすでにあったから、三十代になって深くなったとしても、それを人のせいにしないでほしかった。

「私は舞踏会でダンスを踊る以上のことは一切しておりません。それに一度踊った令嬢にはしばらく近づかないように注意しております」

これは本当の話だ。

ステラとの別離のあと、ジュリオは約束どおりあの侯爵令嬢とダンスを踊った。涼しいバルコニーで少しのあいだ会話を楽しんでから、その令嬢とは別れた。さすがにステラに嫌われるためだけに貴族の令嬢の純潔を散らすような真似はできなかったし、責任を取らされるのもごめんだった。

次はどこぞの未亡人に依頼して、その女性との偽の噂を故意に流した。

未亡人との噂が広まると、なぜか最初にダンスを踊った侯爵令嬢が「弄ばれて捨てられた」と主張し出した。

短い期間でも気のある素振りを見せた、という点では確かに合っているのかもしれないが、聞いた側の人間は肉体関係があったと誤解した。

そこから先は、ジュリオがなにもしなくても勝手に「恋多き公爵」の話題が社交界を賑《にぎ》わせ続けた。

ジュリオには一度だって恋人がいた時期はないし、どこかの令嬢と一夜をともにした事実もない。ただ、ダンスを一曲踊って談笑しただけの相手が、翌日から勝手に恋人のような振る舞いをしてくる。

ステラから嫌われるため、あえて女性に優しくしていたのは事実だが、それだけだ。

「ではなぜ、毎月のように苦情が寄せられるのだ？」

国王が頭を抱え、またため息をつく。

「……今月はむしろ私が被害者ですよ。宮廷内で盗難事件が発生したと聞き、調査に赴いたら令嬢に襲われそうになったんです。……まったく恐ろしい……」

今月だけではなく、毎回似たようなものだ。

「そなた、最初の設定を間違えたから苦労しているのではないのか？　軽い男を装うのではなく、すべての女性に冷たい、女嫌いにしたほうが正解だったと思うぞ。……実際、中身はそういう人間なのだから」

「私はべつにすべての女性が嫌いなわけではありませんが」

国王の鋭い指摘にジュリオはたじろぐ。

けれど、ジュリオが女嫌いという認識は間違いだ。ただ、恋人を作る気はないというだけの話だった。

「ウルバーノ殿の忘れ形見……ステラ嬢だったか……？」

国王はなんでもお見通しとでも言いたげに、ジュリオにとっての特別な名を口にする。

「兄上！　今はステラのことなど関係ないはずです」

ただ名前が出てきただけだというのに、ジュリオはつい語気を強めた。

国王はそんな異母弟の動揺を見抜いて、したり顔だった。

「……関係あるだろう？　何度あの娘の縁談を潰すのに協力してやったか、忘れたのか？」

「人聞きの悪い。素行に問題のある者からの縁談だけです。ご存じでしょう？　私はあの子が幸せになれるまで見守る義務があるんです」

一級魔法使いの身分がある程度彼女を守ってくれてはいるが、完璧ではない。

魔法使いとしての能力が高いステラを欲する男はいくらでもいる。次世代の強い魔法使いを授かりたいという目的でステラを望むのは、貴族の結婚観では当たり前だ。

問題は求婚者が、彼女を大切にする気があるかどうか、という部分だ。

中には、身分を笠《かさ》に着て最初から彼女を道具のように扱う前提で近づく者もいる。

ジュリオはこれまで、彼女にバレないように注意しながら縁談をいくつか潰してきた。自分の力でどうにもならない場合、国王に助力を願ったこともある。

ただし潰したのは、すでに愛人を囲っているとか、借金があるとか、極端に素行が悪いとか、明らかに問題のある者からの縁談だけだ。

ステラへの好意があるかどうか、ステラを幸せにしてくれるか——そこまで考えると、本当は全部の縁談を潰したかったくらいだ。

「なにが、幸せになれるまで見守る……だ。まともな縁談を断ったという報告を聞いて内心喜んでいたくせに。……今もそうだが、歪んだ欲望が剝き出しになっていることに気づいていないのか？」

国王とジュリオは異母兄弟だ。仲はよく、互いに相手を思いやる関係ではあったが、それぞれの近しい者たちが二人の交流を望まなかったため、一般的な兄弟のように一緒に育ったわけではない。

それなのに国王は、いつでもジュリオの心情を見透かしてくる。

「……兄上の気のせいですよ。私はあの子の幸せを正しく祝福できる誠実な男です」

痛い部分を突かれたジュリオは思わず噓をついてしまった。

ジュリオは確かに、ステラが生活魔法の研究に没頭し男性からの誘いに一切応じないという報告を聞くたびに心の奥底で安堵していた。

縁談を断り続ける理由は、彼女がまだジュリオとの別れに傷ついたまま、立ち直っていない証拠かもしれない。

ステラの幸せを願っていると言いながら、彼女の特別であり続けたいと望んでいる——ジュリオはそんなおぞましい自分を嫌悪しているが、変われないままだ。

それに、二年前の一方的な別離が正しかったのか、今となってはジュリオの中に揺らぎが生じていた。

ステラと一緒にいると、ジュリオはウルバーノの死に囚われ続け、苦しくて仕方がなかった。

たとえどれだけつらくてもジュリオはそれを受け入れるべきで、彼女と距離を置いたのは間違いだったかもしれないという後悔も、この二年間、ずっと感じていた。

「妙案を思いついたぞ。私の側近で、とくに若くて顔がよくて金と包容力がある者に彼女を誘惑させよう」

これは国王の挑発だとわかっているのに、身体がカッと熱くなった。

「どうぞご勝手に」

誘惑させる――王命である以上、その者は真にステラを好いているわけではない。その程度の思いで本当に彼女を幸せにできるのかと考えてしまう。

「……ほら、そういう顔だ。これから社交界ではその顔でいたらいい。女性なんて誰も近づいてこないだろうよ」

「お人が悪い」

「話が逸れてしまったが、小言のために呼び出したのではない。……ガンドルフィ卿《きょう》、こちらへ」

「……ガンドルフィ卿？」

ジュリオはいまいち状況が呑《の》み込めていなかった。

ガンドルフィ卿は、ジュリオの前に第一騎士団長を務めていた人物で、ジュリオが騎士になりたての頃の師と呼べる存在だ。

団長を退いてからは国王直属の魔法顧問という肩書きで、貴族のあいだで時々発生する魔法がらみのいざこざを解決している。

年齢は五十歳。一級魔法使いの資格を持ちながら騎士団を率いていたというジュリオと似た肩書きを持っているため、騎士団、魔法省――どちらからも一目置かれている人だった。

「久しいな、ジュリオ殿」

ガンドルフィ卿は国王の前で礼をしてから、ジュリオのそばまでやってきて肩をバシバシと叩いた。これが彼が親しい者に行う挨拶だった。

それからジュリオの横に座り、まずはお菓子を豪快に口の中に放り込んだ。

「はい、ガンドルフィ卿は相変わらずお元気そうですね」

「ハハッ、それだけが取り柄だ」

身長はジュリオと同じくらいだが、肩幅が広く、首がやたらと太い。

肉体的にはそろそろ衰えが見えてもいい年齢だというのに、騎士団長だった頃から少しも変化がない。

豪快な見た目に反して、親しみやすい人柄なのだが、怠ける者、悪事を働く者には容赦がない恐ろしい一面がある。

そんな彼が表に出てくるということは、魔法がらみでなにかよからぬ状況になりつつあるということを示唆する。

「そなた、アナスタージの欠本についての噂を聞いているか?」

国王が唐突に話題を変えた。

欠本とは、ウルバーノが表に出さなかった六番目の特級魔法が記されている魔法書――ということになっている。

最凶の魔法使いがじつはもう一つ特級相当の魔法を完成させていたという噂は、彼の死の直後から存在していた。

「根拠のない噂です。ウルバーノ殿と親しい者ならば、そんなものはないとわかっているはずなんですが……」

未発表の特級魔法があったとしても、ジュリオが知っているウルバーノなら、危険な研究書類を抹消するに決まっていた。記録を残すということはのちの誰かに使ってほしいという願望があるという意味だ。

娘を愛しみ、生活魔法の研究をしていた頃のウルバーノに、そんな未練があったとは到底考えられなかった。

「その、昔からあった伝説みたいなものを本気にする者が最近増えているんだ」

ガンドルフィ卿が困り顔で告げた。

彼も生前のウルバーノと親交があったので、噂を信じてはいないようだ。

「そして、ステラ嬢がその鍵を握っている……などという話が広まっている。もちろん私も信じていないが、この状況は問題だと考えている」

ガンドルフィ卿の言葉を受けて、ジュリオはしばらく思考を巡らせた。

ウルバーノの死の直後であれば、ジュリオはまだ彼女と親交があり、誰よりも信頼されていた。ステラが恐ろしい魔法に繋がる鍵を預かっていたとしたら、必ず相談があったはずだ。

だから噂は嘘だとわかるのだが、どこからステラが鍵を握っているなどという話になったのだろうか。

「生前、ウルバーノ殿はステラのことを六番目の魔法と呼んでいました。……親子を知る者からすればただの親ばか発言にすぎないのですが、それが歪んで伝わったのでしょう」

当時のウルバーノは戦以外に使い道がない凶悪な五つの特級魔法を生み出したことを悔やみ、人々の助けとなる生活魔法の研究をしていた。

その知識の継承者であるステラが、いつか誰も殺さない生活魔法で特級の称号を得る可能性を夢に見て、彼は愛娘を「六番目の魔法」と呼んでいたのだ。

ジュリオが見解を示すと、ガンドルフィ卿も頷く。

「多くの者はウルバーノ殿を今でも最凶の魔法使いだと認識し、崇《あが》めているからな。……これまで以上に彼女を気にかけたほうがいい」

「ご忠告に感謝申し上げます」

ステラが狙われる可能性があるとしたら、くだらないなどと一蹴できなかった。

「さて……じつはここからが本題だ。今日二人に来てもらったのは、ステラ嬢と欠本の噂について話したかったからではない。もっと重要な案件を相談したいんだ」

国王の声がわずかに低くなる。

「……昨今の魔法省について、ジュリオはどう思う?」

また唐突な質問が飛んできた。

「腐っていると思いますよ」

それを強く感じたのは、二年前の一級魔法使い選抜試験のときだ。

二年前の試験は、本来ならステラが歴代最年少にして最高得点で首席合格となっていたはずだ。

けれど、貴族籍から抜けていたうえに、魔法学院にも通っていないステラを首席にするわけにはいかなかったのだろう。

仕方なく、次点だったブリジッタの面接試験であり得ないほどの加点をし、どうにか順位を入れ替えることにしたようだ。さらに、実技も筆記もトップだったステラを出世の見込めない部署に回したのは、常識的にあり得ない人事だ。

ジュリオとしては腸《はらわた》が煮えくりかえる心地だったが、閑職であり続けることで危険な実戦に赴く必要もないし、研究だけに没頭できるという皮肉な状況となった。

ステラが受け入れているようだから、ジュリオはなんとか魔法省の人事に口を出さずに耐えたのだ。

「ジュリオ。私は近々魔法省の幹部たちを総入れ替えしたいと思っている」

魔法省は、なにもステラのような特殊な立場の者だけを不当に貶《おとし》めているわけではない。

体質そのものが腐っているのだ。

能力が血筋に左右されやすい魔法使いたちの世界で、身びいきはある程度許容されてきたものではある。

騎士団も完全なる実力主義とは言えない。ジュリオも王弟という身分があるからこそ、団長という地位に就いている。

国王ほか、重要な人物を護衛するという立場上、家柄や親類縁者の主義思想までもが採用や出世に影響してしまうのは、仕方がないことだ。

だからこそ、ジュリオは騎士団長たるにふさわしい強さを証明し、実績を残してきた。

魔法省の幹部たちは真逆の行動をしている。特権階級であることに驕り、国をよくしようという基本理念を忘れて、地位や名誉を得るための遊戯に夢中になっている。

「例えばこれだ。ウルバーノ殿が退いてから、新規登録された魔法の数と質を見よ。……これはガンドルフィ卿がまとめてくれたものだ」

国王が、数枚の資料を差し出してきた。

受け取ったジュリオは急ぎそれらに目を通す。書かれていたのはここ十年で新規登録された魔法とその威力についてだった。

なぜか毎年上級魔法の登録数が五、中級魔法が三十……と一定なのだ。

しかも上級に登録された魔法の内容を精査すると、すでに存在する魔法の組み合わせを変更しただけで、新しさがない。

「なるほど……」

考えてみたらジュリオが使っている魔法も、それこそ生まれる前から理論が確立されたものばかりだった。

魔法省の重要な役割の一つは新しい魔法の研究開発である。資料は、魔法省がすでにその役割を果たせていないという事実の裏付けになっていた。

停滞しているだけならばまだいいのかもしれない。実際には、真面目な研究者が潰されている疑いがある。それこそ、ステラがその最たる例だ。

「血統主義を否定すれば己を否定することと同義になってしまうが、血は組織を腐りやすくさせる効果がある。私としては、このあたりで膿《うみ》を出しておこうと思っているのだ」

国が定める一級魔法使いの選抜試験での不正、そして縁故による人事の私物化、癒着、賄賂、研究の妨害――すでに限度を超えているというのが国王の判断だった。

「確かに、兄上のおっしゃるとおりですね」

「なにを他人事《ひとごと》のように。腐った者を更迭できるだけの証拠を、そなたが集めるのだ。もちろん、ガンドルフィ卿も協力するが……」

魔法省を正すとしたら、不正の捜査を行う権限を持ち、魔法使いたちに対抗できる力を兼ね備えている騎士団がその役割を負うのは当然だ。けれど、ステラを守るという自分の中の最優先事項に集中したい時期にややこしい任務を与えられ、頭が痛くなる。

「……御意」

一方で、この任務は必ず近い将来ステラの助けとなるとも思っていた。

ジュリオは騎士団長としての任務の傍ら、ステラ周辺の動きに警戒しつつ、魔法省への調査を進めることにした。

◇◇◇

ジュリオはそれからすぐ、一級魔法使いたちに欠本の噂について探りを入れた。

国王が言っていたように、欠本の鍵をステラが持っているという噂は鍵がどんなものかがはっきりとしないまま、まるで真実であるかのように広まっていた。

ウルバーノ・アナスタージという人物が一部の魔法使いのあいだで神格化されていること、ステラが人付き合いをほとんどしないで研究室に引き籠もっていることもあり、アナスタージという名前だけが一人歩きをしているような状況だった。

当然ジュリオは否定して回ったが、それは逆効果だと途中で気づいた。

ウルバーノが特級に相当する魔法をもう一つ生み出して隠しているという噂を、否定できる証拠を提示できないからだ。

私人としてのウルバーノはこういう人だった、子を授かってからは優しい魔法しか研究していなかったと説明しても、多くの者が信じないのだ。

そして、国王から欠本の噂を聞いてから二週間後。ステラに高価な魔道具を破壊した嫌疑がかけられ、一級魔法使いの身分剝奪の憂き目に遭うという事件が発生した。

図らずも、魔法省の不正調査とステラを守ることが完全に同義となった瞬間だった。

(ステラのために動くのは決まっている。……だが……)

やらなければならないことははっきりとしているが、手段には迷う。

すでに事件になってしまったから、今までのように裏から手を回して見守るなんてもはや不可能だった。

疑いを晴らす方法として、修復魔法が有効であるとわかっていた。

それなら唯一の使い手であるジュリオが表に出るしかないのだが、適当な理由がない。

(そもそも彼女は私をまったく信用していないはずだからな)

二年前に彼女を傷つけて以降も、宮廷内で何度かすれ違うことはあった。

「恋多き男」の噂は、きっと彼女も耳にしているだろう。

昔のように甘えて素直な笑みを見せてくれなくなったのは、ジュリオにとって望みどおりの反応だった。

案の定、ノッテを遣ってステラを呼び出せば、彼女は野良猫みたいにジュリオを警戒した。

二年前まで、ステラはこの世の中にはびこる悪意をなにも知らない、無垢《むく》な少女だった。ウルバーノを失い、ジュリオが離れたせいで、彼女は強制的に厳しい社会の中に放り込まれた。

警戒心が強くなり、たやすく人を信じなくなったのは間違いなくジュリオの愚行の結果だった。

ただそれはあくまで表面上だけであり、中身はなにも変わっていなかった。

再会した彼女は、傷つきやすく純粋なステラのままだ。

約二年間あからさまに遠ざけていたのに、誰よりも大切に思っているから守らせてほしい、などと言っても彼女が拒絶するだけだ。欠本の噂についても、話せばジュリオのほうが欠本目当てだと誤解される恐れがあったので、到底言えなかった。

(……今更誠実な男になろうとしても、一日二日で信頼を取り戻せるはずもないか)

調査報告会までに、どうにか彼女の協力者という立場を確保しなければならないジュリオは、ひとまず不誠実な男という設定を変えずに無理やり事件への介入をするしかなかった。

実際、ジュリオはステラが心を許してくれないことに安堵していた。嫌われたまま、彼女を取り巻く環境が安全なものになり次第、もう一度離れたほうがいいとも思っていたのだ。

まずは、不本意だが対価を提示して、ステラと一緒に過ごせる立場を手に入れる。

魔法省の組織的な陰謀から彼女を守る目的で、結婚を誓った相手であると堂々と宣言した。

研究ばかりにかまけている彼女の健康を管理するため、図々しくも生活に介入していった。

一緒に過ごすと、自分自身の中にある欲望が抑えられないことをひしひしと実感していく。

うぬぼれでなければ、ステラは傷ついたまま、それでもジュリオを想い続けてくれていた。彼女の反発は好意を隠すためにしか見えなかった。

ウルバーノの死に関わった自責の念は、相変わらずジュリオを苛み続けている。それでも、このまま二度と離れないように自分のものにしてしまいたいという望みが、だんだんと抑えられなくなっていく。

(真実を告げて、それでもステラが私を望んでくれるのならば……)

少なくとも、彼女から家族を奪った事実をステラに話さないままでは、再び信頼を得ることはできない。

すでに国王からは、ウルバーノの死の真相についてステラに話す許可は取ってある。

国内の不穏分子を片づけた時点で、身内にまで隠す必要などない。すぐにそうしなかったのは、ジュリオの弱さだ。

彼女を傷つけておきながら、彼女に憎まれる覚悟がない——弱い人間だった。

ジュリオはそれでも何度かあの日の真相を告げようとしたが、話すことそのものをステラに拒絶されてしまった。

距離を詰めようとすると、警戒して、けれども完全にはできずに流されてしまうステラ。

まだ自分だけが彼女の特別であるのだと自覚するたびに、このまま身も心も奪ってしまえたらとジュリオは切望するようになっていった。

(あぁ……もう手放すことなどできない……)

魔道具破壊事件が解決したあとも、ジュリオは積極的にステラとの親密さをアピールして、彼女を不当に貶める者や、逆に甘い言葉で近づいて懐柔しようとする者を牽制した。

それでステラを魔法省から排除しようとする者、欠本の噂を信じる者を抑えられるはずだった。

しかし予想外なことに、ジュリオがステラを特別な相手だと公言した結果、新たに嫉妬からの嫌がらせが始まってしまったようだった。

すべての悪意から遠ざけることはできないが、どうにか彼女を守り、ジュリオは少しずつステラからの信頼を取り戻している実感を得ていた。

ようやくステラにウルバーノの死の真相と、その後のジュリオの行動について打ち明けて、互いの想いが通じ合った。

あとは魔法省への捜査が終われば、ステラを取り巻く環境も少しは穏やかになると思っていた頃……。

「アベラルド公爵閣下。……ステラさんのことで大事なお話がありますの」

騎士団付きの魔法使いとの打ち合わせが終わったところで、近づいてきたブリジッタが小さなメモのようなものを無理やり押しつけてきた。

折りたたまれていた紙を開くと、のちほど魔法省の脇にある庭園で落ち合いたいというようなメッセージが書かれていた。

筆頭魔法使いの娘であるブリジッタは、魔道具破壊事件に直接関わっていたかどうかは定かではないが、ステラを罠に嵌めた側の人間だ。媚《こ》びを売るような瞳にジュリオは嫌悪感を抱く。

（この女はいったいなんなんだ？　……魔道具破壊事件のときに一度冷たくあしらったのに、なぜそれを忘れたかのような態度を取れる？）

あの日、ジュリオはステラを恋人として扱い、ブリジッタにもそれは伝わっていたはずだった。

それなのにジュリオがいつか自分のものになるかのような妙な自信が、この女の中には感じられる。

(寒気がするんだが……)

けれどジュリオは、彼女の中にある自信の根拠が気になった。

だから呼び出しに応じ、しばらく彼女に話を合わせることにした。

「お呼び立てしてしまい、申し訳ありません」

どこか媚びるような声色や視線、それから職務中だというのに漂うきついい香水のにおいがジュリオは大嫌いだった。

「ステラに関わる話なら、応じないわけにはいかないからな。……それでなんの用だろうか？」

あくまでステラのためだ、という部分をジュリオは強調しておいた。

「最近公爵閣下とステラさんが一緒に暮らしていると噂になっておりますわ。……わたくし、お二人のためにさすがによくないと危惧しておりますの」

(なにを言い出すんだ？　この女は……)

結婚の約束をしていることは隠していないのだから、二人が同棲している事実のどこが悪いのか、ジュリオにはわからなかった。

部屋を荒らされるという被害に遭ったのに、ステラをそのまま同じ場所に住まわせておくほうがよほど問題だ。

「どういう意味だ？」

「恋人関係にあるとほのめかしただけならばまだしも、そこまでなさると閣下が目的を果たされたあと……ステラさんがあまりにもかわいそうで。わたくしとしても心が痛むのです」

頬に手をあてながら首を傾げ、ブリジッタはステラを心配しているという演技をする。

ジュリオには女性関係で悪評があるから、ステラと親しい者がそう思うならまだわかる。けれど目の前の女はステラの友人ではなく、どちらかといえば敵だ。

とりあえずこの女の脳内では、ジュリオが打算でステラを恋人にしていて、用済みになったら捨てるつもりであるという物語が展開されているらしい。

一緒に暮らしていることに問題があるというのは、もちろんステラの貞操を気にして……というわけではなく、単純にこの女が許容できないということなのかもしれない。

「目的、とはなんのことだろうか……?」

「アナスタージの欠本……。六番目の魔法が公爵閣下のものになる日は、もうまもなくということになるのでしょう？　……フフッ」

そんな妄想をされていたことに驚いて、ジュリオが答えられずにいると、ブリジッタは彼女自身が描いた都合のいい筋書きが合っていたと思い込んだようだ。

すべてわかっているとでも言いたげな、ニヤリとした笑みに鳥肌が立った。

（欠本……だと？　それで私が欠本を手に入れたあとは自分が愛されるはず……なんて考えてしまっているのだろうか？　期待はずれだな。この女は大した情報を持っていない）

この女からなにか有益な話が聞けるかもしれないと考えていたジュリオとしては拍子抜けだった。

「……まもなく、というか……私はもう六番目の魔法を手に入れているつもりだ」

「あらあら、さようでしたか。それはおめでとうございます」

ブリジッタがとんでもない勘違いをしているのはわかったが、ジュリオは放っておくことにした。とにかくなんでも自分の都合のいいように解釈してしまうからどうしようもない。

「話がそれだけなら……すまないが、職務があるから今日のところは失礼するよ」

理解しようとしない者にわざわざ説明する必要性を感じなかった。

それに、彼女はもうすぐ魔法省の女王様ではいられなくなる。

魔道具破壊の件では、彼女の関与までは立証されなかったが、騎士団とガンドルフィ卿の捜査は水面下で進んでいるのだ。

彼女の父親である筆頭魔法使いの地位は確実に剝奪され、魔法省幹部の力で不当に高い評価を得ていた者は、後ろ盾を失う。

腐った人間が取り除かれたあとの魔法省で、我が物顔を続けられるはずもない。

ジュリオにとって、ブリジッタはすでに信頼関係を無理に維持する必要のない相手だ。

だからジュリオはそこでもう話をやめて、その場から離れた。

（一応、嘘はついていない。……六番目の魔法とはステラそのものを指すのだから）

ただ彼女を必要としている理由が、ほかの魔法使いとは大きく違っているだけだ。

欠本などジュリオには必要ない。そもそも強い魔法を創り出したいのなら自分の力ですればいい。

最凶の魔法使いと呼ばれたウルバーノの直系としての価値も、とくに求めていない。

ただ彼女がいろいろな感情を向けてくれて、――時々でいいからほほえんでくれたら、それだけでジュリオの心は満たされる。

「はぁ……無駄な時間を過ごした」

午後は騎士団長の執務室で書類仕事をして過ごす。

すると定時の少し前になり、ステラがノッテを呼び出す気配がした。

（ステラのほうからの呼び出しなんて、めずらしいな）

同じ宮廷内にいるのだから、ほんの少し待つだけでステラからの手紙を咥えた使い魔が戻ってくる。ジュリオはどんな用件が書かれているのか期待しながら、手紙に目を通したのだが……。

「買い物をしたいから一緒に帰れない、だと？」

そっけない文面にがっくりと肩を落とす。

けれど、恋人を束縛しすぎるのはよくないと思い、ジュリオは深く追及せずに職務を続けた。

普段より少し遅くまで書類仕事をしたあと、帰り際になってふと疑問が生まれる。

「……結局帰りは何時になるんだろう。買い物だけなら、夕食までには帰宅するんだろうか？」

これは束縛ではなく、あくまで同居人として必要な確認事項である。

ジュリオはそんなふうに心の中で言い訳をして、ノッテを彼女のもとへ遣ろうとした。

「ノッテ？」

「キュン……」

呼び出した使い魔の様子が明らかにおかしかった。ステラのところへ行けと命じても執務室の中をうろうろとするばかりで命令を実行する気配がない。

「もしかして、ペンダントの位置が特定できないのか？」

「ワン！　ワンワンッ！」

その必死な様子から、ジュリオの推測が当たっているのだとわかる。

（私の魔力が届かない場所……？）

相当強力な魔力封じがされているとしか考えられなかった。

ステラはただ買い物に出かけただけのはず。仕事の帰りに、そんな特殊な場所に立ち寄るなどという状況は想像ができなかった。

「ステラ……どこだ⁉」

ジュリオは走り出すのと同時に、迷うことなく索敵の魔法を展開した。

「宮廷はひとまず除外……ステラが手紙を寄越してから約一時間か。だったら、ここから二里の範囲に……」

多くの貴族――つまり強い魔力を持つ者たちが集まっているこの王都で索敵の魔法を使うのはかなりの消耗を強いられる。

王都の地図を頭に思い浮かべながら、ジュリオは自分の力が及ばない場所を探していく。

「……アナスタージ家、だと？」

大きな反応があったのは、かつてジュリオが暮らしたアナスタージ家だった。

「ミケーレ・アナスタージか！」

最初から気に入らなかった男だったが、ステラの交友関係に口出ししたくなくて放置していたのが仇《あだ》となってしまった。

ジュリオはアナスタージ家へ急行した。

◇　◇　◇

騎士団――つまりジュリオの部下たちにミケーレを引き渡したあと、ステラはジュリオとともに屋敷に戻った。

リビングルームのソファに座り、ジュリオからこれまでの経緯について説明を受けた。

国王とジュリオが魔法省の腐敗をどうにかしようと動いていて、もうすぐ幹部たちの何人かが罪に問われる見込みであること。ジュリオがステラに近づいたのは、欠本の噂が発端だったこと。けれど、彼自身が噂を信じていたからではなく、ステラを守るためだったこと、などだ。

ステラのほうも、図書室でミケーレから聞かされた話をジュリオに伝えた。

一応、それらの話には納得したのだが……。

「ちょっと、ジュリオ様……」

「……欠本関係で近づいてくる者が君に危害を加えるという想定をしていなかったのは、私の落度だ。怖かっただろう？　……二度とあんな目には遭わせない」

普通に話したいのに、ジュリオはステラを膝にのせ、背中から抱きしめる体勢で、無意味に耳元に顔を寄せながら会話をしようとする。

そんな状況だから、ステラはきっと内容の半分も理解できていないのだろう。

「わ、わかりましたから……も、もう放して。疑ったりしないから」

痛いほどわかったのは、彼がステラにとんでもなく執着している事実だった。

「いいや、ステラ。これからも私を疑ってくれてかまわない。私には君に疑われて落ち込む権利はないんだ」

声色だけは、心から反省しているという様子だった。するとステラの胸の中は、申し訳なさでいっぱいになる。好きな人を疑いたくなるのは、自分に自信がないからで、彼一人が悪いわけではないと思うからだ。

「いいはずないでしょう？　人を疑うのは……その人を信用していないってことです。それは、本当の愛じゃない。私は嫌です……変わらなきゃって思いました」

「それだけ不誠実な行動を、かつての私はしたんだから当然だ。疑っていい……それで私が君に失望することなど絶対にないから」

「でも――っ！」

信じてあげられなかったことを謝罪したいのに、ジュリオが急にステラの耳を軽く噛むせいでなにも言えなくなってしまった。

「ただ、弁解はさせてもらう……。君が誤解だとわかってくれるまでこうやって。何度でも」

耳元に吐息がかかる。ささやくような声でそんな宣言をした彼は、また耳を咥えて、ステラの思考を奪おうとする。

吸われたり、噛まれたり、舌で舐め回されたり――それは弁解とは言えない。

「これ、弁解じゃない。耳、食べないでっ！」

「言葉を間違えたようだ。……君が理解するまで言葉と態度で愛情を伝え続ける、でいいか？」

「わかった、から……。もう伝わった……の……」

ステラが疑うのはいいが、疑ったままであり続けるのは許してくれない。結局ジュリオはいつも一方的にステラを翻弄して離れられなくする、ずるい人だった。

「ぜんぜん伝え足りない。……キスをしようか?」

キスと聞いただけで、さらに鼓動が速くなっていく。

ステラは弱くて、自分に自信がなくて、結果として何度もジュリオを疑った。それでもキスをされると、ジュリオのぬくもりが感じられて安心できた。

今ならば、それが一時的な情欲ではなく、本当の愛情だったと信じられる。

「ジュリオ様」

顔を赤らめ、ためらいながら、ステラは身体の向きをおずおずと変える。

ジュリオの膝に座ったまま、どちらからともなく近づいて、唇が重なった。

触れるだけのキスは安心できるけれど、すぐにそれだけでは満足できなくなっていく。もっと口内の深い場所を探ってほしいのに、彼はなかなか来てくれない。

もどかしくなっても自分から求めるのはためらわれて、焦燥感に似た心地に支配されていった。

「……ふっ」

ステラのほうから求めてしまいそうになるすんでのところで、ジュリオの舌がそっと唇をこじ開けて侵入してきた。口内の柔い場所を探られて、舌を絡められただけで、ステラの心は昂っていく。頬が熱くて、心臓の音もうるさい。なにより頭がぼんやりとしてしまい、ジュリオがもたらしてくれる感覚でいっぱいになる。

自然と自らも舌を差し入れて、もっと彼と深く繋がりたいのだと行動で示すようになっていった。

「はぁっ、……あっ、――んん」

息が苦しくて、耐えきれずに唇を離すと、すぐにジュリオが追い縋ってくる。ステラには呼吸を整える暇すら与えられなかった。

ジュリオがキスを続けながら、ステラの背中や臀部、太ももに触れてくれた。優しく撫でられただけで、ステラの身体は震え、だんだんと敏感になっているのだと自覚させられた。

（……あぁ、これ……戻れなくなっちゃう）

キスすら最近知ったばかりだというのに、触れられるだけでこんなに感じてしまうのは、愛する人が相手だからだろうか。それともステラの身体が特別淫らだからだろうか。

もっと慎ましい女性でいたいのに、ステラはすぐに快楽に負けてしまう。

キスだけで彼と繋がったときを想像して、身体の奥から蜜が生み出されていくのがわかった。

ジュリオにも感じてほしくて、ステラは大胆に舌を動かした。やがて、競い合うようになり、唇の隙間から唾液がこぼれるのも気にならなくなっていった。

頭と下腹部にじんわりと快楽がたまっていく。ステラの意識が欲望だけに支配されそうになる直前、ジュリオの唇が離れていった。

「……やだ、……もっと……」

ギュッと引き寄せるようにして、ステラは続きをねだった。

けれど彼の指先がステラの唇に触れて、それを阻む。

抗議のつもりでじっと見つめると、彼はうっとりと満足げにほほえんでいた。

「ステラは本当にキスが好きなんだな。……でも、だめだ。抱きたい。……君だって繋がりたいだろう？」

ステラがキスに弱く、それをされるとすぐに戻れなくなってしまうとわかっていて、彼は貪るようなキスをしたのだ。

こんなにも理解してくれるのなら、抱いていた疑念をもっと否定してくれたらよかったのに——一瞬、そんなふうに考えて、ステラは自分のほうが間違っていると気がつく。

人を信じられないのは、ただの弱さだ。彼ははっきり愛情を伝えてくれていたのに、第三者の言葉のほうが正しいのではないかと思って、心が揺らいだステラが悪い。

「ジュリオ様……、愛されたいの。いっぱい……めちゃくちゃに……」

交わりは、ただ快楽を得るためだけにあるのではなく、愛情を実感できるものだとステラは知っていた。

「めちゃくちゃに……なんて言ったらだめだ。あとで悔やむことになる」

「……しない」

どれだけ壊されても、それがステラへの想いの強さを表すものならば怖くはない。後悔なんてするはずがなかった。

「私を理性的な人間だと勘違いしているんじゃないのか？」

「勘違いだと言うのなら、……教えて……。ジュリオ様をもっと……」

ステラは少しも勘違いなどしていない。

優しくて、頼りになって、悪いことなどなにもしない品行方正な王子様のジュリオが「ステラの兄」としての姿だったとちゃんとわかっている。今、ステラが知りたいのはこうやって触れ合うときだけ見せてくれる特別な——恋人としての彼だ。

「もう、どうなったって知らないからな……」

ブラウスのボタンがはずされていく。

ジュリオは器用で、ステラの服はあっという間に奪われて、バサリと床に落ちた。ブラウスもスカートも……下着さえも剝ぎ取られ、ステラは彼の前に生まれたままの姿を晒した。

「暗くしないと……」

まじまじと見つめてくる視線に耐えきれず、ステラはソファから離れ、明かりを消そうとした。けれどジュリオが強く手を引いて、それを阻んだ。

すぐにソファに寝かされて、愛撫が始まる。

「はぁ……っ、……ん！」

ジュリオが胸にむしゃぶりついて、もう一方の膨らみを包み込みながら強くこね回した。乱暴に思えるくらい最初から力を込められても痛みはなかった。それでも、性急な変化に戸惑いはある。

「あ……、あっ、……激しいっ」

ジュ、と胸の先端が吸い上げられると、そこがすぐに硬くなってしまう。そのまま舌先で転がすように舐め回されると、余計に敏感になり、もう自分ではなにもできなくなった。

「ほんと、弱いな」

「はぁっ、……うぅっ」

からかわれているとわかっているのに、今のステラには反論する余裕すらなかった。

ネチネチとした愛撫とキスに目が眩《くら》み、身体がとろけてしまう。

ジュリオは胸以外にもキスをして、柔肌に痕を残す。

それをされるとしばらく着られる服が減ってしまうからだめなのに、ステラはジュリオのものなのだと言われているみたいで嬉しくもあった。

やがてキスの場所が脇腹やへそのあたり――太ももへと移動した。

狭いソファの上で片脚だけが持ち上げられて、顔に似合わない無骨な指先がステラの秘部へと入り込む。

「くぅっ、……あ！」

はしたなく蜜に濡れている花園は、ジュリオの指を難なく受け入れた。

「中……熱くなって……トロトロだ」

「だって、……指ぃ……気持ちい、い……から。……ひっ！」

時々、ステラがどこで快楽を得ているのかを探るためなのか、内壁が指の腹で強く押された。

そのたびに体温がどんどん上昇し、汗ばみ、余裕を失っていく。

感じる場所に触れられると、ステラは思わず脚に力を込めて快楽をやり過ごそうとしてしまう。

けれどそれは、彼に弱点を教えているのと同義だった。おそらくすぐに達かされるのだ。

「……ステラ、ちょっと大人しくしていて」

最初からくたくたで、抵抗など一度もしていない。それなのに、牽制するのはどうしてなのだろうか。

意味がわからずきょとんとしているステラにきちんと説明することもなく、ジュリオが股ぐらに顔を埋めた。

「……嫌！　なにして……だめ……だめぇ、嫌なの……あぁっ！」

気づいたときには秘部に舌が這っていた。

不浄の場所でもあるのに、舐めるだなんてあり得ないと思ったステラは、彼の頭を必死に押して抵抗する。

けれど、非力なステラの力ではジュリオを押し退けることなどできなかった。

「ひぃ、あぁっ！」

最も敏感な花芽をチュッと吸われた瞬間、雷で打たれたかのような衝撃がステラの身体を苛んだ。

四肢がビクリと震え、自然と脚に力が入る。そうやっていないと意識が飛んでしまいそうな強烈な刺激だった。

「……気持ちいいはずだ。ほら、委ねて」

彼が言葉を発するたびに吐息が吹きかけられる。そのわずかな感覚すらたまらずに、ステラは大げさに反応してしまう。

「や、やだ……。だめ……これ……無理なの……耐えられ、な……あぁぁぁっ」

再び口淫が始まると、すぐに限界が近いのだと自覚させられた。

ぬるりとした舌が花芽を包み込み、押し潰す。指が膣《ちつ》に入り込んで、内壁を撫でている。

抜き差しされるたびに大量の蜜があふれて、ジュリオに喜びを伝えてしまう。

「私、もう……だめ……！　無理ぃ、あぁ、んんっ！」

背中を仰《の》け反《ぞ》らせ、つま先に思いっきり力を込めながら、ステラは達してしまった。後から後から快感が押し寄せて、どうあっても抗えない。ビクン、ビクン、と身体が震えて、少しも思いどおりになんてならなかった。

ジュリオがわずかに顔を上げ、ニヤリと笑った。たやすく彼の意のままになってしまう身体をばかにされているみたいだった。

「あ……あぁ……うっ、……はぁっ、はぁ」

そんな顔をしないで――抗議したくても息が苦しくて、ステラはなにも言えなかった。

昂りは増すばかりで、鎮まる気配が少しもない。だというのに、ジュリオは休息を与えてくれず、ジュプ、ジュプと指をステラの奥深くに差し込み、翻弄した。

「あっ、うぅぅ。……指、もう嫌、なの……ぅっ。早く……」

まだ繋がってもいないのに、体力は限界に近づいている。一方的に翻弄されるたび、ステラは自分の身体が彼のものになってしまったのだと知っていく。

けれど、それはステラの望むところではない。彼と対等だったことなど一度もないとしても、与えられるだけの関係に甘んじているのはプライドが許さない。

「早く、なに……？　ステラはどうしたい？」

挑発的な瞳で、ジュリオはステラを見下ろしている。

ステラは荒い呼吸のままよろよろと半身を起こした。

「……脱いでください。……繋がりたい……から」

羞恥心から消え入りそうな声しか出なくても、なんとか思いを言葉にする。

それなのに、ジュリオは素直に従ってくれなかった。

「ステラが脱がせて」

本当にいつからこんなに意地の悪い人になってしまったのだろうか。同時に以前よりもステラの心を揺さぶる存在になっている気がした。

ステラは挑発的な言葉に導かれるようにして、ジュリオのシャツに手をかけ、手間取りながらボタンをはずしていく。前をはだけさせたら次はトラウザーズだった。

羞恥心で時々手が震えて、耳まで真っ赤になる。きっとジュリオはそんなステラの心のうちをすべて見透かしてしまうのだろう。そう思うと目が合わせられなかった。

やがてトラウザーズと下穿きを少しずらしただけで、ジュリオの男根が露わになる。すでに硬くなっているのは、彼もステラを求めてくれている証だった。

「ジュリオ様……、これ……」

「あぁ。君が欲しくてたまらない。……ほら、私に跨がって……こうやって……」

ジュリオがステラを抱きかかえるようにして、膝の上に座らせる。再び向かい合わせの体勢に戻ると、潤った蜜口に男根をあてがった。

ステラが少しでも腰を落とせば、繋がってしまう状態だった。

無言のまま動いてくれないのは、主導権がステラにあるという主張だ。

「あ……うぅっ」

腰を浮かせているのも限界で、ステラは彼に導かれるままゆっくりと猛々《たけだけ》しい熱杭《ねつくい》を呑み込んでいった。自らこんなことをしてしまう自分の行動が信じられず、泣きたいほど恥ずかしい。

どんな顔をしているのか彼に見られるのも嫌で、ジュリオの背中に手を回し、強く抱きついた。

「いい子だ、ステラ。……動けるだろうか？」

「……そうしたら、ジュリオ様……気持ちいい？」

「最高に」

自分が気持ちよくなりたいからではなく、ジュリオにそうなってほしいからというのは言い訳じみていた。それでも、ジュリオが望んでくれるのなら、なんでもしてあげたいという気持ちは嘘ではない。

「……こう？　……あぁっ！　うまくできな……っ、……うぅっ」

膝を使って身体を上下させるだけならば簡単なはずだった。

けれど、引き抜くたびに内壁が擦られてピリッとするし、再び奥まで呑み込むと弱い場所が押し潰されて息ができなくなりそうだった。

ステラは強い刺激を避けたくて、緩慢な動きしかできなかった。

「焦《じ》らしているのか？　ステラにしては意地が悪いな」

熱い吐息をもらしながら、ジュリオが問いかける。彼からもだんだんと余裕が失われているのだとわかる。

「……違、う……違うの……」

じれったいのはステラも同じだった。中途半端な心地よさに悶《もだ》えて、おかしくなりそうだ。それでも本気で腰を動かすなんて、怖くてできそうもない。

「拙いな。そこが可愛いんだが……」

ジュリオが臀部に手を添えて、もっと激しく動けと促す。

「あっ、――んん！」

予想外に男根が奥まで入り込み、ステラの意識は一瞬飛んでしまった。

「ほら、もっと奥……好きだろう？　感じる場所にあてて……。あぁ、達ってしまうのが恥ずかしいのか」

「や……や、だ……。強い、から……あぁっ、あっ」

「気持ちいいだろう？　……見せて。……ためらう必要なんてない」

「だめ、だめ……っ！　すぐに来ちゃうから……っ、ゆっくりじゃないと……」

「達って。自分でいいところに押し当てて、達してしまう君が見たい」

男根が最奥にたどり着くたび、確実に高みに近づいている。達するのも怖いけれど、絶頂に至らないように耐えるのは苦しくてどうしたらいいのかわからなくなる。

そんなステラを見つめるジュリオの瞳は欲望の色をはらんでいた。彼に魅了され、ステラはだんだん、彼の言葉に従ってしまいたくなっていく。

自分で感じる場所を探りながら、身体を上下に動かすと目も眩むような快感がその身を支配した。

「ひっ、……あぁっ、ん。もう達して、……あぁっ、だ……め……我慢できな、い」

「我慢する必要なんて……。私も……今日は余裕がない……ほら……」

ステラにためらいが生まれるたびに、ジュリオの突き上げが激しくなって休む暇がまるでなかった。ジュリオの限界も近いのだろうか。しっとりと額に汗をかき、時々苦しげに息をもらしながら、ステラを揺さぶり続ける。

「……ジュリオ、様……」

「すまない、ステラ……ッ！」

絶頂を迎える直前、ジュリオは繋がったままの状態でステラを強引に押し倒し、再びソファに寝かせる姿勢を取らせた。

そのまま本気の抽送が始まった。

「……あっ、あぁぁぁっ！」

激しい水音が奏でられ、あっという間にステラは達ってしまった。視界が真っ白に染まるような感覚と同時に、これまでにないほど猛烈な快楽が全身を支配する。

ジュリオの謝罪は、ステラをめちゃくちゃにするという予告だったのだ。

達しているのに止まってくれず、それどころか激しくなるばかりだ。

「うぅっ、……壊れ……ちゃ……あぁぁっ」

ステラへの気遣いを一切忘れて、欲望をぶつけてくるジュリオは恐ろしい。けれどそんなふうになってしまうことに喜びも感じている。

自分が自分でなくなるような快楽と恐ろしさに溺れ、ステラの意識がドロドロに溶けきった頃、ジュリオが低いうめき声を上げながら精を放った。

「ステラッ、……あぁ、私の……」

狭いソファの上で覆い被《かぶ》さるような体勢で抱きしめられると、息が苦しい。けれど同時に嬉しくもあった。

この幸せな感覚をずっと味わっていたくて、ステラは目を閉じた。

「好き……なの……」

「知っている。想いを伝えきれていないのは……いつも私のほうだ」

額に優しいキスが施された。

迷ったり、疑ったりするたびに、こうやって抱きしめてくれたら——ステラはこれからも、自分の胸の中にある真実を見失わずにいられそうだった。

◇◇◇

ステラが関わった魔道具破壊事件を皮切りに半年のあいだ、魔法省は、二十名ほどの一級魔法使いが逮捕されるという前代未聞の事態に見舞われ、荒れに荒れた。

ミケーレは、ステラに対する誘拐と魔法の不正使用の罪で捕まった。また、筆頭魔法使いを含む上層部の半分ほどが魔法省の私物化か横領、口利きなどの罪で更迭されてしまった。

ブリジッタは、ステラに対して嫌がらせをし、筆頭魔法使いの娘であることを笠に着てやりたい放題していたのは確かだが、大きな罪は犯していないようだった。

それでも、面接試験でのあり得ない加点が遡って取り消しとなり、首席合格者という肩書きは奪われた。

魔法省の花形部署である騎士団付きから異動となり、地方都市へ飛ばされる辞令が出たのだが、それと同時に彼女は魔法省を辞めてしまった。

身内が捕らえられ、守ってくれる者のいない環境で、一人の魔法使いとして生きていく覚悟が彼女にはなかったのかもしれない。

環境が改善されてもステラのやるべきことはこれまでとなんら変わらない。

ステラはこの日も番人のノルマを達成してから研究に勤しんでいた。

研究室にはめずらしくジュリオもいた。今日は新しく着任したばかりの筆頭魔法使いとの会議があり、その帰りにステラのところへ寄ってくれたのだ。

「ジュリオ様、見てください。文字情報の圧縮魔法……。ようやくまとめられそうです。通信用魔道具の基礎となる魔法だけで特級の認定はさすがに無理ですが」

「今の筆頭魔法使いガンドルフィ卿なら、少なくとも公平な目で評価する場を設けてくれるはずだ」

内部のゴタゴタがだんだんと終息に向かっていた頃、新しい筆頭魔法使いが選出された。

筆頭魔法使いガンドルフィ卿は、魔法省出身者ではないものの、誰でも一度はその名を聞いたことがあるはずの有名な人物だ。

彼が活躍していた頃を知っている二十代後半以上の魔法使いたちが認めているため、魔法省全体としてこの人事に大きな反発はなさそうだった。

「ジュリオ様は随分とガンドルフィ卿を信頼されているんですね？」

「まあ、もう一人の師でもあるから」

一人目の師はおそらくウルバーノで、騎士になったばかりの頃に師事していたのがガンドルフィ卿なのだろう。

本人はなにも言わないが、この人事に関してはジュリオが強く後押ししたという噂だった。

ジュリオが認めている人物ならば、きっといい方向に変わっていけると素直に思える。

「ところでステラは、本当に他部署への転属を望まないんだろうか？」

「ええ、いろいろ考えたんですけれど……」

ステラは、ブリジッタに代わり二年半前の試験での首席合格者となった。

首席合格者は本人の資質にもよるが、騎士団付きなど出世が見込まれる部署に配属されるのが慣例だった。

すでにガンドルフィ卿から、異動願を出すならばどこでも受け入れると言われていたが、ステラは打診を断っている。

「筆記試験も模擬戦闘もトップだっただろう？　私としては騎士団付きへの転属はやめてほしいと思っているが、研究主体の部署がいくらでもあるはずだ」

ジュリオが騎士団付きへの転属を勧めない理由は、ステラがまるきり戦闘に向いていないからだ。試験のときに、ステラが模擬戦闘で勝てたのは、試合における制限が極端に有利に働いた結果だった。模擬戦闘では開始時間も戦闘区域も決まっていて、相手が一人しかおらず、罠もないとわかっている。その場合、戦闘開始と同時に強固な結界を構築し、遠距離攻撃のみを行えば、絶対に負けない。同じ戦い方を実戦でやったら、敵に逃げられて終わるだろう。

騎士団付きは論外だが、せっかく一級魔法使いになったのなら、もっと活躍が認められる部署に異動したほうが、ステラの発言力が強まり、研究内容が認められる可能性が高まるのではないかと考えたことはある。

少しも迷わないほど完璧な人間ではないけれど、やはり今の仕事も大切だという気持ちが強い。

「私、これでも番人のお仕事が好きなんです。王都の人々のためにある結界を維持するって生活魔法の理念と一緒ですから」

「なるほど、ステラらしい。……主要結界維持の仕組みは君の研究と基本的な部分が似ているから、それも悪くないだろう」

ジュリオはなぜかステラの頭に手をあてて、ポンポンと軽く撫でる。

ちょうどそのとき、誰かが研究室の扉をノックした。

「ティローネ先輩、ちょっと質問――が……」

ステラが入室の許可を出す前に、後輩二人がひょっこりと顔を出し、そして途中で固まった。

今年『王都主要結界維持管理部』に配属となったのは、男女一人ずつで、二人ともステラよりいくつか年上だけれど、ステラのことを先輩として一応敬ってくれている。

べつにやましいことをしていたわけではないというのに、頭を撫でられているところを見られたステラは動揺し、ジュリオを思いっきり遠ざけた。

ジュリオは肩をすくめたが、それ以上ステラにちょっかいを出し続けることはなく、少し離れた場所から見守ってくれるつもりのようだ。

「た、た……大変失礼いたしました！」

なんの心構えもなしに高位貴族と顔を合わせてしまった後輩たちはあからさまに動揺し、声を震わせながら謝罪をした。

「私が勝手にステラの研究室にお邪魔しているだけだから、気にしないでくれ」

そんな言葉で後輩二人の緊張がほぐれるはずもない。

カクカクとした動きで一応頷いているものの、真っ青な顔をしていた。

「なにかあったんですか？」

ステラは立ち上がり、二人のそばに歩み寄る。

いつまで経っても用件を言わないというのも問題だと思ったのだろう。女性のほうが気まずそうにしながらも話しはじめた。

「ええっと……『フェンリルの髭』の一部にうまく魔力が流れていないという報告があって、調査してきたんですが悪い部分が見つからなくて」

彼女の語る『フェンリルの髭』とは、この王都中に魔力を流す主要結界維持に必要な装置の一つだ。

「断線かしら？　わかりました。じゃあ、現地に行ってみましょうか」

「いいんですか!?」

こんなふうに、ほかの魔法使いから頼られるようになったのはここ最近のことだからまだ慣れず、ステラは少々照れながら頷いた。

これまでは、ステラと関わると筆頭魔法使いのテオダート家ほか、幹部たちに目をつけられる可能性があったため、同僚は誰も近づいてこなかった。

ステラとしても、仮に親しい人ができたら、その人物がステラの道連れになって不利益を被るのも嫌だし、さらっと離れていくような状況にも傷つく。

誰かと親しくなって得をすることなど一つもないから、意識して誰とも親しくならないようにしていたのだった。

「いいんですか？　でも、公爵閣下がいらしているのに」

「職務ですから、気にしないでください。……そういうわけで、ジュリオ様。私はもう行きますから」

「ああ、私も騎士団に戻るよ。でもその前に、今日の夕食、なにがいいかだけ教えてくれ」

さすがは元王子というキラキラの笑顔で、所帯じみた質問を投げかける。

「……な、な、なんだっていいです！　もう行きましょう」

ステラが好き嫌いをせず、ジュリオと一緒に作ったものならなんでもよく食べることくらい、彼は重々承知だろう。それなのに今日に限ってたずねてくるのは、「私たちは一緒に暮らしている」というアピールのためだ。

ジュリオはそうやって、ステラと関わる人間全員にわざわざ牽制する困った人になってしまった。

ジュリオから逃れ、魔法省の廊下を歩いていると後輩の一人がニヤニヤと意味ありげな視線を向けてきた。

「先輩ってめちゃくちゃ愛されてますね」

「……仕事！　仕事しましょう」

彼に愛されていることなど、自分が一番よくわかっている。

あんなに疑心暗鬼になっていた頃が嘘みたいに、ジュリオを信じられるようになったのは、彼がステラ本人にだけではなく、周囲にまで誰を特別に想っているかを主張し続けてくれるせいだろう。

(夕食まで頑張ろう……)

帰る居場所があるから、ステラは今日も迷わずに前へ進めるのだ。

それから数年後、『魔道具を用いた通信魔法』が生活魔法としては初めての特級認定を受けることになった。

魔法の開発者はステラ・アベラルド。そして、彼女の研究を支えた者として、ジュリオ・アベラルドの名も隣に記されていた。

番外編　もう一つの約束

魔法省の体制が刷新された頃、季節はいつの間にか秋になっていた。

ステラが公爵邸の図書室で学術書を読みながら研究に勤しんでいると、ティーセットを持ったジュリオがやってきた。

朝食を終えてから三時間。少しだけ小腹が減る時間だった。

「いい茶葉と最高級のチョコレートが手に入ったんだ。ちょっとだけ休憩しよう」

「そうですね……。ありがとうございます」

ステラは栞を挟んでから本を閉じ、それらをテーブルの端のほうへやった。

静かに置かれたポットからは、すでにすっきりとした香りが漂っている。

ジュリオは丁寧な手つきで紅茶を注ぎ、ストレートのままステラに差し出した。

「ふぅ……。ジュリオ様のいれてくれる紅茶、とてもおいしいです」

ジュリオは紅茶にこだわりがあるようで、キッチンには常に十種類くらいの茶葉が用意されている。その日の気分や一緒に食べるお菓子の種類によって、茶葉も飲み方も変えているらしい。

「そう言ってもらえて嬉しいよ」

チョコレートが甘くて口の中に残りがちだから、今日の紅茶はすっきりとした香りのものが選ばれている。

口の中が甘さに飽きた頃に紅茶を飲み干すと、もう一欠片チョコレートを摘まみたくなる。

ステラは紅茶に砂糖やミルクを入れて飲むほうが好きなのだが、好みを知っていながらジュリオがあえてそのまま差し出したのは、チョコレートとの相性を考えてのことだ。

（疲れがどこかへ飛んでいくみたい……）

一息ついたあと、ステラは妙な罪悪感を覚えた。

午前中からお菓子を食べてまったり過ごしているこの生活のどこに問題があるのか――自分の心に問いかけてみる。

（まずいわ……。私、今日……読書以外なにもしていない）

休日の前夜になると、ジュリオはかなり激しくステラを抱いて離さない。

騎士のジュリオと研究職の魔法使いのステラでは体力が違うのだ。ジュリオに求められた翌日は倦怠感《けんたいかん》がひどくて、つい朝寝坊をしてしまう。

そのせいもあり、起きてから午前のお茶の時間まで、ステラは本当に読書以外なにもしていない気がした。

ジュリオと一緒にいると、ステラは三食おやつ付き研究し放題という生活を甘受するだけの人間に成り下がりそうだった。

一人で暮らしていた頃は、研究以外のことをしなかったつけが自分の身体に返ってきていた。

食事をしなければ体力を失うし、掃除や洗濯をしなければ不潔だし――という具合だ。

ジュリオと暮らしていると、ステラがどんなにだらしのない生活を送っても、彼が身の回りのことをすべて代わりにやってしまう。

そんな環境にいるからいっそう堕落するのは当たり前だった。

「難しい顔をして、急にどうしたんだろうか？」

ティーカップを持ったままステラが猛省のために動けずにいると、ジュリオが顔を覗き込んでくる。

「なんでもありません」

とりあえず、あと少ししたら昼食は率先して作ろうと決意して、カップに残っていた紅茶を飲み干した。

「ところで、ステラ。ちょっと見せたいものがあるんだが」

休憩時間もそろそろ終わりという頃になって、ジュリオがそんなことを言い出した。

「……見せたいもの？　私に？」

彼はどこか嬉しそうな、なにかをたくらんでいそうな顔で頷く。

こういうときの彼を、ステラはなんとなく警戒してしまう。

「相変わらず信用がないな……私は」

また顔に出ていたのだろう。ジュリオが悲しそうにするから、ステラは慌てた。

「違います！　ジュリオ様のことは信じています。……なんというか、昔は私を困らせることなんてしなかったのに、今は困らせたり、からかったりして。……でも、本気で嫌なんじゃなくて……私のほうが、なかなか変われなくて……」

主にステラが困るのは、ジュリオが恋人同士の距離感になろうとしたとき、それからステラをかまいまくって過剰なほどの愛情を伝えてくるときだ。

それがとにかく恥ずかしくて、つい逃げ出したり、嫌がる素振りを見せたりしてしまう。

「あ……あの……」

彼を悲しませたくなくて、ステラは彼に抱きついた。

不器用なステラにできることは少ない。以前彼は、ステラがジュリオを疑いたくなるのは仕方がないことだと言っていた。ステラのほうもよく彼を拒絶したり、素直ではない言葉を口にしたりしているのに、彼は少しも誤解などしない。

本音をすべてわかってくれる彼に対し、ステラのほうも歩み寄りたかった。

「あぁ……普段ひねくれているからこそ……、この瞬間がより愛おしく感じるんだろうな」

歓喜のため息と同時に、ジュリオはギュッと抱きしめ返した。

しばらくなにも言わずに互いのぬくもりを感じる。そのうちにいつやめたらいいのかわからなくなって、じっとしているのが難しくなってしまう。

やがてステラはぎこちない態度で顔を上げた。

「もう終わり？」

ジュリオは残念そうだった。

「……だって、なにか見せたいものがあるって言っていたでしょう？」

「そうだった。ステラ、おいで」

ジュリオは立ち上がり、ステラを図書室から連れ出した。彼が見せたいものは、どうやらジュリオの私室にあるらしい。

扉を開いたジュリオは、そのまま部屋の奥まで進み、クローゼットに近づいた。

「じつは、新しいドレスを作っておいたんだ」

「えぇ？　私、困っていませんよ」

大げさな身振り手振りで、ステラはつい遠慮してしまった。

ステラの部屋にあるクローゼットの中にはジュリオが用意してくれた服がたくさんかかっている。仕事に行くときのためのもの、ちょっとしたお出かけ用のものなど、まだ袖を通していないものもある。新しい服など必要なかった。

過度に甘やかされると、自分が調子に乗ってますます堕落してしまわないか心配になる。

「そう言うとわかっていたから勝手に用意したんだ。……普段着ではなくて、宮廷舞踏会で着る夜の正装だから絶対に必要だ」

「宮廷舞踏会⁉」

ステラは思わず聞き返してしまった。

国王主催の宮廷舞踏会は、社交シーズンの始まりとなる冬に一度、建国記念の日に一度、毎年二度開かれている。

現在の季節は秋だから、次の宮廷舞踏会は約二ヶ月後だ。

宮廷内の魔法省に務めているステラだが、舞踏会などというものは、自分には縁のないものという認識でいた。

むしろ、その日は緊急時に魔道具を使うための人員として、必ず夜勤を命じられるから面倒で仕方がなかった。

「ああ。兄上も君に会いたがっているし、私としては、以前に交わした約束を守りたいからね」

「国王陛下が……私に？　お……恐れ多くて」

ジュリオにとっては実の兄だから、あちらが求めているのなら確かに挨拶をするべき相手ではあるものの、ステラにとっては雲の上の人物だ。なんだか尻込みしてしまう。

「そんな、名前を聞いただけで真っ青になったなんて知ったら、兄上は傷つくよ。君自身、最年少で一級魔法使いになったんだ。宮廷内で一定の地位にある者は国王陛下への拝謁が許されているんだから、緊張する必要はない」

「うぅっ」

そもそもそれが国王の命令であるのなら、ステラには断る権利がない。

「国王としてではなく、私の兄として君に会いたがっているだけだから、本当に心配しなくても大丈夫だ」

それこそ余計に重たい――と、ステラはつい思ってしまった。

「ところでステラ、私としては兄上よりも昔の約束のほうに注目してほしかったんだが」

彼はかなり不満そうだった。

国王に拝謁するかもしれないということが衝撃すぎて、ステラはそのあとのジュリオの言葉をまともに聞いていなかった。

「……え、ええっと……私とジュリオ様の約束に舞踏会なんて関係ありましたっけ？」

ジュリオがアナスタージ家から出ていく直前、二人は結婚の約束をしている。

彼がそれを守るつもりでいることは、ステラとしてもわかっていた。

けれど、舞踏会とは結びつかない。

するとジュリオが大きなため息をついた。

「一つは君が大人になったら結婚するという約束。……もう一つは王子様と舞踏会でダンスを踊るという約束だ。もしかして、忘れてしまったのか？」

ステラはしばらく考え、必死に思い出そうと試みた。

記憶力はいいほうなのに、そんな話をした過去の自分が思い出せなかった。

「舞踏会……？　私とジュリオ様が？」

ジュリオはコクンと頷いた。

「初めて会った日に見せてくれた、金髪の王子様の絵……私はよく覚えているんだが？」

「初めて……会った日……？」

それでようやく、そのときの記憶が微《かす》かに蘇ってきた。

当時のジュリオがたまたま愛読書に出てくる王子様にそっくりだったため、ステラは出会って早々らくがきを見せた。

確か、そのときに舞踏会の話をしたのだ。

ただし、あれはステラにとって、彼と一緒に過ごした数年のあいだに数え切れないほど交わした会話の一つにすぎない。

ステラとしても必ず叶えてもらえる約束だなんて、思っていなかった。

「そ……そんな黒歴史……呼び覚まさないでください」

当時のステラは曲がりなりにも伯爵令嬢で、ジュリオは正真正銘の王子様だったのだ。

特別な相手でなくても社交界に出ればダンスくらいは踊っただろうから、叶わない夢ではなかった。それでも、自分をお姫様に見立てて描いたらくがきの話など、今更蒸し返さないでほしいと切実に願う。

十代前半の少女なら、誰しも「王子様とダンスをする」なんて妄想くらいするはずだ。

わざわざ下手クソな絵を初対面の相手に見せてしまったのは、ステラが世間知らずだったせいだと今ではわかっている。

「難しい本を読んで、随分とませた子だと思ったら子供っぽいところもあって。……本当に可愛かったなぁ……昔のステラ」

「忘れました！　そんなに意地悪を言うのなら、私だってジュリオ様の恥ずかしい過去をたくさん知っているんですから」

ジュリオに対する好意を一切隠さなかった頃の自分自身を思い出すと、ステラはどうしても羞恥心に苛まれる。

今の、ことあるごとに彼に反発する態度が好きなわけではないのだが、素直だった時代が可愛かったなどと言われたら、おもしろくはなかった。

意地になっていいことなど一つもないのに、つい彼のからかいに張り合ってしまう。

「私には、恥ずかしい部分なんてなにもない」

自信満々の笑みに騙されてはいけない。

ジュリオならば、ステラにそう思い込ませるためにしれっと嘘をつくことなどたやすいはずだ。

「ありますよ！　た……例えば……そう……夜眠れなくて、手を握ってほしいってお願いされました。あのときのジュリオ様は、十七歳でしたよね？」

当時のステラは、就寝前に彼の頭を撫でたり、少しのあいだ手を握ったりして、彼がよく眠れるようにおまじないをしていた。

少年から青年に変わっていく年頃だというのに、年下の女の子に寝かしつけをしてもらっていたという事実は、今の彼にとって恥ずかしい思い出のはずだ。

もちろん、彼の不眠症には重い原因があったのだと知っているが、先にからかってきたのはジュリオのほうだから、遠慮など必要ない。

「……それは結構恥ずかしいな」

「そうでしょう！　あんまりしつこいと、この話……拝謁が叶ったときに、国王陛下に教えちゃいますよ」

ジュリオはしばらく無言で、何度か首を傾げながら考え込んでいる。

この話を国王が知ったときの反応を想像しているのだろうか。

「……きっと兄上に話したら、『そんなに幼い頃から弟を支えてくれていたなんて！』と涙を流して世間に広めるだろうな。私と君が昔から特別な関係だったと貴族たちに触れ回るいい機会として」

「うっ」

「ついでに不眠症の私のために、ステラが一生懸命魔道具を作った話は、私が広めておこう」

結局ステラは、どうあってもジュリオに言い負かされてしまう。

おそらく面の皮の厚みにだいぶ差があるため、彼に挑むことそのものが無謀なのだろう。

そのうちに、やたらと機嫌のいいジュリオがクローゼットを開ける。

彼が中から取り出したのは、淡いピンクと白のレースを合わせたドレスだった。

（ピンクのドレスって……昔描いた、らくがきの……）

もちろん色合いは今のステラの年齢に合う、少し落ち着いたものだった。ドレスのデザインについてはよくわからないステラだが、なんとなく流行を意識していそうだ。

「私、このドレスを着て、宮廷舞踏会に行くんですね……」

王子様と踊りたいと言っていたことは恥ずかしくて忘れたいが、華やかな舞踏会に行ってみたいという気持ちは、今のステラにもまだ残っている。

パートナーがジュリオなら、特別な一日になると約束されている気がした。

「気に入った？」

「……はい。ありがとうございます」

ステラはジュリオからドレスを受け取って、軽く身体にあててから踊る真似をしてみた。

少し左右にステップを踏むだけで、ふわりとした裾が揺れる。なんだか楽しくなってしまって、その場でクルクルと回る。

「というわけだから、食事のあとはダンスのレッスンをしてくれ」

「え⁉」

ジュリオのその言葉で、ステラは一気に現実に引き戻された。

「いや、当然だろう」

「……そうかも……そうですね……」

一応ステラもダンスくらい習ったことがある。研究第一主義のアナスタージ家は少々ほかの家とは違っていたが、伯爵家だったのだ。

おそらく、父が健在だったら十六歳の冬に社交界の仲間入りをしていたのだろう。

父が教えられない手習いに関しては、定期的に専門の教師を招いて習っていた。十五歳の頃、ジュリオと一緒に練習したこともある。

けれど、ステラは元々身体を動かすのが得意ではないし、数年踊らなかっただけでダンスなんてすっかり忘れてしまっている。

二ヶ月で取り戻せる自信が、今のステラにはなかった。

「私も付き合うから、頑張ろう！」

ジュリオは笑顔だが、絶対に逃がさないという圧も感じられた。

それからの二ヶ月。ステラは魔法省の職務に研究、そして宮廷舞踏会に向けての準備で忙殺されることになった。

しかし、相変わらずジュリオに世話を焼かれてばかりだったため、弱音なんて吐けなかった。

そうして、宮廷舞踏会の日までに、多少ぎこちないながらもどうにか間違わずにステップを踏めるまでに成長した。

◇　◇　◇

宮廷舞踏会の日、ステラの身支度は昼食を食べてしばらくしてから始まった。いくら器用なジュリオでも、ステラにドレスを着せることは難しい。この日は、筆頭魔法使いガンドルフィ卿の伝手《つて》で臨時のメイド三人に来てもらっていた。

三人とも、ステラからすると親世代という年齢のメイドで、とても手際がいい。

人に仕えてもらうということに慣れないステラは、借りてきた猫のようになりながら、メイドたちに促されるまま準備をしていった。

まずは風呂で肌を磨き、コルセットを身につける。元々細身だから気分が悪くなるほど締めつける必要はないのだが、胸のあたりにこっそり詰め物をされたのは屈辱だった。

夜の正装、綺麗に結った髪、そして化粧——熟練のメイドがてきぱきと進めているのに、支度が完了するまで、軽く二時間以上かかってしまった。

その甲斐あって、鏡に映るドレス姿のステラはなかなか素敵なレディになっていた。

「別人みたい」

メガネをはずしているせいで、全体像を見ようとするとぼやけてしまうのが残念だが、仕方がない。しばらくいろいろな角度から姿を確認していると、支度部屋にジュリオがやってきた。

「思ったとおり、最高に可愛らしいな」

ステラの背後に立ったジュリオが、鏡越しにほほえんだ。

彼の反応なんて最初から予想がつくのに、実際に言われるとどうしてもステラの顔は真っ赤になってしまう。

「……ありがとうございます。ジュリオ様も……王子様みたいです。……いえ、本当に昔は王子様だったからこんなことを言うのは変ですけれど……」

ジュリオの服装は騎士の礼装だ。

普段より飾りが豪華になっていたり、髪型がかっちりしていたりと、細部の違いだけでかなり印象が変わっていた。

「さあ、お手をどうぞ」

「……はい」

ステラはゆっくりと差し出された手を取った。

踵《かかと》の高い靴を履いているせいで、普段よりも彼に近づいている心地になった。

公爵家の馬車に乗り込み、夕暮れの街を眺めながら宮廷へ向かう。この時間、普段なら仕事を終えて宮廷から屋敷へと帰る頃だ。

反対方向に進んでいるというだけで、なんだか新鮮だった。

宮廷に近づくと、端のほうに普段ステラが働いている『王都主要結界維持管理部』管理棟が見えた。

警備に必要な魔道具を動かすため、管理棟には何人かの番人が詰めているから、窓から明かりがもれ出ていた。

これまでのステラなら、「平民のあなたには縁がないんだから」という理由で、今頃あの場にいたのだろう。しかも、通常の勤務からそのままの流れで夜勤までしていた。

「……私、本当に仕事を休んでよかったんでしょうか？」

ステラは、管理棟に灯された明かりをぼんやりと眺めていた。

半年前までの感覚のほうがおかしいとわかっているのに、同僚が働いている中で舞踏会を楽しもうとしていることに罪悪感が湧いてくる。

するとジュリオが大きなため息をもらす。

「当たり前じゃないか。こういうのは平等に負担するべきだ。毎度ステラだけが面倒事を押しつけられていいはずがない。だから、堂々と楽しみなさい」

そう言って、彼はステラの顎に軽く手を添えて、無理やり視線を変えさせた。

外の景色ではなく、こちらを見ろという主張だった。

ステラは彼の瞳の中に自分が映っていることが恥ずかしくて仕方がなかったが、目を逸らすと意識しているのがまるわかりだから、動けずにいた。

「せっかくの口紅が取れてしまうから、キスはやめておこう」

ステラをからかうような言葉と笑い方が眩しくて、思わず魅了されてしまう。もうこういう関係になってから随分経つというのに、移動のあいだずっとドキドキしたままだった。いつになったら慣れるのかと、ステラは途方に暮れた。

そんな苦難を乗り越えて、二人を乗せた馬車は宮廷の入り口を過ぎ、舞踏会の会場の前までたどり着いた。

長く広がりのあるドレスの裾が引っかからないように馬車から降りるのは、なかなかにコツがいるものらしい。

「あっ！」

慣れないステラは体勢を崩すが、当然先に降りていたジュリオが支えてくれたから、ドレスが汚れることはなかった。

「気をつけて」

「はい。ありがとうございます」

完璧な立ち居振る舞いのジュリオにエスコートされるのにふさわしいレディでありたいのだが、まだまだのようだ。

けれどそれしきのことで落ち込んでいてはいけない。ステラはピンと背筋を伸ばして歩きはじめた。

会場となる舞踏室にはすでに多くの貴族たちが集まっている。

ジュリオがとにかく目立つせいで、そこに足を踏み入れた瞬間にステラまで注目を浴びた。

二人の関係はすでに広く知られているから今更驚く者はいないようだが、ステラがどんな女性か、値踏みするような視線はあった。

「あの令嬢が最凶の魔法使いの……」

「なんでも最年少の一級魔法使いなんですって」

「あれが一級魔法使い？　どこにでもいそうな子に見えるわ」

そんな声が聞こえてきた。

「さて、ステラ。私と踊っていただけますか？」

作法どおりの軽いお辞儀をしてから、ジュリオはステラの正面に手を差し出した。その手を取れば誘いに応じたことになる。

「喜んで」

ステラは軽く会釈をしてから、ジュリオの手に自らの手を重ねた。

最初から一緒に踊ると決まっているのに、わざわざ舞踏会の手順に従っているのは、なんだか仰々しい。

おそらく彼は、ステラが昔好きだった物語に出てくる王子様をできるだけ再現してくれているのだろう。

嬉しいと思う気持ちと気恥ずかしさが混在して、少しも冷静ではいられないから、ステラの動きはぎこちないものになっているかもしれない。

ホールの中央へと向かう途中、ジュリオが急に真剣な顔になった。

「ステラ。知っていると思うが、……私はこれまで、誘われたら誰とでもダンスを踊ってきた」

ジュリオが華やかな噂の多い人だったことも、そのすべてが事実ではないことも、ステラは彼から聞かされているし、一応納得しているつもりだった。

「知っていますし、気にしません。……って、そんな捨て犬みたいな目で見ないでください」

なぜかジュリオがショボンとなってしまう。

ほかの女性と踊ったなんて許せない——と言わなければならなかったのだろうか。ステラはそんな面倒な人間ではいたくないと思う。

「いや、なんというか……本当に気にしてないみたいだから」

ステラは首を横に振って彼の言葉を否定した。

過去、ジュリオがわざと美しい令嬢との関係を匂わせたとき、ステラがどんな反応をしたのかを思い出せば、「気にしない」が、ただの強がりだとわかるはずだ。

「私だって独占欲みたいな気持ちも……醜い嫉妬心も……たくさん持っていますよ。でも今は、ジュリオ様を信じているから……」

気にしないというよりも、これから先の二人の関係を優先したいというのが本音だった。

ジュリオはその説明で納得したようだ。

「じつは、同じ相手と二度続けて踊ったことはないんだ」

「そうなんですか？　意外ですね」

社交界でそれをしたら、二人が特別な関係という意味になる。昔は王子様――ジュリオとダンスをしたいと夢見たステラだから、それくらいは知っていた。

「だから、今夜は……」

続く言葉がなくても、期待で胸が高鳴った。

そこまで話したところで、急にあたりが静まり返った。最初の曲が始まる気配を皆が察したのだろう。

二人の会話もそこで終わり、やがて聞こえ出した三拍子の優雅な演奏に合わせて、ステップを踏み出す。

ステラはお世辞にもダンスがうまいとは言えないはずだが、さりげないジュリオのリードがあるから自信を持って踊ることができた。

ターンをするたびに、ジュリオの背後がきらめく。

だんだんと、物語の中にでも迷い込んだのではないかと錯覚するようになる。周囲の視線が気にならなくなり、二人だけの世界に浸った。

夢見心地のまま最初の曲が終わりを迎える。

もっとこの時間が続けば――ステラはつい、名残惜しいと感じてしまう。けれど、先ほどの話の意味を考えれば、この楽しい時間が続く予感もあった。

「まだ、離したくないな。いいだろうか？」

ジュリオは動かず、そんなふうにステラを誘った。

「……はい。お願いします、ジュリオ様」

ステラがそう言うと、彼はとびきりの笑みを向けてくれた。

再びそばにいるようになってから、ジュリオはそれまで隠していたいろいろな面をステラに見せるようになった。

笑い方も、皮肉めいていたり、なにか裏がありそうだったりと、随分と変わったのだが、今の笑みは昔の彼そのままだった。

三曲目が終わる頃、早くもステラの体力が限界を迎えた。

息が上がるほどの激しい動きをするわけではないけれど、慣れない靴でステップを踏むのはかなり身体に負担がかかるらしい。

それを察したのか、ジュリオはダンスの輪から離れるように促した。

「そろそろ兄上に会いに行こうか」

舞踏室には、国王夫妻のための席が用意されている。

夫妻はダンスには参加せず、この舞踏会で大人の仲間入りをした若い男女や、重鎮たちからの挨拶を受けていた。

ステラとジュリオも頃合いを見計らい、国王夫妻のいる場所へ近づく。

高貴な人物に拝謁を願うのも、好きな相手の家族に会うというのも、どちらも緊張するものだ。

気づけば、歯がカタカタと小刻みに震え、手の内側が汗ばんでいた。

それでもステラはどうにか手順どおり、国王夫妻の前まで歩み出て、その場でお辞儀をした。

「ジュリオよ、随分と機嫌がよさそうだな？　早くそちらのレディを紹介してもらえないか？」

「はい、兄上……」

ジュリオに促され、ステラはわずかに顔を上げた。

「お初にお目にかかります。ステラ・ティローネと申します、国王陛下、王妃陛下」

「陛下だなんて、お義兄《にい》様と呼んでくれてもいい」

国王はおどけて片目をつぶってみせた。

ステラが想像していたよりも、なんだか気安い人だった。

「兄上、ステラにとって『兄』という呼称は、かつて私を指すものでしたから、ご遠慮いただきたい」

すかさずジュリオが牽制する。

彼は恐れ多くも国王をにらみつけて、なんだか兄弟喧嘩でも始めてしまいそうな勢いだった。

「そなた、相変わらずウルバーノ殿の忘れ形見のこととなると、とんでもなく狭量だな」

国王は肩をすくめ、ただ笑っていた。

隣に寄り添う王妃も、扇子で口元を隠しながらまなじりを下げているから、この兄弟はいつもこんなやり取りをしているのだと察せられた。

「ステラ嬢。一級魔法使いとしての今後の活躍に期待している。……それから、これは国王としてではなく、ジュリオの兄としての願いだが、これからも弟を頼む。隣で支えてやってくれ」

「はい……。国王陛下のご期待に添えるよう、精一杯努めます」

多くの者たちからの挨拶を受けなければならない国王夫妻との会話はすぐに終わる。

それでも、国王が発したジュリオとステラの関係を認めるひと言は、かなり重要なものだった。

国王夫妻のそばから離れると、ずっと気を張っていたせいか、一気に疲労感が押し寄せてきた。

ジュリオはそんなステラをバルコニーへと誘った。

舞踏室の明るさから一転して、バルコニーから見える庭園は、人が行き来するために必要な最低限の明かりが灯されているだけの暗闇が広がっていた。

華やかな場所に圧倒されてしまった今のステラには、その静寂が心地よい。

「ジュリオ様。約束を守ってくださって……私の願いを叶えてくださって、ありがとうございます」

魔道具破壊事件で身の潔白を証明するために協力してくれたし、今夜はこうしてダンスを踊ってくれた。

小さなものから大きなものまで、数え切れないくらいだ。

「お安いご用だ」

「次は私があなたの願いを叶えるので、……なにか思いついたらいつでも言ってくださいね」

「私の願い？」

ジュリオは目をぱちくりとさせた。

「そうですよ。なんだかいつも私のことばかりで、ご自身のことがどうでもいいように見えて、時々心配になります」

彼が離れていった理由は、ウルバーノや西の大公家への償いとして、わざと不幸になるためだったという。

その考えを改めたのは、ステラが窮地に陥ったからだ。

時々ステラを翻弄し、好き放題振る舞っているように見せかけて、結局いつもステラのためになることばかりを考えている。

自分の望みを後回しにしているどころか、彼の中にはなにかを望むことに対し今でもためらいがあるような気がして、ステラは心配で仕方がない。

「どうでもいいなんて思ってないよ。……君が幸せになるまで見守ることが義務だと考えていたはずなのに、結局は自らの手で幸せにしなければ気が済まなかった。……ほら、強欲だろう？」

「私が幸せなら、それでいい……みたいに言われても」

「実際、そうだから」

ステラも、ジュリオが自分の隣にいて、笑っていてくれたら幸せを感じる。

そこに差はないようでいて、やはり大きく違っている気がした。

ステラの中にはたくさんの望みがある。彼と一緒に叶えたい希望もあるし、彼とは無関係のものもある。魔法の研究がしたい、多くの本が読みたい、今夜みたいにダンスがしたい、綺麗なドレスを着てみたい、とか――。

ジュリオと離れていた時期は研究以外に興味を持てなくなっていたのだが、最近は変わってきている。ステラのほうこそ、自分が強欲になったと感じていた。

「もっとジュリオ様自身の望みを持ってほしいんです！　そうじゃないと不公平だから」

ステラは自分の変化を悪いものだとは思っていない。

けれど、ジュリオのほうももっとわがままになって、たくさんの願いを持たないと対等ではない気がするのだ。

「大丈夫だ、ステラ」

「大丈夫じゃないです！　……私はもっと……」

彼に返せるものが少なくて歯痒《はがゆ》いから、ステラも必死だった。

「以前とは違って、意地でも幸せになりたいと思っているし、私自身の望みだってちゃんと持っているよ」

「本当に……？」

ジュリオはステラを引き寄せて優しく抱きしめた。

「……叶えてほしい願いがある」

「どんな願いですか？　魔法以外、あまり私が役に立つことはないと思いますが。それでも知りたいです」

「家族が欲しい。……早く、君と家族になりたい」

「そんなこと」

簡単だ、とステラは言いかけた。

ジュリオが望み、国王が反対しないのであれば、二人の結婚など簡単なはずだ。

それに書類上はどうであれ、もう一緒に暮らしているのだし、すでに家族のようなものだった。

少なくとも、これまでステラのほうから離れたいと思ったことは一度もない。

「婚姻関係や血の繋がりが絶対的なものでないとわかっている。それでも、もう一度誰かと家族になりたい。……そう思えるのは、ステラのおかげだ。君と過ごした日々があるから、闇に呑み込まれずにいられた」

ジュリオが願う家族とは、ステラが考えているものよりも重たいものなのかもしれない。

それでも、迷いはない。ウルバーノやジュリオとともに暮らしたあの頃そのままではないかもしれないが、もう一度家族が欲しいと望む気持ちはステラの中にもある。

「でも……それじゃあ結局、ジュリオ様だけの願いじゃないですよ」

その願いはやっぱり、ステラの望みを優先しているような気がした。

離れればなれになる前に、結婚を望んだのはステラなのだから。

「それは違う。これは、二人の願いだ。……約束は、一人でできるものではないんだから」

ステラとジュリオの関係は、最初から一方的なものではなかったと、彼は語る。

その言葉で、彼と約束を交わした頃のステラまで救われた気がした。

「わかりました……！　それなら、私がいっぱい……ずっと……ジュリオ様を幸せにしますから、覚悟していてください」

ジュリオの求婚に対する答えは、なんだか宣戦布告のようになってしまった。

けれど、それくらいがちょうどいいのだろう。

悲しい過去を背負う彼にとって、ステラはわずかでも希望を与える者でいなければならない。

太陽のような力強さはなくてもいい。例えば今夜の空に浮かぶ星の一つ程度でもいいから、彼を明るいほうへ導く――そんな存在であろうと誓った。

あとがき

こんにちは！　日車《ひぐるま》メレです。『不健康魔法使い、初恋の公爵閣下においしく食べられてしまう予定』を読んでくださってありがとうございました。

今回のお話は、お互いのことを誰よりも大切にしているのに、距離を置いていた二人が、とある事件をきっかけに再接近する……という物語です。

ヒロインのステラは、地味でメガネな魔法使い。ヒーローのジュリオは見た目だけはキラキラした騎士公爵です。

ステラもジュリオも、私の好きな設定をギュギュッと詰め込みました。

地味で自分に自信がないけれど、なんだか可愛い女の子って、少女漫画や少女小説の王道で大好物です。そして、ジュリオに関しては、私の作品の中では結構めずらしい不誠実（仮）ヒーローで、これまた大好きな要素です。

それぞれがとんでもなくこじらせておりまして、ステラは警戒心の強い猫みたいになっているし、ジュリオはステラからするとなにを考えているのかよくわからないし……という困った二人です。

そんなヒロイン＆ヒーローの攻防をお楽しみいただけたらなと思います。

こちらはウェブ掲載していた作品ですが、スラスラと書けた部分と、うまくいかなくて何度も修正した部分がありました。

書籍にするにあたって、担当編集者様と相談しながら、かなりの修正と加筆をしております。

とても細かい部分ですが、ステラとジュリオの心情の変化が初期段階ではフラフラとしておりまして、そのあたりを整理するのが大変でした。

本編に書籍版だけのエピソード、さらに後日談の番外編もあるので、パワーアップした『不健康魔法使い』をお楽しみいただけたら嬉しいです。

そして本作のイラストはSHABON《シャボン》先生にご担当いただきました。

表紙の二人の関係が本当に本文のイメージそのままでびっくりしました！

ステラの困った顔が最高に可愛くてキュンとなり、ジュリオはとんでもなくキラキラした元・王子様ですが、なんとなく「好きな子を困らせるのはダメ！」と叱りたくなりました。挿絵も「ここ好き！」っていうシーンばかりピックアップしていただき、とても幸せです。SHABON先生、素敵なイラストをありがとうございました！

最後になりますが、いつも私よりこの作品を理解してるんじゃ……というくらいの勢いで原稿のやり取りをしてくださる担当編集者様、本書の出版に携わってくださった関係者の皆様と、読者様に感謝申し上げます。

また次の作品でお目にかかれたら嬉しいです。

日車メレ

予言の乙女は大公の従者になって魔境に潜伏中です
yogen no otome wa
taikou no jyuusha ni natte
makyou ni senpukuchuu desu
Mele Higuruma
日車メレ
Illustration
深山キリ
勘違いと嘘からはじまる
ほのぼの ＆ あまあま従者ライフ♥
フェアリーキス
NOW
ON SALE
〝予言の乙女〟として召喚された里央は、「不法侵入した少年」と間違えられ、王太子に剣を向けられてしまう。間一髪、助けに入ったのは魔境を治める大公ローランドだった。人のよさそうな彼に頼み込み、里央は正体を隠したまま従者になったが……「おいで。男同士、遠慮なんて必要ない」ご主人様の距離が近すぎます！
里央が魔境の人々と楽しくスローライフを送る一方、王都では〝予言の乙女〟が現れないと大騒ぎになっていて!?
フェアリーキス
ピンク
fairy kiss
Jパブリッシング　https://www.j-publishing.co.jp/fairykiss/　定価：1320円(税込)

不健康魔法使い、初恋の公爵閣下に
おいしく食べられてしまう予定

著者　日車メレ

2023年9月5日　初版発行

発行人　藤居幸嗣

発行所　株式会社Ｊパブリッシング
〒102-0073　東京都千代田区九段北3-2-5 5F
TEL 03-3288-7907　FAX 03-3288-7880

製版所　株式会社サンシン企画

印刷所　中央精版印刷株式会社

ISBN：978-4-86669-602-7
Printed in JAPAN